魔界百物語2

京都魔王殿の謎

吉村達也

角川ホラー文庫
18020

目次

主要登場人物

鹿堂《ろくどう》 妃楚香《ひそか》　本名・竹之内美果《みか》。
美しすぎる超能力者。
竹之内《たけのうち》 彬《あきら》　美果の父親。
伊刈《いかり》 修司《しゅうじ》　鹿堂妃楚香のマネージャー。
壬生《みぶ》 浩枝《ひろえ》　美果の母親。十年前に離婚。
松崎《まつざき》 純江《すみえ》　浩枝の妹。
松崎《まつざき》 潔《きよし》　純江の夫。下関で外科を開業。
岩城《いわき》 準《じゅん》　美果の初恋の相手。

聖橋《ひじりばし》 甲一郎《こういちろう》　スーパーマルチ学者。
迎《むかい》 奈津実《なつみ》　語学の天才少女。聖橋博士の助手。
一柳《いちやなぎ》 次郎《じろう》　魔界案内人。
田丸《たまる》 巌《いわお》　警視庁捜査一課警部。
鴨下《かもした》 秀忠《ひでただ》　京都府警警部。
氷室《ひむろ》 想介《そうすけ》　精神分析医《サイコセラピスト》。

魔界百物語2　京都魔王殿の謎

平安京・京都市
古今魔界帝都二重投影図

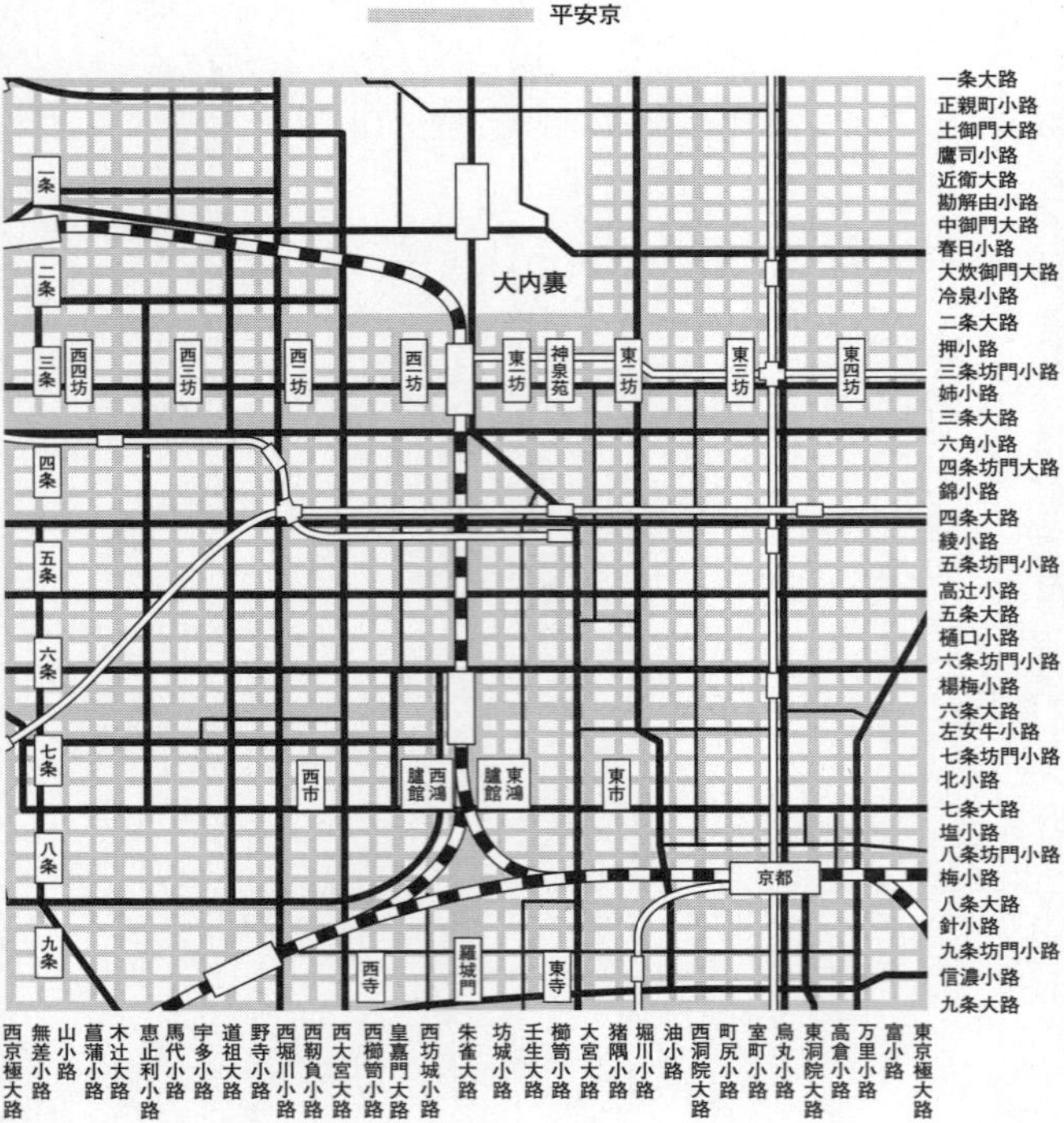

プロローグ1　手首の予言

「聖橋《ひじりばし》先生……いえ、聖橋博士とお呼びしたほうがよろしいんでしたっけ」

「どちらでも。聖橋さんでもかまわないがね」

「では聖橋さんと呼ばせてもらいます。改めまして自己紹介をさせていただきますが、私は京都府警刑事部捜査第一課の警部、鴨下《かもした》秀忠《ひでただ》と申します。はじめまして」

「聖橋甲一郎《こういちろう》です。よろしく……。しかし『はじめまして』ではないね。きみの顔は七月に京都で見かけたよ。国際会議場で行なわれた世界超能力者会議で」

「ああ、そうでしたか」

「で、京都府警の警部さんが、なぜわざわざ東京まで私をたずねてこられた」

「単刀直入に申し上げます。京都府警の特別捜査顧問に就任のおねがいです」

「私がおたくの組織の顧問に？」

「そうです」

「それはまた唐突な依頼だな」

「聖橋さんは、氷室想介《ひむろそうすけ》という精神分析医をごぞんじですか。彼は横文字でサイコセラピストとも名乗っているようですが」

「もちろん。精神医療と犯罪捜査の融合を日本において果たしたのは、あの方をもって嚆矢《こうし》とする、というのは、もはや定説だ。ご尊敬申し上げておりますよ」

「個人的な面識は」

「それはない。いつかご紹介いただく機会があればうれしいですな」

「私も氷室先生とはまだ面識がありません。ところで聖橋さんもご承知のとおり、氷室氏は警視庁の特別捜査顧問に就いています。いまは氷室先生は京都在住ですが、東京にいた期間が長く、そのときに警視庁捜査一課の田丸《たまる》警部と数々の猟奇《りょうき》殺人や異常犯罪を解決してきました。その実績を評価して、ある時期から正式に警視庁の特別捜査顧問に就任したわけです」

「それは当然のなりゆきでしょう。氷室先生ほどのお人になれば」

「そこで、です。いわば氷室先生の京都府警版を、聖橋さんにおねがいしたい。そういう目的で、きょう東京までまいったしだいです」

「これはまた、どんな話かと思ったら……きみは私の歳をごぞんじか」

「承知しております。七十五歳でいらっしゃいますね」

「そのとおり、私の誕生日は一九三五年、つまり昭和十年の十一月二十五日だよ。なので、もうすぐ七十六になる。きょうは十月の何日だったかな。おお、三十一日か。明日からもう十一月じゃないか。早いもんだねえ。七十五歳でいられるのも、あと一ヵ月足らず。八十の大台に乗るのも秒読みだ。……まあ、私はそれほど老い先短い人間というわけだよ。氷室先生はおいくつだったかな」

「あの人は東京オリンピックがあった年の元日に生まれたと聞いています」

「ほーお、元日生まれねえ。それはおめでたい。東京オリンピックは一九六四年。とすると、四十七歳か。若いなあ、四十七というのは」

「そうですかね」

「ちなみに、きみは？」

「私の年齢など、どうでもいいでしょう。要は、聖橋さんがこの話を受けてくださるかどうかです」

「老人には荷が重い。私が氷室先生ほどの若さであれば、考えてもよろしいが」

「しかし、聖橋さんはスーパーマルチ学者という肩書をお持ちです。ジャンルを問わない広範な博識と、きわめて独創的なものごとの捉《とら》え方は、氷室想介氏をも上回るとの評判です」

「私を買いかぶってはいけないよ、鴨下さん。私はみなから『ハクシ』ではなく『ハカセ』と呼ばれている。私の変人ぶりを、どこか笑いものにするニュアンスでね。それを逆手《さかて》にとって、自分でも『聖橋ハカセ』を名乗ってるわけだが、しょせん私なんぞは、たんなる雑学博士にすぎない。精神分析の領域ひとつとってみても、氷室先生のように現場を踏んでいるわけではない。私は、ただの変わり者の理屈屋だ」

「では、当方のおねがいに対するご返事はノーなんですか」

「いや、一概にそうとも言えない」

「じゃ、どっちなんです。ハッキリしてください」

「しかしナンだねえ、さっきから黙って聞いていると、鴨下さん、きみはずいぶんと失礼な人だ。人にものを頼むときに、そんな高飛車な態度で出るのはめずらしい」

「怒りましたか」

「いやいや、まったくそんなことはないよ。きみの無礼な態度は、計算ずくの作戦だとわかっているからね。図星だろ？」

「………」

「きみが無礼な物言いに徹しているのは、私の性格を分析するためだ。そして、その作戦は本部長から授かったものではなく、きみが独自に考え出したものだ。なぜならば、本部長が言い出した聖橋甲一郎を京都府警のブレーンに起用する案に、きみは猛反対だった。したがって、私の人物像を見極める面接官としては、なるべく辛い点数をつけたい。そこで、わざと無礼な態度をとって怒らせた」

「………」

「ほーら、なにも言えなくなった。若いなあ、鴨下さんも」

「私は若くありません。五十歳です。そして聖橋さんが想像しておられるほど、ひねくれた裏工作が得意な人間でもありません。たしかに私は、わざと高飛車な態度をとって、あなたの反応をみようとしました。性格診断テストを仕掛けました。それに対して、あなたはまったく動じられなかった。予備テスト合格です。しかし、あなたもひとつ間違っておられることがある。私があなたの顧問採用に猛反対をしている、という推測です。これはまったく事実に反しています」

「そうかね」

「あなたの顧問採用を本部長に進言したのは、ほかでもない、この鴨下です。スーパーマルチ学者・聖橋甲一郎を京都府警の顧問に、という提案は私が本部長に対して行ないました。疑われるなら、いまこの場で本部長に電話で確かめてもらってもけっこうです」

「それは私としても読みがはずれたな。おわびしましょう」

「では、話を元に戻します。特別捜査顧問をお引き受けいただけるのですか、それともダメですか」

「率直な物の言い方、気に入ったよ。それに、私も仕事柄たびたび京都に行くから、まったく知らない土地でもない。よろしい、お引き受けしましょう」

「ありがとうございます」

「じゃ、さっそく具体的な用件を聞かせてもらうとするかね。目の前の懸案《けんあん》事項があってこその就任依頼だと思うのでね」

「おっしゃるとおりです。ひとつは、あなたが後見人となって育てておられ、あの国際会議でも、天才的な語学力を披露して出席者たちを驚かせた十五歳の少女、迎奈津《むかいなつ》実《み》ちゃんです。我々は彼女に大いなる注目をしているのです。彼女の年齢で、しかも外国に住んだわけでもないのに、五十ヵ国語を習得したという卓越した能力に」

「で？」

「奈津実ちゃんの天才的語学能力がどのようにして習得されてきたものなのか、彼女の頭脳構造の研究をさせていただきたいのです」

「それが警察と、どう関係があるんだね」

「ますます国際化していく犯罪捜査には、外国語を自由に操れる捜査官の存在が不可欠です。しかし、現状はお寒いかぎりで」

「つまりマルチリンガル捜査官育成のために、なっちゃんの能力の秘密を研究したいというわけだ」

「そのとおりです」

「だけどあの子は、まだこどもだからね。あまりおとなの手でいじりたくないんだよ」

「しかし、釈迦《しゃか》に説法かもしれませんが、彼女のような特異な才能は、成長とともに失われていくケースが多いらしいのです。まさに『十《とお》で神童《しんどう》、十五で才子《さいし》、はたち過ぎればただの人』という事例が、超能力の世界ではいくらでもあるそうじゃありませんか。ですから、奈津実ちゃんがおとなになるのを待つという姿勢では、研究のスタートとしては遅すぎるのです」

「なるほどねえ……。たしかに私は、なっちゃんの後見人というか、いわばマネージャーみたいなものだから、私が納得できんことには、彼女を京都府警に差し出すわけにはいかない。その点では、きみがまず私にアプローチしてきたのは正しい方法だ。ま、なっちゃんについては、できるかぎり前向きに検討させてもらおうか」

「ありがとうございます。さて、もうひとつ。聖橋さんは、鹿堂妃楚香《ろくどうひそか》という自称・超能力者のタレントをごぞんじですか」

「ごぞんじもなにも、彼女は世界超能力者会議のゲストスターだったじゃないか」

「ああ、そうでしたね。彼女を、どう思われます？」

「あれは超能力者ではなく、超能力者を演じるタレントだよ。彼女の美貌《びぼう》は私も認めるがね」

「私も同意見なんですが、昨日、彼女がたいへんな問題発言をしたのはごぞんじですか。すでにテレビのワイドショーやネットニュース、それにスポーツ紙などでは、かなりの話題になっていますが」

「いや、知らないな。私は芸能ニュースにはとんと関心がないもので」

「彼女は昨日、『鹿堂妃楚香の京都魔界ツアー』の実施を発表しました。京都市内の各所にある魔界スポットをツアー客とともにめぐるわけです。京都は怨霊《おんりょう》の都ですから」

「それは承知している。京都にはパワースポットもあれば魔界スポットもある。それとタレント超能力者である鹿堂妃楚香を組み合わせたイベントということだろ？　それがなにか重大な問題でも含んでいるのかね」

「ええ。彼女が、かなり思わせぶりな予言をしたものですから」

「幽霊でも出るというのかね」

「幽霊ならいいんですが、死体が出ると」

「ほお」

「じつは、前々からツアー関係者のごく一部の人間には打ち明けていたらしいのです。

『こんど実施する魔界ツアーのどこかで、私たちは世にもむごたらしい死体を見つけることになるでしょう』というふうに。それを聞かされていたのは、魔界ツアーにおいて魔界案内人を務める一柳次郎《いちやなぎじろう》という人ですが」

「魔界案内人？」

「といっても、それこそ演出上の肩書でしてね。京都史蹟《しせき》観光促進協会という組織の理事で、京都の怨霊の歴史にはきわめて詳しい人です。ようするに、ガイドさんです。『鹿堂妃楚香の京都魔界ツアー』と銘打っても、彼女自身にそれほど歴史的な知識があるわけではなく、そこを補佐して、実際に魔界スポットでツアー客にうんちくを述べるのが一柳氏の役割なんです。その一柳氏に七月ごろ、鹿堂妃楚香は——シャレじゃありませんが——ひそかに予言を洩《も》らしていた。それが世にもむごたらしい死体との遭遇です」

「死体といっても、人間の死体とはかぎらないんじゃないのかな」

「おっしゃるとおり。一柳氏も、これは商売上の話題づくりなんだな、と思ったそうです。ですから、野暮な追及もしなかったし、警察にも届けなかった。ところが昨日の昼前に行なわれたイベント実施の記者会見で、鹿堂妃楚香はもっと具体的に踏み込んだ発言をしたのです。『世にもむごたらしいバラバラ死体は、まず左の手首から発見されます』と……」

「バラバラ死体？　左の手首から？」

「そうなんです。おかげで会見場は騒然となりました」

「それが、どこで発見されるというんだ」

「そこまでは具体的に見えてこないそうです。ただし、魔界ツアーの道中のどこかで遭遇するのは間違いない、と」

「そのツアーはいつ行なわれるんだね」

「十一月二十五日の金曜日です」

「私の誕生日じゃないか！」

「私も、さきほど聖橋さんがご自分の誕生日をおっしゃったときに、その偶然の一致にちょっと驚きました」

「で、私にその魔界ツアーを取材せよというのかね」

「ご明察です。大山鳴動《たいざんめいどう》、鼠《ねずみ》一匹というケースならよいのですが、もしもほんとうに京都魔界スポットのどこかから、彼女が予言したとおりに手首が出てきた場合、それが百パーセント鹿堂妃楚香の予知能力によるものなのか、それとも彼女が事前にバラバラ殺人の事実を知っており、それを自分の商売に利用したのか、それを我々頭の固い捜査員だけでなく、非常に発想の柔軟な聖橋さんにも客観的に判断していただこうという狙いです」

「それなら、なにも私が本人に会ったり、魔界ツアーに参加したりするまでもなく、いますぐにでも即答できる話だよ」

「とおっしゃいますと？」

「おそらくその予言は、言葉のアヤを巧みに利用した話題づくりにすぎないだろう」

「言葉のアヤ？」

「鹿堂妃楚香の予言を、もう一回言ってごらん」

「世にもむごたらしいバラバラ死体は、まず左の手首から発見されます……」

「人間の死体、とはひと言《こと》も言ってないじゃないか」

「それはそうですが」

「かといって、動物愛護協会からクレームがくるような残酷なこともやるまい。となると、おそらくそれはマネキン人形だな」

「マネキン……」

「バラバラに分解されたマネキン人形の、とりあえずは左手首がどこかから出てくるんだよ」

「そんなつまらない予言を、記者会見でするでしょうか」

「だって、現実に大きな話題になったわけだろう？　宣伝費に換算したら何千万ではきくまい。それにマネキンというのは、あんがい不気味なものだ。その手首が、どこかから現れてみなさい。まちがいなく悲鳴があがるよ。魔界ツアーの話題づくりとしては、それでじゅうぶんじゃないかね」

「………」

「それとも、私の推理ではご不満かね」

「いえ……。そうであればいいんですが。万一、本物の手首が出てきたら、それは私どもの管轄の事件になります。その予告めいたものを聞いておきながら、なにも手を打たなかったというのも、責任問題につながりかねません。少々、お役所的発想ですが」

「だから、形だけでも警戒していた実績を作りたい、というわけか」

「そういうお役所的発想はおきらいでしょうけれど」

「で、具体的に私にどうしろと」

「いま申し上げたように、問題の魔界ツアーに特別ゲストとして参加していただきたいのです。よろしかったら、奈津実ちゃんもどうぞ」

「そりゃ、なっちゃんにとっては魔界ツアーはいい勉強になるかもしれんが、『美しすぎる超能力者』とめぐる魔界ツアーなんだから、申し込み殺到だろう」

「たしかに、すでに定員を大幅に超える申し込みがきています。しかし、これも話題づくりのためなんでしょうが、先着順ではなく、昨日から三日間にわたって——つまり明日まで申し込みを受け付けて、そこから三十三名を抽選で選ぶんだそうです」

「たったの三十三人？」

「これは関西の民放テレビ局がバックについていまして、テレビの特番として収録するんだそうです。つまり、ツアーというよりも一種のテレビロケと考えれば、バスを何台も連ねていくより、一台のほうが小回りが利いて都合がいいわけです」

「バス一台では、私らが入る余地はなさそうじゃないか」

「いえ、一般抽選枠を削って入れてもらいます」

「そんなことができるのかね」

「我々警察と民放テレビ局は、もちつもたれつの関係で、いろいろ貸し借りがあるんですよ。京都府警も『緊急出動・古都24時』という特番シリーズで何度も協力しています。なので、今回もテレビ局に都合をつけてもらいます。ですから、十一月の二十五日と二十六日の両日を空けていただけますか。せっかくのお誕生日に恐縮ですけれど」

「この歳になれば、誕生日なんてどうでもいいんだがね。しかし、二日も拘束されるのか」

「魔界ツアーは夜八時スタートなんです。雰囲気づくりのためなんでしょうね、夜通しで京都のおもな魔界スポットを回るんだそうです。おそらくテレビ局が番組演出上で効果ありと考えてのことでしょう」

「そのツアーコースは事前に公開されているのかね」

「はい。昨日の記者会見で」

「では、その資料をくれたまえ」

「事前の下見をなさいますか」

「そんなヒマはないよ。ただ、予備知識だけは仕入れておこうと思ってね。もしも手首との遭遇というショッキングな演出を仕掛けるとすれば、それはいったいどこなのか、事前に場所の予測をしておいたほうがいいだろう。……おお、そうだ。大事なことを確認しておかねば」

「なんでしょう」

「よもや、テレビ局も承知のヤラセだったりしないだろうね」

「そんなことなら、我々が真顔で心配したりはしません。局の担当者にたしかめましたが、テレビ局側で手首がらみのホラー的演出を考えていることは一切ないそうです」

「なるほどね。それから、鹿堂妃楚香のプロフィールもほしい。『ろくどう・ひそか』は本名ではあるまい」

「それもきちんと揃えてお届けします」

「郵送には及ばんよ。メールで結構だ」

「承知しました。では、また近いうちに京都でお目にかかりましょう。こんどは京都府警特別捜査顧問として。奈津実ちゃんの件もありますから」

「ああ、ちょっと待った、鴨下さん。帰るのは早いよ」

「なんでしょうか」

「気になる質問をしてもいいかね」

「なんでしょう」

「間違いなく、きみを怒らせる質問だよ。それでもいいかね」

「ですから、なんでしょうか、とおたずねしているんです」

「きみは、左手の小指が第一関節から先がないね」

「………」

「それに気づく人は多いと思うんだが、その理由をきみに直接たずねてくるようなぶしつけな人間はそうそういまい」

「いませんね。皆無です。私には、さきほど名前を出した田丸巌《いわお》という仲のいい警視庁捜査一課の警部がいるんですが、その彼でさえ、小指の理由をじかにたずねてきたことはありませんでした」

「おそらく、その田丸さんとやらも知りたいだろうにねえ。小指の先がない警察官というのも、めずらしいからね」

「……」

「腹が立ったかな」

「というよりも、あなたがそういう無神経な質問をする人だとは思ってもいなかったので落胆しました」

「自分の傍若無人《ぼうじゃくぶじん》な態度は棚に上げ、かね」

「……」

「とにかく私は好奇心のかたまりなものでね。長生きの秘訣《ひけつ》は好奇心だよ、鴨下さん」

「さようですか」

「だから、京都府警の特別捜査顧問となった年寄りをもっと長生きさせるためにも、私の好奇心を満たしてくれないかね。きみは、なぜ左手の小指の先を失ったのか、ぜひ教えてくれたまえ。それは京都府警に在職中の事故なのか、それとも警察官を拝命する前の出来事なのか」

「若いころ、京都を仕切っている暴力団組長の情婦に手を出しましてね。組長の自宅に拉致《らち》され、オトシマエをつけろと言われて、柳刃包丁とまな板と止血用のさらし布を持ち出されました。つまり自分で小指を切り落とせ、というわけです。怖かったけど、やりました」

「……」

「納得していただけましたか」

「どうも初対面から、きみとは気が合わないようだ」

「ですね。私もそう思います」

「しかし、万が一、心を通じ合わせる日がきたら、小指を失ったほんとうの答えを教えてもらいたいと思う」

「そんな日がきますかね」

「くるよ。きっとくる」

「私はこないと思います」

「見解の相違だね」

「しかし、なぜ人の傷口をほじくり返すようなことをしてまで、私のプライバシーを知りたいのです」

「きみの屈折した人格は、小指の欠損によって作られたと思うからだよ」

「……」

「当たったかな」

「はずれてはいませんね」

「あはははは。それはよい受け答えだ。鴨下秀忠というユニークな人物は、あんがい楽しい人なのかもしれない」

「私をあんがい楽しい男だと言ってくれたのは、あなたが二人目ですよ。一人目はいま申し上げた田丸です。ただし、田丸の言葉にはトゲがないが、あなたの言葉にはトゲがあるし、皮肉もある」

「だったら、いまからキャンセルしてもいいんだよ」

「なにを、ですか」

「京都府警の特別捜査顧問の就任を、だよ」

「いえ、個人的感情と仕事は別ですから」

「私もだ」

「では、ほんとうにこれにて失礼いたします」

「ああ、さようなら。本部長によろしく伝えてくれたまえ」

プロローグ2　QAZ

　十一月もなかばに入り、京都の山々は北のほうからまたたくまに色づいてきた。やがて、その赤やオレンジや黄色の色彩は、街なかに無数に存在する寺や神社の境内《けいだい》へと広がっていった。

　本格的な紅葉シーズンを迎えた京都を訪れる観光客の数は、急速に増加していた。桜の季節には原発事故の影響を恐れて京都から一斉に姿を消した外国人も、紅葉の季節には少しずつ以前の姿を取り戻しつつあった。

　東山・北山・西山と、三方を山に囲まれた京都市街地の、西山を背景にした嵯峨《さが》野《の》・嵐山《あらしやま》という代表的な観光エリアの中に、清凉寺《せいりょうじ》という寺がある。別名を嵯峨《さが》釈迦《しゃか》堂《どう》。

　紫式部《むらさきしきぶ》が書いた『源氏物語』の主人公・光源氏《ひかるげんじ》のモデルとされる源　融《みなもとのとおる》——嵯峨《さが》

天皇の第八皇子は、嵯峨野の一角に棲霞観《せいかかん》と称する山荘を持っていた。

彼の没後、その棲霞観に寺が建てられ、これを棲霞寺《せいかじ》と呼んだ。そこに釈迦像を安置したことから「釈迦堂」の名前が生まれた。やがて平安後期には、その境内に立派な寺が建てられた。それが清涼寺だった。

その境内の中、方角でいうと嵯峨野寄りになる本堂の西側に、薬師寺《やくしじ》という小さな寺があることまでは、あまり知られていない。そして薬師寺の前には小さな石碑が建っているが、これもあまり目立った存在ではないため、清涼寺を訪れた光源氏ファンたちに注目されることも決して多くはなかった。

午後四時十五分——

秋の陽が徐々に傾きながら、紅葉に彩られた清涼寺をさらに夕焼け色に染めはじめたころ、その石碑の前をひとりの人物が訪れ、目を閉じてその場で瞑想《めいそう》にふけっていた。

その後ろをこどもたちが笑い声をあげて駆け抜け、乳母車を押した若い母親が通り、嵯峨野めぐりから戻ってきたカップルが腕を組んで歩き、二尊院《にそんいん》での紅葉スケッチを終えて嵯峨釈迦堂のバス停へ向かうアマチュア画家グループが談笑しながら過ぎる。

ある者は石碑の前の人物には目もくれず、ある者は視野に入れているが意識には残さず、またある者は「なにをしているんだろう」と少しだけ関心をもってそちらに目を向けたが、三秒後には忘れていた。寺の一角で人がたたずむ姿など、この京都ではあまりにも日常的な光景だった。

だから彼らに、いま石碑の前にたたずんでいた人は男でしたか、それとも女でしたか、と問いかけたとしても、ある者は男と答え、ある者は女と答えるかもしれない。またある者は老人だったと答え、ある者は、いや若者だったと答える可能性はじゅうぶんにあった。

それぐらい石碑の前のQAZは、透明人間のような存在だった。

この洛西《らくさい》の清涼寺とは正反対の洛東《らくとう》・祇園《ぎおん》地域のさらに南側——かつては葬送《そうそう》の地として知られた鳥辺野《とりべの》との境界近くに、六道珍皇寺《ろくどうちんこうじ》という寺がある。

「ちんこうじ」とも「ちんのうじ」とも呼ばれるその寺には、平安時代の学者にして歌人、そして役人でもあった小野篁《おののたかむら》にまつわる冥界《めいかい》伝説の語り継がれている井戸があった。

電気などない平安時代、日が落ちると、あたりは一寸先も見えない濃密な闇に包まれる。そんな時刻、小野篁は珍皇寺の井戸に高野槙《こうやまき》を垂《た》らし、それを伝って冥界へ降りてゆき、閻魔《えんま》大王の書記として罪人どもの裁判に携《たずさ》わった。

やがて夜が明けて朝を迎えると、篁は珍皇寺の井戸を上って戻るのではなく、地底の隧道《ずいどう》をひた走りに走って、都の反対側、もうひとつの葬送の地である化野《あだしの》に近い福《ふく》生寺《しょうじ》の井戸から現世へと戻ってきたと伝説にある。その直線距離は約九・五キロ。

六道珍皇寺の「六道」は、人間が輪廻転生《りんねてんしょう》する六つの世界——地獄、餓鬼《がき》、畜生《ちくしょう》、修羅《しゅら》、人間、天——を示し、珍皇寺の前には「六道之辻《ろくどうのつじ》」の石碑が建っていた。

そして嵯峨野の福生寺がある場所も、やはり「六道之辻」と呼ばれ、大覚寺《だいかくじ》に向かう参道の信号のところに、その名を刻んだ石碑が建っている。

福生寺じたいは明治の廃仏毀釈《はいぶつきしやく》でなくなってしまったが、その跡地では井戸の存在が確認されている。冥界に降りた篁は、その井戸からこの世に還《かえ》ってきたのだ。

そこで六道珍皇寺周辺は「死の六道」と呼ばれ、福生寺周辺は「生の六道」と呼ばれる。そして珍皇寺の南西には「髑髏《どくろ》」から転じた「轆轤町《ろくろちょう》」という町名があり、福生寺のあった一帯には「六道町《ろくどうちょう》」という町名が、二十一世紀の現在にまで残っていた。

福生寺は廃寺となったものの、完全に滅亡したわけではなかった。その本尊は清涼寺境内にある薬師寺に合祀《ごうし》され、薬師寺の前には「小野篁　生の六道」と記した石碑が建てられた。

そこが、いまQAZがたたずんでいる場所だった。

石碑の前で瞑想するうちに、QAZのまぶたの裏に一冊の本の姿が浮かび上がってきた。「本」というよりも「古書」といったほうがよいかもしれない。

いわゆる「和綴《わと》じ」でまとめられたその書物はかなり分厚く、長い年月の経過によって紙の繊維がかなり劣化したようにみえる。枯葉色の表紙には、力強い筆致の筆文字で書物の題名が記されているが、その墨の色もだいぶ褪《あ》せていた。

《陰陽大観》

それが書物の題名だった。

QAZの脳内で映像化されたその書物は、空想の産物ではない。実際にQAZが見たものが記憶として焼きついているのだ。

すなわち、その書物は実在する。

「陰陽大観《おんみょうたいかん》」

依然として目を閉じたまま、QAZはつぶやいた。

「小野篁の時代より」

QAZがつづける。

「人は善と悪の世界を行き来する。昼と夜とで、人はまったく違った姿をみせる。この私がそうであるように……。ただし、私の『夜』とは、太陽が沈んだ時間帯を意味しない。

まぶたを長く閉じていれば、たとえ頭上で太陽が輝いていようとも、心に夜のとばりが降りてくる。そして、私はその闇をじっと見つめる。閉じたまぶたの中で……。

すると悪の神が私に忍び寄ってきて、私の心に住む善の神を追い出して、代わりにそこに居座ってしまうのだ。いったんそうなると、私の力では、悪の神は追い出せない。たとえまぶたを開いても、心の中は悪魔が好む夜のままなのだ。悪魔が蠢《うごめ》く闇の色に染められて……。

ふたたび私が善の神を呼び戻すには、悪の神が出ていってくれるのを待つしかない。だから私の運命は、善ではなく、悪の都合で支配される」

QAZは、目を閉じたまま、ささやき声でつづけた。

「『陰陽大観』の巻頭にいわく、魔界は天に在《あ》らず、地に在らず、人の心に在り」

QAZは、もういちど静かにくり返した。

「魔界は天に在らず、地に在らず、人の心に在り」

それからQAZはゆっくりと目を見開いた。

境内の紅葉が、ますますオレンジの色彩を濃くした夕陽に照らし出され、晩秋の風景の美しさにQAZは息を呑《の》んだ。

だが、心の中は真っ暗な闇に覆《おお》われたままだった。

そして、突然大きな声で叫んだ。

「魔神よ、このいにしえの都へ降臨せよ！」

そのとき境内には人の姿はなかったが、一匹の野良猫がＱＡＺの張り上げた声に驚いて、小走りに清涼寺の西門から外へ出ていった。

「ＱＡＺ……私の名はＱ―Ａ―Ｚ……」

大声を張り上げた直後、ＱＡＺはふたたびささやき声になって、自分の名前をくり返した。

「ＱＡＺ……ＱＡＺ……ＱＡＺ……」

それは、心の中が悪魔色の闇に染まったとき、現実世界で使っている本名とは別に与えられるコードネームだった。

ＱＡＺは空を見上げた。

数羽のカラスが頭上を通りすぎ、もみじ色づく小倉山《おぐらやま》のほうに向かって飛んでいった。

その姿を見送りながら、ＱＡＺは歌うようにつぶやいた。

小倉山《をぐらやま》　みねのもみぢ葉《ば》　心《こころ》あらば今《いま》ひとたびの　みゆき待《ま》たなむ

小倉山の峰に美しく色づくもみじの葉よ、もしもおまえたちに情けの心があるならば、もういちど帝《みかど》がいらっしゃるまで、そのまま散らずに待っていてくれないだろうか。

ＱＡＺがつぶやいたのは、小倉百人一首に収められた歌のひとつで、死後「貞信公《ていしんこう》」と諡《おくりな》された平安時代の公家《くげ》・藤原忠平《ふじわらのただひら》が詠んだものだった。

ＱＡＺが忠平の歌を口ずさんだのには、理由があった。

忠平の長兄・時平《ときひら》は醍醐《だいご》天皇によって左大臣に登用されたが、同時に醍醐天皇は家柄がはるかに劣る菅原道真《すがわらのみちざね》を右大臣に抜擢《ばってき》し、時平の突出を抑えようとした。しかし、それを面白く思わない時平は、道真を謀略にかけて大宰府《だざいふ》へ左遷。

失意のうちに死んだ道真は、雷神の姿を借りた怨霊《おんりょう》となって都に舞い戻り、数々の天変地異を起こした末に、時平を呪い殺した。

そのときの時平は、まだ四十にも届かぬ若さだった。それによって弟の忠平は兄に代わって醍醐天皇に重用され、右大臣から左大臣へと出世の階段を駆け上る。

さらに醍醐天皇が死去して、幼い息子の朱雀《すざく》天皇が即位すると、忠平は代理で政務を執り行なうための摂政《せっしょう》に就き、のちに朱雀天皇が成長しても、関白《かんぱく》として天皇を補佐しながら権勢をふるった。

つまり忠平は、兄・時平vs菅原道真という、京都を魔界都市として位置づけることになった代表的な怨霊事件を通じて、うまいぐあいに権力を得た幸運な男といってもよかった。

だからQAZは、忠平の歌が好きだった。

近いうちに、自分が仕掛けた新たなる怨念《おんねん》の連鎖反応――魔界百物語の第二話が幕を開けるはずだった。

ことしの夏、QAZはたったひとつの単純な仕掛けから、四人の男女が同じ死に方をするという呪いの連鎖反応を引き起こすことに成功した。魔界百物語の第一話である。

最初の犠牲者が飛んだときの夏空の青さを、QAZは忘れることができなかった。

そしてこんど自分が演出する殺人劇では、鮮やかな紅葉のグラデーションに彩られた晩秋の古都が、忘れ得ない風景となるはずだった。

小倉山《をぐらやま》　みねのもみぢ葉《ば》　心《こころ》あらば

今《いま》ひとたびの　みゆき待《ま》たなむ

ＱＡＺはもういちど、貞信公こと藤原忠平の歌を口ずさんだ。

できれば魔界百物語第二話の幕が上がるその日までは、山々も街も美しいもみじ葉を落とさずにいてほしいと、ＱＡＺは忠平の歌になぞらえて祈った。

まもなく秋の夕陽は小倉山の向こうに沈み、赤や黄に色づいた嵯峨野の風景は、モノトーンの水墨画《すいぼくが》に変わる。

五時を知らせる寺の鐘を聞いてから、ＱＡＺは「小野篁　生の六道」の石碑を離れ、ねぐらへ帰ろうと思っていた。

第一章　十年目の恋人

1

カナダ西海岸の都市バンクーバーのダウンタウン西方にあるイングリッシュ・ベイ——どんな素人が撮っても絵はがきに使える写真に仕上がる、といわれるほど美しいタウンビーチ。そこに林立する高層コンドミニアム三十一階に、岩城《いわき》準《じゅん》の住む部屋があった。

　ガラス張りのオーシャンビューとなっているリビングだけで百平米を超す広さがあった。それに三ベッドルーム、二バスルーム、最先端のデザインでまとめられたキッチン等々、住宅雑誌の巻頭グラビアを飾ってもおかしくないほどの超高級コンドミニアムである。

　十一月に入ってからかなり気温が下がっていたが、暖流の影響下にあるバンクーバーは、東部にあるモントリオールやオタワに較べれば、だいぶ穏やかだった。そしてこの日のような快晴だと、ガラス越しに差し込んでくる陽光がほどよい暖房の役割を果たしてくれていた。

海の眺めは最高だった。

もちろん、二十七歳で事実上「無職」の準が、こんな立派な住居を買えるはずもなかった。それはアメリカを拠点とするフードビジネスで大成功を収めた父親の岩城正和《まさかず》がカナダ太平洋岸の生活拠点として購入したもので、三男坊の準に好きなように使わせていた。

ことし七十二歳の岩城正和は、二十年以上前のバブル期にハワイでスシ・レストランを開業し、さらにスシのみならず、健康をテーマにした日本食レストランをアメリカ本土で開業、それが大当たりして、バブル崩壊後の日本企業が軒並み撤退《てったい》する中で異例ともいえる大躍進をつづけた。

その有能な経営者である父親が四十なかばに差しかかったとき、思い出したようにつくった三男の準は、典型的な「金持ちのドラ息子」だった。父親のスネをかじるばかりで、その仕事を継ごうという気持ちはまったくなく、バンクーバーで意気投合した地元在住の日本人とバンドを組んで、好き勝手な毎日を過ごしていた。

優秀なふたりの兄たちと違って、準には英語を身につけて国際人になろうという考えが皆無で、こどものころからアメリカの学校に行きたがらなかった。

小学校まではなんとか日本人学校に通っていたが、中学校からはどうしても日本に帰ると言い張って聞かず、やむをえず三年間は母親の由梨江《ゆりえ》がいっしょに帰国して、都内の私立中学に通わせていた。

準が義務教育を終えたところで母親が帰米したあとも、彼だけは日本に残り、東京郊外にある全寮制の私立高校に入って、家族とは別々に暮らした。

その高校で、準も最初はまじめにやっていた。だが、ある時期から——具体的には十七歳になった高二の夏を境に、急激に変わった。そして、三つの禁断の世界に足を踏み入れた。

セックスとバイクの暴走行為とドラッグだった。

その快楽にふけりながら、準は、自分はいずれどれかで破滅するかもしれない、という漠然とした予感を抱いていた。女を妊娠させてトラブるか、暴走行為で警察につかまるか、クスリを断ち切ることができなくなるか——

その悪い予感は当たった。

しかも三つのうちのどれか、ではなく、三つ同時に的中した。

政治家の娘でまだ中三の女の子を妊娠させて大問題になり、ヤケになってバイクの危険運転行為をしている最中に警察に追いかけられ、逃げ切れずに電柱に激突して重傷を負い、おまけにそのとき覚醒剤《かくせいざい》を所持していることがバレた。

身体の傷が癒《い》え、更生も終えたあと、準は激怒した父親に、強引にアメリカへ連れ戻された。二十歳のときだった。

しかし欧米の大学に入る気もなければ、やっていけるだけの語学力もなく、すでに三十なかばをすぎた長兄と次兄からも、おれたちの手には負えないと突き放され、準は、アメリカよりは性に合っているカナダのバンクーバーに移住した。そこに父親のゴージャスなコンドミニアムがあったからだった。

そしてプロとして食えるほどの才能もない日本人バンドでドラムを叩《たた》き、残った時間は女遊びに費やしていた。断ち切ったはずのクスリも、いつのまにかはじめていた。

高校時代に溺《おぼ》れた三悪のうち、縁を切ったのはバイクの暴走行為だけだった。

彼の気持ちをそこまで歪《ゆが》ませてしまったもの——それは高二の夏に体験した、あまりにも納得のいかない、唐突な愛の終わり方だった。

2

出会いは十一年前、おたがいに十六歳の夏だった。

準はその夏休み、都心にある高級ホテルの野外プールで監視員の助手をやっていた。監視台に座って目を配っているのは救助員の資格を持つ大学生の水泳部員だったが、そのアシスタントとして水泳パンツ一枚でプールサイドに陣取り、客の危険行為に対する注意や、なにかあったときに真っ先にプールに飛び込むのが、高校生の準に与えられた役割だった。

そのころの準は、バイクもクスリもやっていなかったし、タバコ一本吸ったことがなかった。だから背が高いだけでなく、健康な身体をしていた。とくに泳ぎは大好きで、中学時代に覚えたサーフィンは、準にとっていちばんの趣味となっていた。

だが女性経験は、十六歳の時点でまだなかった。それだけに、女の子への関心は急速に高まっていた。

親からの仕送りはふんだんにあったから、アルバイトの必要などなかったが、夏休み期間中の高級ホテルで働くことにしたのは、可愛い女の子に出会えるチャンスがあると思ったからだった。全寮制の高校では、ふだんはそのチャンスが大きく制限されてしまう。だから準は「夏の出会い」に期待した。

そして、出会った。

プールサイドにあるカフェで、やはり高校生としてアルバイトをしていたのが竹之《たけの》内美果《うちみか》だった。その清楚《せいそ》な美しさに、準は見とれた。

「こらあ、準、どこ見てんだあ」

大学生のボスに、監視台から怒鳴られたのは一度や二度ではなかった。

その女の子の存在に気がついたときには、もう暦は八月に入っていた。のんびりしてはいられなかった。ホテルの野外プールは八月末まで営業するが、準の契約は、客足のピークが終わるお盆すぎまでだった。

(ここで声をかけなかったら、あの子と再会できるチャンスは永遠にない)

準は意を決して、その「きれいな女の子」に声をかけた。

忘れもしない、八月八日だった。そしてその日から、準と美果の「純愛」がはじまった。

やがてふたりは身体の結びつきを求めるようになったが、そうなっても、自分たちの愛はどこまでも純粋なものだと、準は確信していた。愛しあうふたりの絆《きずな》は、精神的にも肉体的にも、ますます固いものになっていった。

準の誕生日は七月四日だったが、美果の誕生日は七月七日、七夕の日だった。誕生日がわずか三日しか違わないことさえ、自分たちが最初から見えない糸で結ばれている証《あかし》だという気がした。

不思議なもので、美果と出会ってからというもの、準は急に学業にも意欲を燃やすようになった。そして成績も上がった。これまで毛嫌いしていた英語の成績も「悪いなりに」上昇カーブを描きはじめた。

高一の冬、正月休みを利用して三男坊の様子をアメリカから見にきた岩城正和と由梨江は、準のおもわぬ変身に大喜びした。そして、その原因が「恋人」にあると知り、ぜひ相手のお嬢さんに会いたいと言った。

礼儀正しく、知的で、気配りがきいて、明るく、そして美しい竹之内美果を、岩城夫妻はいっぺんで気に入った。そして一家の中で唯一の問題児だった末っ子の変貌《へんぼう》は、長年苦しめられてきた子育てのストレスから両親を完全に解放した。

「これで岩城家も万全だ」

本拠地のニューヨークに戻る飛行機で、ファーストクラスの最前列に座った正和は、隣の妻の由梨江に語りかけた。

「未来は明るいぞ。なあ、由梨江」

しかし、そうはならなかった。

翌夏、美果の十七歳の誕生日を祝ったその夜、彼女が準の前から突然消えたからだった――

3

その別れた美果から突然、十年ぶりの電話があったのは、カナダ時間の十一月二十三日、正午すぎだった。

夜のライブ演奏までの時間をもてあましていた準は、寝室のベッドに寝転がり、軽くマリファナを吸いながらポルノビデオを見ていた。そして、枕元に置いた携帯が鳴り出すと、液晶画面に出ている番号をろくに確かめもせずに通話ボタンを押し、煙を口から吐き出しながら、けだるい口調で応答した。

「ハロー？」

「もしもし？」

おずおずと探るように語尾を上げて話しかけてきたのは、若い女の声で、日本語だった。

「だれ」

マリファナを右手ではさみ持ち、左手で携帯を耳に押し当てた準は、テレビ画面のポルノから視線を放さず、めんどくさそうにたずねた。

「あんた、誰。ゆうべのライブにきてた子？」

「いえ。いま日本からかけています」

「日本から？　だけどそっちはいま……」

「五時すぎです。朝の。ううん、朝じゃなくて、まだ夜です。夜明け前で真っ暗です。だけど、そっちがお昼の時間帯のほうがつかまりやすいかな、と思って」

「で、誰なんだよ、あんたは」

　煙が立ち上るマリファナを灰皿に置くと、準はベッドの上に完全に身を起こした。ブラインドのわずかな隙間《すきま》から、外の明るい日射しが洩《も》れていた。だが、寝室は薄暗いままにしておきたかったので、準は、それ以上ブラインドの角度を広げることはしなかった。

「美果です」

　と、相手が答えたときも、準はほとんど反応せずに、ぼんやりした顔でまだポルノを見ていた。そして、灰皿に置いたマリファナをまた指先につまんで一服し、携帯の送話口に煙を吐きかけながらきいた。

「ミカ？　ミカって、どこのミカよ」

「もう忘れちゃいました？　あなたに好きになってもらえた美果です。あなたを好きだった美果です」

「え？」

準の口が、ポカンと開いたままになった。

「美果って……竹之内美果？」

「そうです。ごぶさたしています。岩城くん……ジュン」

その言葉で、岩城準の意識は、時の流れを一気に十年以上遡《さかのぼ》った。投げやりで荒《すさ》んだ自分になる前の時代に。

準は急いでマリファナを灰皿に押しつけ、リモコンでポルノビデオを消した。そしてベッドから降りると、携帯を耳に当てたまま窓辺に駆け寄り、ブラインドの紐《ひも》をつかんで一気にそれを引き上げた。

晩秋とは思えないまばゆい陽光が部屋に飛び込んできた。そのまぶしさに、準は顔をしかめた。そして目が明るさに慣れると、海の青が彼の瞳《ひとみ》を染めた。

そういえば、こういう青い海を美果といつまでも眺めたことがあったっけ、と思い出した。高一の春休みに、ふたりだけで行った沖縄の海だった。

「もしもし？」

十年前の恋人からの電話と知って動転した準が黙ったままなので、美果の声が不安げにたずねてきた。

「聞こえてる？　ジュン」

「ああ、聞こえてる」

まぶしい日射しのおかげで、準の頭は徐々に覚醒《かくせい》してきた。

「いままでどうしてたんだよ。この十年間……っていうか、その前に、おれの携帯、どうしてわかったんだ」

「お父さまにきいたの」

「オヤジに？」

「うん。準のお父さまは超有名人だから、いくらでも連絡のとりようはあったわ。お父さまもびっくりして、いまの準と同じことを言った。美果ちゃん、この十年間どうしていたんだ、って。どうして準の前から急に消えたんだ、って。そして、私がいなくなってからの準が、収拾つかないほど荒れたという話も聞かされた……。バイクのケガ、もういいの？」

「おれのことより、美果はどうしておれの前から消えたんだよ」

十年前の夏が甦《よみがえ》る。つきあいはじめてからまもなく一年、おたがい高校二年になっていた。美果が準の十七歳の誕生日を祝ってくれたあと、こんどは三日後に、準が美果の誕生日を祝った。

七夕の夜だった。

そしてつぎの日、美果は突然、姿を消した。なんの予告もなしに、なんのメッセージも残さずに。通っていた高校からも、住んでいた家からも消えた。家族ごと……。周りのみんなは夜逃げだと噂しあっていた。お父さんが莫大《ばくだい》な借金を抱えて、東京にいられなくなったらしいよ、と。

「いなくなるにしても、おれにひと声かけてくれたってよかったんじゃないのか」

「……そうよね」

美果は申し訳なさそうな声を出した。

「そう思う。ごめんなさい」

「いったい、なにがあった」

「かんたんに言える話じゃないの」

「じゃ、どうしていまになって、おれに連絡してきたんだ」

「助けてほしいから」

「助ける？」

「いろいろ悩んだけど、いまの私を助けてくれるのは、ジュンしかいない」

「なにがあったんだ」

「とにかく日本に帰ってきて。できるだけ早く、一日でも早く」

「十年間、おれの前からいなくなっていて、こんどは一日でも早く会いたいといったって、おれにはわかんないよ。ワケわかんないよ」

「もう、私のこと、きらい？」

「きらいじゃない。好きだ。……でもそれは、十年前の美果が好きなんであって、おれがこんなふうになったみたいに、おまえもこの十年でどう変わったかわかんないし」

「だよね……」

「変わったのか？　美果も」

「うん、変わった。すごく変わった」

「どういうふうに」

「もう、竹之内美果じゃなくなったし」

そのひと言に、準は声をこわばらせた。

「それ、どういう意味」

「名前が変わっちゃったの」

「結婚……したのか」

「ううん。じゃなくて」

「親が離婚したのか」

「うん。でも、私はお母さんじゃなくて、お父さんのほうに引き取られた」

「じゃ、苗字《みょうじ》は変わらないはずだろ」

「………」

「黙ってないで、詳しく説明しろって。結婚もしていない、親は離婚したけど父親のほうについていった、なのに名前が変わったたって、どういうことだよ」

「ジュン、覚えてる？　あなたが私の誕生日にプレゼントしてくれたものを」

「たった一回きりの、おまえへの誕生日プレゼントだぞ。忘れるわけがない。ぬいぐるみだよ。猿のぬいぐるみ」

「そう。私が頼んだのよね。原宿《はらじゅく》のファンシーショップで、これが可愛いから、誕生日のプレゼントとして買って、って」

「あのときの、おまえの気のつかい方は、ちゃんとわかってた」

海の青と空の青に染まった窓ガラスを指先で弾《はじ》きながら、準はつづけた。

「当時は、もう、うちのオヤジはアメリカで大成功していて、おまえにも引き合わせたから、おれが金持ちのおぼっちゃんだってことを美果は知っていた。そのおれが、金に糸目をつけずに高校生らしくないプレゼントをするかもしれないのを、おまえは恐れてた。岩城準のイメージが狂うから。……だよな？」

「……うん」

「だから、三千円の猿のぬいぐるみを、これがいいって、美果が自分で選んで決めた。……あ、いま自分で言って気がついたんだけど、おれ、値段までちゃんと覚えてるわ」

　準は少し笑った。

「すげえいい女だったよな、おまえ。そのおまえがいなくなったから、岩城準、落ちるとこまでとことん落ちた」

「あの猿のぬいぐるみね、私、ずっと大切に持ってたのよ」

「ほんとに？」

「名前もつけてた。ジュンって」

「おれは猿かよ」

「私はジュンの前からいなくなったけど、でも、ずっとジュンがそばにいてほしかった。だから、たった一回きりの誕生日プレゼントを、ジュン自身だと思うことにした。そして、胸のところにJ・U・Nって刺繍《ししゅう》も入れた」

「それじゃ、おれのことをずっと忘れていなかったのか」

「あたりまえじゃない。忘れられっこない。私の意思でいなくなったわけじゃないから、よけいに忘れられなかった」

　準は、その言葉に感動した。

　いま美果がいる日本は、海が見えるこっちの方角なんだな、と、準は輝く水平線の彼方《かなた》に向かって言った。

「会いにいくよ。いますぐに飛行機のチケットをとる」

「ほんと？」

美果の声が弾んだ。

「今夜のチケット、とれる？」

「今夜は無理だ。バンクーバー─成田便は、夜はない。毎日昼すぎに、たしか二本出てるはずだ。着くのは日本時間で翌日の午後二時とか三時とか……あとでちゃんと調べるけど、そんな感じだ」

「じゃあ、どんなに急いでも、日本にくるのが明後日になるのね。こっちの二十五日。そのお昼の二時とか三時に着くってこと？」

「だいたい、そこらへん」

「それじゃ、まにあわない……」

「まにあわないって、なにに？」

「夜の八時に出発なの。ツアーが」

「ツアー？　おまえ、どっか旅行にいくの？」

「旅行じゃないけど」

「言ってる意味、わかんないよ」

「バンクーバーから関空には飛んでないの？」

「おれが知るかぎりでは、ないね。でも昼の三時台に成田に着けば、八時に東京は楽勝だぜ」

「東京じゃないの。出発は京都なの」

「京都？　いま京都に住んでるのか」

「住んでるのは東京だけど、ツアーの出発が京都駅なのよ。京都駅に八時」

「なんのツアーなんだよ。もしかして紅葉狩《もみじが》りか？　でも、夜の出発じゃ違うよな。とにかく、おれと会うのを急ぐんだったら、そんなツアー、キャンセルしちまえよ」

「ダメ。できない」

「なんでできないんだ。誰か連れがいるのか？　男かよ」

「じゃないけど」

「おまえ、たったいま『助けてほしい』って言ったよな。『いまの私を助けてくれるのは、ジュンしかいない』って。だからおれはカナダから飛んでいく、って決めたんだぞ。だからおまえも、ちゃんと説明しろよ。事情をなにからなにまで、ぜんぶ」

「あのね、ジュン。猿のぬいぐるみなんだけど」

「話をそらすなって。猿のぬいぐるみなんて、どうでもいいよ。猿のジュンより、人間のジュンと会う段取りをしっかりつけろよ」

「私の部屋から消えたの」

「え？　なにが？」

「猿のジュンが消えたの。いま住んでるマンションの部屋から」

「泥棒に入られたのかよ」

「泥棒じゃない……ほかにはなにも盗《と》られてないから」

「ありえないだろ、そんなバカな話。人の部屋に忍び込んで、三千円のぬいぐるみだけ盗んでいくやつがいるわけない」

「お父さんよ」

美果の声は、少し震えていた。

「お父さんが、私がいないときに、部屋から猿のジュンを勝手に持ち出していった」

「なんのために」

「もしかすると……手首って、ジュンの手首のことなのかも」

「は？」

「ジュンの手首が切断されるのかも」

「おい、おい、おい」

準は、携帯を持っていないほうの手で、後頭部をガリガリ掻《か》いた。

「おまえ、まさかクスリやってないよな、おれみたいに。自分の言ってることが支離滅裂なの、自分でわかってる？」

「とにかくジュン、早くきて……私を助けて……私じゃなくなった私を……助けにきて」

岩城準の耳に押し当てられた携帯の中で、美果のすすり泣きがはじまった。

4

「いやあ、ほんとうに氷室先生に魔界ツアーに参加していただけるとは、思ってもみませんでしたあ。夢のようです」

十一月二十四日、午後十時――

京都市役所の裏手、寺町通《てらまちどおり》と二条通《にじょうどおり》の交差点近くにあるこぢんまりとしたバーに、約束の時間ジャストに現れた氷室想介を、魔界案内人こと京都史蹟《しせき》観光促進協会理事の一柳次郎がにこやかな顔で迎え、さっそくカウンター席の自分の隣のスツールに氷室を座らせた。

「私は毎度ワンパターンのマティーニにしとりますが、氷室先生は」

「ぼくも毎度おなじみのオクトモアをストレートで」

一柳は茶色のジャケットに同系色のマフラーをしていたが、そのマフラーを取ると、ループタイをしたシャツの襟もとが覗《のぞ》いていた。

酒を飲む場所で一柳と会うのは、宝ヶ池《たからがいけ》にあるホテルのバーでの初対面を含めてこれが三度目だったが、このころまでには、氷室は、ループタイが一柳のトレードマークであることを理解していた。

白髪がわずかに残った頭頂部に、照度を落としたダウンライトが当たる、前回と同じ位置のスツールに腰掛けた一柳は、氷室の前にアイラモルトの「オクトモア」五年物を入れたショットグラスがきたのを見計らって、自分のカクテルグラスを持ち上げた。

「ささ、じゃあ、乾杯しましょう。氷室先生とここでお会いするのは三ヵ月ぶり……いや、もっとですか」

「八月の初めでしたから、三ヵ月半ですね」

「もうそんなになりますか。月日の流れるのは早いですなあ。あのときは偶然でしたが、今回はこうやって待ち合わせをさせていただく間柄にもなりましたし。光栄です」

「こちらこそ」

氷室は、軽くグラスを合わせた。

「いま思えば、八月のあの晩、私は馴染《なじ》みのこの店に祝杯を上げに入ったんでした。『鹿堂妃楚香の魔界ツアー』が正式決定となった日だったもので」

「そういえば、そうおっしゃってましたね」

「そして、偶然いらっしゃった氷室先生にお祝いしていただいて、乾杯をしたのです。あのときも先生はスモーキーな香りのするそのアイラモルトの『オクトモア』を召し上がっていて、私はマティーニでした。でも、先生はすでにずいぶん召し上がっていたようでしたな。まぶたの周りも赤かったです」

「そうでしたかね」

覚えていないようなふりをしたが、氷室はその晩のことをよく覚えていた。

氷室がこの店で柄にもなく酒を重ねるときは、愛くるしいアシスタントの川井舞《かわいまい》に去られた淋《さび》しさを紛らわせるケースがほとんどだったが、あのときは違っていた。

東京の高島平《たかしまだいら》団地で連続して起きた転落事件の「真犯人」をつかまえ、事件の背景を完全に解き明かしたつもりでいて、じつはなにも真実をあぶり出していなかったのではないかという疑念に取り憑《つ》かれたからだった。

そのいらだちが、めったに酒に溺《おぼ》れない氷室を酔わせていた。

そして、真実をつかみそこなったのではないかという疑惑をもたらした存在は「QAZ」という謎の言葉――

「氷室先生、いよいよ明日ですよ、明日」

その声で、氷室は一瞬の回想から引き戻された。

一柳は興奮した口調で語り出した。

「待ちに待っていた鹿堂妃楚香先生の京都魔界ツアーの出発が、いよいよ明晩八時に迫ってまいりました。しかも大阪のテレビ局が全面バックアップですからね。二時間の特番にするそうですよ。京都史蹟観光促進協会の理事としても、これは京都という歴史ある街の魅力をぞんぶんに伝え、魔界という観点からも大勢の観光客にきていただくブームづくりのための大仕事だと思っとります」

隣りあったスツールに腰掛けた一柳は、氷室のほうに身体を向けて力説した。

「それに……」

八月のときと同様、店には氷室と一柳以外の客はおらず、マスターは一柳にとっても氷室にとっても馴染みだったが、それでも一柳は、まるでほかに聞き耳を立てている者がいないかといったそぶりで周囲を見回してから、ぐんと声を落としてつづけた。

「ツアー企画発表の記者会見で行なった鹿堂先生の予言が、おもわぬ波紋を巻き起こしたために、テレビ局の意向もあって、参加者の中に特別枠を設けて、そこに警察関係者も入ってくるそうです」

「その警察関係者のひとりに入れられたのがぼくですよ」

一柳に対しては「ぼく」という一人称を使うようになった氷室が、微笑まじりに答えた。

「そうでした、そうでした。そもそも氷室先生が参加なさることが、その流れで決定したんですよね。で、どうなんです？　鹿堂先生の予言は当たるんでしょうか。世にもむごたらしいバラバラ死体の、まず左の手首が魔界ツアーの最中に見つかる、という予言は」

「ほんとうに当たったら大騒ぎでしょうね」

アイラモルトの中でも格別に燻蒸《くんじょう》臭の強い「オクトモア」五年物を口に含み、意外にまろやかな舌ざわりと、鼻へ返してくるスモーキーな香りを楽しんでから、氷室はそれをゆっくりと飲み下した。食道から胃に向かって、熱い感覚が降りていった。

それから氷室はショットグラスをカウンターに置き、一柳に向かってつづけた。

「大騒ぎになるでしょうけれど、ぼくは、予言は当たると思います」

「え？」

一柳が驚いて身を少し引いた。

「あの予言が当たると」

「はい」

先月の末、東京で鴨下警部の訪問を受けたスーパーマルチ学者の聖橋甲一郎は、それを言葉のアヤを利用した人騒がせな話題づくりと断言し、手首とは人間の手ではなく、マネキン人形の手だろうと推測した。

しかし氷室は、聖橋の見解とは別の予想をしていた。

「予言が当たると思うからこそ、ぼくはツアーへの参加要請を受けたのです。警視庁捜査一課の田丸警部という昔からの知り合いを通じて」

「しかし鹿堂先生の予言が当たるということは、その手首はバラバラにして殺された死体の一部ということですよ。明日の魔界ツアーで、私たちはそんな現場に出くわすんですか」

一柳は、とても信じたくないというふうに首を振った。

「氷室先生、それ、冗談でおっしゃっているんでしょう？」

「いいえ、本気ですよ」

「しかしですよ、魔界案内人を名乗っている私がこんなことを言っちゃあ、ミもフタもありませんが、鹿堂先生はお美しいし、カリスマ性はぞんぶんに備えていらっしゃいますが、ほんとうに予知能力の持ち主なのかどうか、それを真顔で議論するのは野暮な話だと、私はそう思うてきました」

そう言ってから、一柳はあわてて言い添えた。

「これは、ここだけの話にしといてくださいよ、氷室先生。ご本人に知れたらえらいことになります。……でも、予知能力もないのに当たったとなりますと、それはどういうことになりましょうか」

「彼女が猟奇的な殺人事件に関わっている、という以外の答えはないでしょうね」

「そんな！」

一柳は、おおげさに思えるほど大きく目を見開いた。

「それじゃ私は、殺人犯と仕事をするわけですか」

5

「いえ、彼女が殺人事件に関わっていても、犯人だとはかぎりません」

氷室は、軽く首を振った。

「そうではなく、なにかの事情で脅されている場合も考えられます。彼女の超能力がニセモノであると承知している人間から。おまえが超能力者でもなんでもないことをバラされたくなければ、言うとおりの予言をしろ、というふうに」

「そいつがバラバラ殺人の犯人だったりして」

「いえ、必ずしもそうとはかぎりません。誰かがひた隠しにしていた死体のありかを鹿堂妃楚香に言わせることで、それが大々的に世間の注目を集め、真犯人を精神的に追い込むという効果を期待するケースも考えられます」

「なるほど。……でも、いずれにせよ氷室先生は、あの予言は鹿堂先生本人の意思によるものではなく、誰かに言わされているとお考えなのですね」

「だからこそ、現実になる可能性がじゅうぶんあるとみなしているわけです。ところで一柳さんは、鹿堂妃楚香の本名を知っていますか」

「いやあ、プライベートな情報はこちらには伝わってきませんし、まあ、正直、夢をこわしたくないので、知りたいとも思いませんし」

「じゃあ、ここでは申しませんが……」

「いや、そこでもったいぶらんと」

一柳は、カウンターの上にのせていた氷室の腕をとって揺すった。

「教えてくださいよ。鹿堂先生は、いったいどういうお人なんです」

「彼女の本名は竹之内美果、年齢は二十七です」

「タケノウチ？」

一柳は、その苗字には聞き覚えがある、といった顔をした。

「そういえば、彼女の事務所は『インサイド・バンブー』というんですが、直訳したら『竹の内側』になります。つまり竹之内……。しかも社長が竹之内という人でした」

「それは彼女の父親です」

「社長は鹿堂先生のお父さんなんですか！」

「はい」

田丸警部から提供された調査データの一部を、氷室は差し支えない範囲で明かした。

「竹之内美果は十七歳の誕生日を迎えるその日まで——十年前の七月七日まで——二十三区内にある都立高に通っていました。その当時から、彼女の美少女ぶりは目立っていたようです」

「では、整形などではないんですな、あの美しさは」

「そうですね」

「いやあ……それを知っただけでも安心しました」

一柳は、罪のない笑顔を浮かべた。

「で、七月七日を境にして、鹿堂先生の身になにか起きたんですか」

「消えたんです」

「消えた？」

「オカルト的な表現を用いるなら『神隠しのように消えた』となりますが、もっと現実的な視点でいえば『一家で夜逃げをした』ということになります」

「なんと！」

一柳は、眉《まゆ》をひそめた。

「夜逃げとは、鹿堂先生のイメージに合いませんなあ。で、その理由は？」

「当時、竹之内氏が経営していた町工場が倒産寸前で、多額の借金を抱えていたのが原因のようです」

「そうですかあ……じゃあ、鹿堂先生はずいぶん苦労をなさったんですねえ。しかし、その苦難を乗り越えて、お父さんも現在のような立派な社長になられたのなら、たいしたものじゃありませんか」

「そう思います」

「ところでまったく話は変わりますが、氷室先生、八月にこのお店で偶然お会いしたとき、話の途中で先生に電話がかかってきましたね」

今夜はこのことを絶対にきくつもりできた、といった口調で、一柳は問い質《ただ》した。

「そして先生は、その隅っこのほうへ移動して、なにやら深刻な顔で、電話の相手と話をされておりました」

「そんなことがありましたっけ？」

わかっていながら、氷室はとりあえずとぼけてみせた。

6

それは田丸警部からの電話だった。

その電話で田丸は、熱海《あたみ》で起きた若い夫婦の飛び降り心中がじつは無理心中であったことを現場写真から突き止めたと伝え、さらにもう一枚、氷室を考え込ませてしまう遺体写真を送信してきた。

スマートフォンで受信した写真を拡大してみると、高さ百メートルを超す断崖《だんがい》から新妻とともに飛び降りた夫の左の手のひらには、黒いペンで三つのアルファベットが小さく書かれていたのだ。

その三文字とは——


「あのとき氷室先生は……」

一柳は、氷室の横顔をまじまじと見つめた。

その視線を受けた氷室は、一見するとお人好《ひとよ》しの校長先生といったイメージの魔案内人が、意外にも冷たい瞳《ひとみ》を持っていることに気がついた。

「カウンターにいる私の耳にも届くほど大きな声で、不思議な言葉を発せられました」

「そうでしたか？」

「そして、私と乾杯をしたばかりだというのに、急にお勘定を済ませて——ああ、そのせつは私のマティーニのぶんまで支払っていただきまして恐縮です――そして、そそくさと出ていかれました」

「よく覚えておられますね。本人のぼくが完全に忘れていたというのに」

氷室は笑ってその話題を終えようとしたが、一柳は三ヵ月半前のその出来事に固執した。

「私はとても気になるんです。氷室先生がメールを見ながら口走ったときの言葉が。先生はこうおっしゃいました。QAZと」

一柳は、隣の席から氷室の顔を覗《のぞ》き込むように顔を近づけてきた。

「いったいなんの写真をごらんになって『QAZ』とおっしゃったんですか、という質問はいたしません。おたずねしたところで、ノーコメントでしょうから。けれども、私もQAZという言葉が、いま気になって仕方ないのです。ですから、今夜氷室先生とお会いしたら、絶対におたずねしようと思っていました。QAZとは何なのか、と」

氷室にとってはまったく意外な言葉だった。

「一柳さんもどこかでごらんになったんですか、その三文字を」

「見たというより聞いたんです。鹿堂妃楚香先生の口からその不思議な言葉が出たのを」

「鹿堂妃楚香？」

氷室は、真剣な表情になった。

「くわしく教えてください、一柳さん」

「氷室先生が例の会議のときにお買い求めになった月刊『超常世界』は、鹿堂先生がカバーモデルも務めていらっしゃいました。その写真で、彼女がどっちかの手に青い玉を持っていたのを覚えていらっしゃいますか」

「よく覚えていますよ。水晶玉みたいなものですね。水晶玉は透明だけれど、彼女が手にしていたのは、珊瑚礁《さんごしょう》の海の色を思わせる、透き通った青でした」

「そうです。最近の鹿堂先生は、あの青い玉を決して手放すことがありません。昨夜も魔界ツアーの最終打ち合わせに出席された先生は、ご自分の前に、まるで御守《おまも》りのように置かれていました。専用の台の上にね」

「その打ち合わせは京都で？」

「いいえ、ゆうべは先生はまだ東京でしたから、私が新幹線で出向きました。あちらの社長さん――いま氷室先生からはじめて教えていただきましたけれど、鹿堂先生の実のお父さんだったんですね――その竹之内社長とか、伊刈《いかり》さんというマネージャーの方とか、あと大阪からやってきたテレビ局のディレクターとかですね、そういう人が集まって、六本木《ろっぽんぎ》にあるホテルのスイートルームで打ち合わせをしたのです」

「そのとき、例の予言の話は出たんですか」

「いえ、出ませんでしたし、竹之内社長から事前にクギを刺されていました。妃楚香の予言については話題に出すな、と」

「なるほど。で？」

「私とテレビ局のディレクターが、魔界スポットに着いたときの段取りを確認するんですけど、まったく返事もなさらずに、鹿堂先生はあの透き通った青い玉をじっと見つめておられるんです。気のせいか、なんだか元気がありませんでした。体調がお悪いんじゃないかと、心配になったほどでした」

一柳は、少し顔を曇らせた。

「鹿堂先生はおしゃべりではないけれど、無口ではありません。一対一でいても、息が詰まるような沈黙に包まれる心配はないんです。でも、ゆうべは様子が変でした。なにか心配事でもあるような目で、じっと青い玉を見つめておられる。

そこでちょうどほかの人がみな電話やら打ち合わせやらでスイートルームの別の部屋に行ったりして、私と鹿堂先生のふたりきりになった瞬間があったもんですから、私は思いきってたずねてみたんです。鹿堂先生、その青い玉の中になにか見えるんですか、と。すると先生はこうおっしゃいました。『沖縄の美しい空と海が見えています』と」

「沖縄の空と海……」

「はい。玉が青く見えているのは、沖縄の空と海の青を映しているからだと説明されました。それからつぎに、人差指で玉を指差しておっしゃいました。ここにQAZがいる、と」

「ほんとうですか！」

氷室は、おもわず大きな声を出した。

「その青い玉の中にQAZがいると、彼女はそう言ったんですか」

「ええ。……あ、QAZではなく『QAZ様』というふうに『様』をつけておられました」

「『様』ですか？」

氷室は目を見開いた。

「QAZ様が、青い玉の中にいると、そう言ったんですね？」

「はい。でも、私には、なんのことやらサッパリでした。もちろん、私の目にはなにも特別なものは見えません。そして戸惑《とまど》っていると、鹿堂先生は、こうつづけられたのです」

一柳は襟もとのループタイを締め直し、それからゆっくりと言った。

「QAZ様は、私を救ってくれた神様です、と」

「………」

「その神様の名前を、氷室先生も前に口になさっていたから、私は驚いたんです。QAZって、どんな神様なんですか。それとも人間なんですか。教えてください、氷室先生」

一柳次郎は、氷室が答えられない質問を、何度もくり返した。

第二章　鬼門線を走る鬼

1

十一月二十五日、午前七時——

『鹿堂妃楚香の京都魔界ツアー』当日の朝、ＱＡＺは少し目覚めが悪かった。

べつに緊張しているのではない。緊張はしていないが、少し不安な気持ちにさいなまれていた。ＱＡＺにとって宿敵である精神分析医《サイコセラピスト》・氷室想介が、正式に魔界ツアーへの参加を決めたからだった。

氷室がＱＡＺの宿敵だということは、一方的なものだった。ＱＡＺが勝手に氷室を怨《うら》んでいるだけで、氷室がＱＡＺを怨んでいる事実はない。それどころか、氷室がＱＡＺという存在を知ったのは、七月に東京都板橋区の高島平団地で起きた事件がはじめてであるはずなのだ。あれで氷室は、この世にＱＡＺという謎の存在があることを知った。

しかし、まさかそれが氷室自身に対する怨念《おんねん》が生んだ存在とは知らない。そしてQAZが、氷室想介の生きているかぎり、対決を仕掛けていくとの決意を固めたとも知らない。その理由も……。

QAZは、実行し終えた殺人プロデュースについて、メモワールとしてひとつずつタイトルをつけることにしていた。まるで舞台劇のように。

高島平団地を舞台として起きた第一の悲劇は、QAZによって『妖精鬼《ようせいき》殺人事件』と名付けられた。そして、まもなくはじまるであろう第二幕のタイトルも、すでに決まっていた。

「京都魔王殿の謎」

QAZは、声に出してつぶやいた。

「その題名が最もふさわしい」

そしてQAZは窓際に近寄った。

二十分前に日の出を迎えたばかりの晩秋の京都は、美しい紅葉に彩られていた。空はどこまでも高く澄み切っていた。しかし、夜になって大陸から強い寒気が流れ込み、場合によっては京都でも山あいで初雪が降る可能性もある、という予報が出ていた。

それは、美しい紅葉の季節の終わりを告げる寒気になるかもしれなかったが、とりあえず朝の京都は晴れていた。

その青空をしばらく眺めてから、QAZは窓辺を離れ、テーブルに置いた古色蒼然《こしょくそうぜん》とした秘伝の書『陰陽大観』を開いた。

開けられたページは、三部構成から成る『陰陽大観』の第二部「魔界百物語」の、第二話のところだった。

そこにはこう書いてあった。

第二の魔界を開いてみよ

《未来を予言できる神を装い、人々を操る快感》にうち震えるおまえがそこにいるはずだ

(楽しみだ。魔界百物語の第二話をなぞるのが楽しみだ。たとえ氷室想介がまた妨害に入ってこようと、こんども私はきっと勝つ)

氷室想介は、たしかに高島平団地の事件で鋭い推理をみせた。四歳のこどもが団地十四階のベランダから転落するという、一見すると親の不注意による事故としか思えない、平凡といえば平凡な出来事の背景に、複数の人物の「絶望の交錯《こうさく》」があったの

を彼は見抜いた。

それは精神分析医・氷室想介でなければできない仕事だった。

さすが氷室、とQAZは認めた。

だが、最終的には氷室は勝利していなかった。陰の仕掛人としてのQAZの存在をおぼろげにつかんだにもかかわらず、その正体は、まだ氷室にとってまったくとらえどころのないものだったからである。

前回の勝利で、QAZは自信を持った。

(氷室想介、恐《おそ》るるに足らず)

自分にそう言い聞かせた。


だが――

恐るるに足らずと自分に「言い聞かせる」ということは、本心では不安がゼロでない証拠でもあった。それがけさの寝覚めの悪さにつながっていた。

自分はどこまでもこの殺人劇の「黒衣《くろこ》」としての存在でなければならない。これからプロデュースする第二の殺人劇では、第一の殺人劇同様、「表面上の犯人」がいて、警察もしくは氷室想介の推理によって捕獲されるのは、その人物でなければならなかった。

絶対に自分がつかまってはいけない。どこまでも安全地帯から高みの見物をしていなければならないのだ。

しかし、漠然とした不安を打ち消すことができなかった。氷室想介が魔界ツアーに参加すると知ってからは……。

つまり、今夜開幕する新たなる悪魔的事件に、氷室はリアルタイムで立ち会うことになる。じゅうぶんに予想されていた展開とはいえ、それがＱＡＺの心に不安のさざ波を立てた。

そこでＱＡＺは、以前にやったのと同じように、「九字護身法《くじごしんぼう》」に従って、氷室想介の侵入を防ぐ結界《けっかい》を張ることにした。

「臨《りん》・兵《ぴょう》・闘《とう》・者《しゃ》……」

右の手刀《てがたな》で空中にヨコ・タテ・ヨコ・タテと直線を描きながら、ＱＡＺは声を張り上げた。

「皆《かい》・陣《じん》・烈《れつ》・在《ざい》・前《ぜん》！」

ヨコ・タテ・ヨコ・タテ・ヨコと直線を空中に描き、さらに身体の方角を九十度ずつ変えながら、同じ動作をもう三回くり返した。

「臨・兵・闘・者・皆・陣・烈・在・前！　臨・兵・闘・者・皆・陣・烈・在・前！

臨・兵・闘・者・皆・陣・烈・在・前！」

そして最後にＱＡＺは、両手の指を交互に組み合わせて気合いを入れた。

「有無《うむ》！」

九字を東西南北の方角に四たび切ることで、ＱＡＺの周りに「善」の侵入を防ぐ結界が張りめぐらされた。

殺人劇第二幕『京都魔王殿の謎』も、必ずうまくいくはずだった。

2

午後一時すぎ——

西に京都御所《ごしょ》、東に鴨川《かもがわ》の流れを間近に望むビルの五階にある、氷室想介のカウンセリング・オフィス兼住居の一室で、氷室は窓際に立って外の景色を眺めていた。

鴨川越しの東山《ひがしやま》三十六峰《ぼう》は、いつもどおり美しい山並みを見せていた。

北は比叡山《ひえいざん》から、南は伏見《ふしみ》稲荷大社《いなりたいしゃ》を抱く稲荷山《いなりやま》まで南北約十二キロに及ぶ東山の峰々の、そのすべてが見渡せるわけではなかったが、三十六峰の最北に位置する比叡山のとがったシルエットは、群を抜いた存在感を示していた。

「比叡山」というのは単独峰の名称ではなく、複数の山頂を持つ山塊《さんかい》の総称である。その中の標高八四八メートル「大比叡《だいひえい》」が最高地点だった。

比叡山の峰々で京都府と滋賀県が分かれているために、そこに建つ比叡山延暦寺《えんりゃくじ》の所在地は滋賀県大津《おおつ》市となる。しかし、古来より現在に至るまで延暦寺は「京都の寺」として人々に広く認識されてきた。

それは「延暦寺」という名前にも、そしてそれが位置する方角にも関係があった。

氷室想介のオフィス兼住居があるビルからほど近い現在の京都御所は、かつての平安京大内裏《だいだいり》よりはずっと東に位置するが、その東北の角に「猿《さる》が辻《つじ》」と呼ばれる場所がある。

御所を取り囲む塀が、そこだけL字形に内側にくぼんでいる。その壁の上に木彫りの猿が祀《まつ》ってあった。

そして、この猿が辻からはるか遠く北東方向にある比叡山と結ぶ線上に、赤山禅院《せきざんぜんいん》と呼ばれる延暦寺の塔頭《たっちゅう》(大寺に対する子院・わきでら)がある。氷室が七月に参加した世界超能力者会議が行なわれた京都国際会館からは、西へ一・七キロほどしか離れていない場所である。

その赤山禅院の拝殿《はいでん》の屋根にも、金網に囲まれた一匹の猿が飾られていた。そして、それは京都御所の猿が辻に祀られた猿と、たがいに向き合っていた。

鬼門封じの猿である。

風水《ふうすい》には表鬼門《おもてきもん》と裏《うら》鬼門があり、表鬼門は北東、裏鬼門は南西を指す。なぜその方角が鬼門に定められたかといえば、陰陽道《おんみょうどう》においては北と西が「陰《いん》」で、南と東が「陽《よう》」にあたり、北東から南西にかけて引かれる「陰」と「陽」の境界線は「気が反転」する特殊ゾーンで、そこを邪悪な鬼が走るとされていたからだった。

そのため、この方角には「鬼門封じ」のパワーを持つ「なにか」を祀って、鬼の侵入を防がなければならなかった。

その鬼門封じに猿のシンボルが使われるのには、おもにふたつの理由があった。

第一に「魔が去る」＝「まさる」＝「勝《まさ》る」という語呂《ごろ》合わせによる縁起かつぎ。

第二に表鬼門の逆方向、すなわち裏鬼門にあたる南西は、十二支の方位盤によれば「未《ひつじ》」と「申《さる》」の中間「坤《ひつじさる》」に相当することから、「猿」が鬼門封じのシンボルに用いられた。

このふたつが、猿が鬼門封じのシンボルとなった理由づけとして公式に語られるものだったが、さらにもうひとつ、こういう解釈もあった。

京都を現代の形に発展させたのは、御土居《おどい》と呼ばれる首都防衛線の土塁《どるい》で都を囲った豊臣秀吉《とよとみひでよし》である。そして、いったんは信長に滅ぼされた比叡山延暦寺を、都の表鬼門を守るという位置づけも含めて復活させたのも、やはり秀吉といってよかった。

その秀吉が猿に似た風貌《ふうぼう》であることから、都の鬼門封じとして猿が用いられたという、あまり公には支持されていないその説を雑誌などに発表していたのが、スーパーマルチ学者の聖橋甲一郎で、氷室も彼の論文を読んだことがあった。

ともかく、比叡山—赤山禅院—猿が辻は、表鬼門線で一直線に結ばれる「鬼の回《かい》廊《ろう》」であった。

(それにしても、鹿堂妃楚香がQAZを『QAZ様』と呼んで神様扱いしているのは、どういう理由からなのだ。彼女はQAZを知っているのか？　QAZに会ったことがあるのか？)

窓から望む比叡山のシルエットと向きあいながら、氷室はそのことばかり考えていた。

(高島平団地の事件の裏には、明らかにQAZという存在があった。直接の犯人はあぶり出せたが、QAZはその陰に隠れたままだ。そして、バラバラ死体の左手首が出てくるという不気味な予告をした鹿堂妃楚香が、QAZを神と崇《あが》めているなら、またなにか事件が起きる)

魔界案内人の一柳次郎に語ったように、氷室は予言がなんらかの形で現実のものになると予想していた。だからこそ、警視庁捜査一課・田丸警部の要請で氷室は魔界ツアーに参加することになった。

それだけではない。田丸自身も他の一般参加客には身分を隠して参加するという。ただし、主催のテレビ局はそれを知っている。したがってテレビ局のスタッフは、鹿堂妃楚香の予言が現実のものとなることを大いに期待して、カメラを回すに違いなかった。

そして今夜行なわれる『鹿堂妃楚香の魔界ツアー』では、目の前にある比叡山に深夜登るという予定が組み入れられていた。

3

深夜の比叡山に車で入る——これは通常ではありえない設定だった。

比叡山に登る唯一の自動車道路である比叡山ドライブウェイは、夏場でも午前零時に、いまの季節だと午後十一時に閉鎖されてしまうからだ。有料道路のゲートをくぐって入れる最終入場時刻は、その一時間前となる。つまり、午後十時だ。

比叡山ドライブウェイを夜明けまで終夜利用できるのは一年のうちでたった一日、大晦日《おおみそか》だけだった。そんな規則がある中で、魔界ツアーのバス一台だけがゲート閉鎖後の入場を許されていた。

それは民放テレビ局が関係各所に手を回した結果の特別待遇だったが、一般車が消えた時間帯に一台だけで比叡山を訪れるというプランは、一柳によれば、鹿堂妃楚香が言い出したアイデアだという。

地球温暖化の影響で、京都でも年々紅葉の時期が遅くなっていて、ことしも街なかではいまがちょうど紅葉の見ごろだった。しかし、標高八四八メートルの比叡山の頂上近くに位置する延暦寺では、とっくに紅葉は終わり、一足先に冬の季節に入っていた。いまは融《と》けてしまったが、つい先ごろもうっすらと雪化粧をした姿を見せたほどである。

だから真夜中はぐんと冷える。魔界ツアーの客も厳しい寒さを覚悟しなければならない。しかし、あえてそういう条件の場所を選んだのは、鹿堂妃楚香になにか特別な演出意図があるからに違いない。氷室は、そう読んでいた。

（もしかすると、バラバラ死体のパーツに遭遇する場所は、比叡山ではないのか？　都の表鬼門を守っているその場所で……）

なんとなくそんな予感を抱きながら、氷室は昼下がりの比叡山を眺めた。雪こそかぶっていないが、見るからに寒そうな姿だった。

と、背後のデスクに置いた携帯が電話の着信を告げて振動した。

田丸からだった。

「徹夜の魔界ツアーに備えてまだ寝ているかもしれないと思ったが、さすがにこの時間ならもう起きているだろうと思ってね」

「ぼくはいつもどおりですよ。午前中はカウンセリングが二組ありましたし」

と答えながら、氷室は、田丸の声の背後に新幹線の走行音らしきノイズを聞いた。

「もう京都に向かっておられるんですか」

「そうだよ。ちょうどいま新丹那《しんたんな》トンネルを出て、三島《みしま》を通過したところだ」

「ずいぶん早めにいらっしゃるんですね。ツアーの出発は夜八時で、しかも京都駅前から出るんですから、警視庁を夕方の五時前に出れば余裕だったのに」

「ところがそうはいかなくなってね。ツアースタート前に重要なミーティングが行なわれることになった。そして、それは氷室君、きみにも参加してもらわねばならない」

「なんの集まりですか」

「鹿堂妃楚香と事務所社長に対する非公式聴取だ。おれもさっき一課長からはじめて知らされたんだが、鹿堂妃楚香の例の予言に関して、京都府警の鴨下警部が先行して動き出していた」

「鴨下さんというと、田丸警部といちばん仲がいい方ですよね」

「そうだ。性格はめちゃくちゃ屈折してるヤツでな。いちどきみに精神分析をしてもらいたいほどの変わり者なんだが」

田丸は走行ノイズの聞こえる電話口で愉快そうに笑った。

「でも、決して悪いやつじゃない。いずれ近いうちにきみにも紹介しようと思っていたんだが、それがきょうになった。じつは鴨下たち京都府警は、今夜の魔界ツアーで、ほんとうに人の手首が出てくる可能性を懸念しはじめている。氷室君と同じようにだ。彼らにとっては自分の管轄域内だから、手をこまねいて待つという受け身の姿勢ではいられないわけだ。おれが鴨下の立場なら、やはり同じことを考えただろう。

ただし、鹿堂妃楚香は犯罪者でも容疑者でもないから、それなりの柔らかな雰囲気をつくらんといかん。そこで京都府警と特別顧問契約を結んだばかりの聖橋博士と、きみにも参加を求めることになったんだ」

「何時から、どこでやるんですか」

「いまから約三時間後の夕方の四時からはじめる。魔界ツアーの出発に差し支えないよう、京都駅のホテルグランヴィア京都に部屋を借りた。おれが乗ってる新幹線は、京都に三時前に着く。着いたらグランヴィアのロビーに直行するから、きみも時間的に可能だったらその段階から参加してくれ。鴨下を前もって紹介しておきたいし」

「了解です。きょうの午後は診療の予約を入れていないのでだいじょうぶです。では、三時にグランヴィア京都のロビーで」

田丸との電話を切ると、氷室は熱いペパーミントティーを淹《い》れて、一口飲んだ。

と、そのティーカップを受け皿に置いた氷室の顔に、いいようのない淋《さび》しさが浮かんだ。

4

二年ほど前までは、アシスタントの川井舞が、氷室が飲みたいと思ったときに、それを察してすぐにこのハーブティーを用意してくれたものだった。まさしく、それは超能力ではないかと思えるほどに、舞は氷室の気持ちを何から何までわかってくれていた。

その舞は昨年の正月に、氷室のもとを離れた……。

(舞が淹れてくれたのに較べたら、味気ないもんだな、自分で淹れたハーブティーなんて)

氷室は、舞を手放した喪失感というものを、最近になってとみに感じるようになっていた。その孤独感を癒《いや》すためにバー通いをはじめ、以前の自分からは想像もできなかったが、行きつけのバーというものができてしまった。

さすがに、昼間からアルコールというわけにはいかなかったが、何種類か揃えたアイラモルトのボトルから一本を選んで、ひとりで酔っぱらいたい気分だった。

いま話をしたばかりの田丸の声が、思い出したくもない会話を思い出させた。ことしの五月、日本にいるはずのない舞を品川駅で見かけたと、新幹線で隣の席に座った田丸がおかしそうに語りはじめたときのことだ。

その日、品川駅にいた田丸は、線路を隔てた隣のホームに、生まれてまもない男の子をベビーカーに乗せた舞を目撃したのだ。驚いた田丸が呼びかけると、舞は少しも悪びれず、ぺこんとえくぼを凹ませて挨拶《あいさつ》をした。しかし、そこへ電車が入ってきて彼女がそれに乗り込んだため、田丸はそれ以上の会話をつづけることができなかった。いったいベビーカーの赤ん坊は誰の子なのだと、氷室は田丸から問いつめられた。

短大の心理学科を卒業後、二代目アシスタントとして氷室想介のもとで働きはじめた舞は、キャリア七年目に入ろうとする去年の一月、渡米のために一時的に――田丸に対しては、あくまで一時的にという説明で――氷室のカウンセリング・オフィスから離れることになった。

氷室は、自分自身がそうであったように、舞も若いうちにアメリカでの実地研修が必要だと判断したからだと、田丸に対しては体裁のよい理由を語っていた。ニューヨークには初代アシスタントだったマックス夫妻もいるし、と。

そして、東京でも雪が降りそうな寒い二月、舞は成田からニューヨークへと飛び立っていった。氷室はまったく知らなかったが、田丸はちょうど非番だったので成田へ見送りに行った。そこで空港に氷室の姿がないのをいぶかしく思った田丸が、なぜ氷室君がきていないのだと問いかけると、舞は涙ぐみながら「空港まで見送りにきていただくと、よけいに淋しくなるから、私のほうでお断りしたんです」と答えたという。

それでも田丸は、いずれ舞は日本に戻ってきて氷室と結婚すると信じていた。そうはならないと知っていたのは、当事者の氷室と舞だけだった。

だから田丸は、品川駅で子連れの舞を見たときに驚いた。

しかし、じつは氷室でさえ、田丸の情報ではじめて知ったのだった。ニューヨークにいるはずの舞が帰国して東京にいて、しかもこどもを出産していたことを。

舞と氷室の連絡網は、完全に切れていた――

フーッと、氷室は長いため息をついた。そして、デスクに向かって座ったまま、ドアの向こうに目をやった。

そこは五階のエレベーターを降りた相談者が最初に入る部屋で、舞が受付を兼ねた秘書として控えていた場所だった。それが空席になってから、まもなく二年になる。

「舞……」

氷室は声に出してつぶやいた。

「やっぱり、きみがいないと、ぼくは」

そこまで言って、氷室は口をつぐみ、苦笑を浮かべた。

まるで芝居のモノローグのように、そこまで口に出してしゃべるなんて、どうかしていると思った。自分らしくない、と。

だが、舞がいなくなって、はじめてわかったことがある。それまでの氷室想介は、決して人に弱みを見せない生き方をしてきた。誰の前でも弱音を吐かなかった。田丸警部の前でもそうだったし、舞の前ではなおさらだった。それがいけなかった。

舞がいなくなってから、そのことがやっとわかった。

(いま思えば、舞にはありのままの自分を見せるべきだった。それをやってしまえば自分のイメージが崩れると思って、ぼくはどこかで自分を制御しすぎていた。でも、きっと舞は、ぼくが弱音を吐いたり、愚痴をこぼしたり、ときには本気で怒ったりする姿を自分に見せてほしかったに違いない。そして、なによりも本気で自分を愛してくれる氷室想介を見せてほしかったはずなんだ)

精神分析医のくせに、自分の心はなにもわかっていなかった。

氷室は自分を引っぱたきたくなった。重要なミーティングを前にして、最悪の気分に陥りそうだった。

（ダメだ、気分転換しないと……）

氷室は、ふたたびデスクから立ち上がって窓際へ歩み寄った。

そして、北東方向に見える比叡山の三角形のシルエットに目をやった。

その瞬間——

北東の表鬼門から鬼が走ってきた！

5

（え？）

氷室は、驚いて目をこらした。

だが、「鬼」と感じたのは、鹿堂妃楚香の予言が頭にあったため反射的に浮かんだイメージにすぎず、実際は光だった。

光の刺激が、氷室に鬼門線を走って飛んでくる鬼のイメージを連想させた。氷室の立っている窓と、北東の表鬼門の方角にある比叡山とを結ぶ線上で、なにかが光ったのだ。

（なんだろう）

氷室は、その方向をじっと見つめた。

最初は比叡山そのものに光源を求めた。だが、もう一回光ったのでわかった。もっと間近だった。鴨川を挟《はさ》んだ斜め前方にある五階建て雑居ビルの非常階段最上部で、陽光を反射してなにかがきらめいたのだ。

それだけだったら、とくに関心は持たずに、ほかへ視線をそらしただろう。しかし、いま氷室が見ている角度が、ひとつの記憶を引き起こした。


それは六月、古都の上空を黒い雷雲が覆い、激しい落雷を伴う土砂降りに見舞われた夜更けの出来事だった。

あのとき氷室は、前の月に奇抜なコスチュームでカウンセリングにやってきた高島平団地の主婦・高柳良恵《たかやなぎよしえ》が、9・11同時多発テロの陰謀論を一方的にまくし立てて帰っていったのが気になって、ニューヨークにいるかつてのアシスタント、マックス・マクスウェルと国際電話で、テロ陰謀論の現実性について語りあっていた。

その最中に、ブラインドの隙間からまばゆい稲光がたびたび飛び込んできて、あまりに近くに雷が立てつづけに落ちるので、マックスを電話口で待たせて、ブラインドの角度を少し変えて外の様子を窺《うかが》ったのだった。

と、豪雨と闇のカーテンを透かして、氷室は何者かの視線を感じた。

闇の中で人の視線を感じるなど、物理的にありえない現象だった。それでも氷室は、ブラインドの隙間から、鴨川の対岸方向の闇をじっと見つめた。

そのときの角度と、いま対岸の雑居ビルの非常階段でなにかがきらめいたのを見たときの角度とが、ほとんど同じなのだ。

鬼が走るといわれる鬼門線の角度だった。

（もしかして……）

突然、ひらめいた。

（あのときも、いまと同じ場所でなにかが反射したのでは？）

昼間のいまなら、対岸で反射したのは太陽の光であるのは間違いない。

では、六月のあの夜はどうだったか。古都の上空を黒雲が分厚く覆い、星も月も出ていなかったうえに、激しい雷を伴う猛烈な土砂降りだった。しかし、「なにか」をきらめかせる光源がひとつだけあった。

稲妻だ。

ブラインドの隙間から外の様子を覗《のぞ》いてみたとき、また強烈な稲光がきらめいたのを氷室は記憶に残していた。そのときは、落雷は伴わない静かな光だった。

その稲妻を受けて、なにかが反射したのではないのか。そして稲妻とは異なる反射光が無意識下に捉《とら》えられ、あたりがふたたび闇に包まれたあとも、その方向から誰かに見つめられているような感覚に襲われたのではなかったのか。

（ここから北東方向の対岸に、太陽や稲妻を反射するなにかがある。その『なにか』が、角度を変えたから、反射光がきらめいた。たとえば、カメラの望遠レンズとか双眼鏡のレンズとか……）

そこまで考えたとき、急にひとつの可能性が浮上した。

（この部屋が、川の向こうから監視されている？）

ザワッと寒気がした。

そして氷室は、反射光が飛んできた北東方向の対岸に目をこらした。

「あ」

氷室は声を洩《も》らした。人がいた。

二百メートルほど離れた向こうにも同じ高さの五階建てのビルがあり、非常階段に誰かがこちらを向いて立っているのが確認できたのだ。黒いコートをまとい、そのコートに取り付けられた黒いフードをかぶっているために顔立ちは確認できない。

だが、異様な風体だった。非常階段の手すりが邪魔をして、背丈はハッキリしない。

フードをかぶったその人物は、氷室に気づかれたのを悟ったのか、いきなり急ぎ足で非常階段を駆け下りはじめた。

氷室はそれを目で追った。

鴨川の向こう岸に渡るための荒神橋《こうじんばし》は氷室の住むビルからすぐだったが、窓際を離れた時点で追跡不能となるのは明らかだった。だから、いまは謎の人物がどの方向へ向かうのかを目で追うしか、氷室にできることはなかった。

だが、対岸の雑居ビルの非常階段の三階より下は、構造物の陰に隠れてよく見えなかった。そして、その人物が氷室から目撃されやすい川沿いに出るはずもなかった。

氷室は完全に相手を見失った。数分間、窓から対岸を見つめていたが、それらしい人物の姿は、もうどこにも見られなかった。

(ぼくの部屋が監視されていた……しかも、今回がはじめてではなく……)

そして氷室の脳裏に、あの三文字が浮かび上がった。

(もしかして、いまのがQAZなのか?)

第三章　魔界行き深夜バス

1

十一月二十五日、午後四時を少し回ったころ――

京都駅と融合した形で建つホテルグランヴィア京都で、特別に借りた関係者専用の会議室に七名の人物が集まった。

京都府警刑事部捜査第一課警部の鴨下秀忠、警視庁捜査一課警部の田丸巌、スーパーマルチ学者で京都府警と顧問契約を結んだ聖橋甲一郎、精神分析医《サイコセラピスト》の氷室想介、「美しすぎる超能力者」鹿堂妃楚香、その父親で妃楚香の所属事務所「インサイド・バンブー」社長の竹之内彬《あきら》、そして妃楚香のマネージャー伊刈修司《しゅうじ》という顔ぶれだった。

会議室には長テーブルが置かれてあったが、その一方の中央に鹿堂妃楚香と父親の竹之内彬が並んで座り、反対側の中央に聖橋甲一郎と鴨下警部、そして聖橋の左隣に氷室想介、鴨下の右隣に田丸が並んだ。

マネージャーの伊刈は六人からずっと離れて、会議室の出入口近くに座っていた。自分はどこまでも陰の存在で、この会議でも自分から積極的に発言する権利はない、と自覚しているような態度だった。

冒頭で、初対面どうしの挨拶《あいさつ》や名刺交換などがあったが、氷室はそのさいに田丸警部を除く五人の印象をそれぞれ頭に刻み込んだ。

五人のうち、竹之内社長と伊刈マネージャーは初対面だったが、聖橋と鴨下と鹿堂妃楚香は、いずれも七月に行なわれた世界超能力者会議で、顔だけは見ていた。だが、面と向かって言葉を交わすのは、やはりはじめてだった。

ちょうどきょうが私の七十六歳の誕生日でして、と切り出した聖橋は、小柄で左足が不自由らしく、杖《つえ》をついていた。アインシュタイン博士を彷彿《ほうふつ》とさせる特徴的な目もと、日本人ばなれした鼻筋、そしてモジャモジャの白髪頭は、いちど見たら決して忘れられない風貌《ふうぼう》だった。

聖橋はすでに前日から天才語学少女の迎奈津実といっしょに京都入りしていると述べ、奈津実は、この会議が終わるまではひとりで市内見物をしていると説明した。

田丸の気の置けない友人だという京都府警の鴨下警部は細身で背が高く、顔も細面《ほそおもて》で、目も細く、唇も薄かった。さらに、かけている銀縁メガネのフレームまでが細かった。見るからに感情を出さない冷徹な捜査官といった印象で、はじめて挨拶を交わす氷室に対しても、ニコリともしなかった。

そのとき氷室は、鴨下の左手の小指が第一関節から欠損しているのを、まのあたりに確認した。その身体的特徴は、すでに田丸から聞かされていたが、親友の田丸でさえも、鴨下が小指の先を失った理由を知らないという。

かなりミステリアスな存在だった。

主役の鹿堂妃楚香は、とにかく美しかった。

魔界ツアーがはじまれば、また「営業用の衣裳《いしょう》」に着替えるのだろうが、いまの彼女は胸元が大きく開いた、白と黒のゼブラ模様のワンピースを着ていた。

彼女のカリスマ的な美しさには、もちろんメイクが一役買っていたが、しかし美容整形ではない生まれながらの顔立ちの整い方が基本にあることを、氷室は見て取った。

妃楚香はテーブルに着くとすぐに、マネージャーの伊刈に持たせていたフェルトの袋を受け取り、そこから野球のボールよりひと回り大きい青い玉を取り出すと、目の前に置いた台座の上にそっとそれを載せた。

いかにも思わせぶりな動作で、その青い玉がどんな意味を持つのか、本人からの説明はなかったし、田丸サイドからもまだ誰も質問を発しなかった。

しかし、その青い玉を見つめる氷室は、昨夜、魔界案内人の一柳次郎から聞かされたエピソードを思い出していた。

一昨日の夜、打ち合わせのために東京に出向いた一柳によれば、鹿堂妃楚香はその青い玉には「QAZ様」が閉じ込められていると語ったという。

七月の高島平団地の事件以来、QAZの存在が急速にクローズアップされ、きょうの昼にも、QAZかもしれない人物に部屋が監視されていた可能性を感じた氷室としては、この会議かツアーのどこかで、タイミングを見計らって鹿堂妃楚香に「QAZとはなにか」を絶対にたずねなければならないと考えていた。

しかし、そのたずね方をうまくやらないと、おそらく適当に答えをはぐらかされるだろう。重要なのは、切り出すタイミングだ――氷室は「美しすぎる超能力者」と青い玉の双方を見較べながら、そう考えていた。

2

鹿堂妃楚香の父親である事務所社長の竹之内彬の経歴に関しては、鹿堂妃楚香の予言に早くから注目していた京都府警鴨下警部らによって、すでに一ヵ月近くの調査期間を経て、かなり詳細に調べ上げられていた。

そして、鹿堂妃楚香が行なった「手首の予言」に、一種の真実味をもたらすような、大きな問題が明らかになっていた。この会合の直前には、田丸と氷室にも、はじめてその調査内容が鴨下の口から告げられた。

それによれば――

ことし五十九歳の竹之内彬は、三十歳のときに八歳下の浩枝《ひろえ》という女性と結婚し、ほどなくして美果という女の子をもうけた。当時の彼らの住まいは東京都内の荒川区《あらかわ》にあり、竹之内は金属加工工場を経営していた。

しかし、結婚十年をすぎたころから夫婦仲が急速に悪化していき、美果が高校二年だったときの七月七日――ちょうど彼女が十七歳の誕生日を迎えた日の真夜中に、竹之内は娘の美果を連れて、文字どおりの「夜逃げ」をした。すでにそのとき浩枝は山口県にある実家に帰っており、やがて竹之内から浩枝に宛てて離婚届が送られてきた。

ひとり娘の美果は、有無を言わせず竹之内が引き取った。

離婚の発端は彬の浮気だったが、彼の経営していた町工場が傾き、借金に追い立てられる日々がつづいたのが、それに追い討ちをかけた。

夜逃げよりも数週間前の段階で、とりあえず浩枝が実家に帰ると決めたさいにも、美果は父親と東京に残った。父親の夜逃げ計画も両親の離婚決意もまだ知らなかった美果が、高校の友だちと離れたくないという理由で、あくまで一時的な措置として、父親のもとに残る道を選んだと周囲は証言した。

その「友だち」とは異性の恋人で、前年の夏にアルバイト先のシティホテルで知りあった、別の高校の少年で、その名前を岩城準というところまで、京都府警は突き止めていた。

だが、東京から逃げ出すときも、竹之内は絶対にひとり娘を手放さなかった。美果の美少女ぶりは、いつか親の窮乏《きゅうぼう》を助けてくれるに違いない、と計算したからだった。母親である浩枝が、素直にウンと言うはずもなかったが、竹之内はほとんど強奪するように、娘の美果とともに姿を消した。浩枝は泣いたが、竹之内は「おれに任せておけばいいんだ」と言って、元妻の抗議を封じた。

これは十年前の竹之内家をよく知る、当時の近隣住人などから得られた情報だった。

美果を連れた竹之内が流れ着いたのは北の街、札幌だった。

そこで竹之内は、東京から追いかけてくるかもしれない借金取りから守ってもらうために、暴力団に身を投じた。高校を二年で無理やり中退させられた美果が、そこでどのように利用されたのかはわからない。

少なくとも彼女が、札幌で高校に通わせてもらった形跡はなかった。

そして、東京の私立高でも評判の美少女だった竹之内美果が、「美しすぎる超能力者」鹿堂妃楚香として世に出はじめたのは、いまから三年前、美果が二十四歳のときだった。

鹿堂妃楚香のためだけに設立したプロダクション「インサイド・バンブー」は、当初その拠点を札幌に置いていたが、一年後には東京に進出した。そのころまでには、竹之内が抱えていた借金は、すべて返済された模様だった。

今回の京都府警の調査で、「インサイド・バンブー」という会社の設立運営にあたって、札幌を拠点とする有力な暴力団からの資金が流れていることがはじめて確認された。

表向きには、たったひとりの「超能力タレント」を抱える芸能事務所だったが、実情は暴力団のフロント企業だった。

テレビ局はそのことを知らずにイベントを組んでいた。先月一日から東京都で暴力団排除条例が施行され話題になったが、京都府や大阪府では、それに先駆けて制定されている。しかし、鴨下たちはあえて魔界ツアーを中止させなかった。予言の真偽を確かめるために。

いま会議室の片隅にマネージャーとして座っている伊刈修司も、「インサイド・バンブー」が設立される前までは、問題の組の構成員だった。しかし、鹿堂妃楚香の売り出し作戦とともに、マネージャーを命ぜられた伊刈は、その段階で組から足を洗ったことになっていた。もちろん、形式的なものである。

伊刈は現在三十二歳だが、京都府警は彼が組の構成員だった二十代のころの写真を北海道警のマル暴担当部署から入手していた。角刈りで、眉毛《まゆげ》は糸のように細くして、こめかみにも剃《そ》りを入れて、カメラに向かって凄《すご》みを利かせてポーズをとっているものだった。

ところがいまの伊刈は、髪は長めに伸ばして軽くウエーブをかけており、眉毛も自然な太さに戻していたから、イケメン俳優かモデルだと紹介されても通じる二枚目ぶりだった。ネクタイを締め、きちっと背広を着こなしている長身の姿は、芸能プロダクションのマネージャーというよりは、現代的なエリートビジネスマンという雰囲気だった。

だが、それは伊刈にとって意外な変身ではなく、既定のコースだった。

詳細な情報を提供してきた北海道警は、伊刈修司が、所属していた組で「インテリ養成所」と称する組織に入れられていた事実を明らかにした。それは組員の中でも、比較的知能指数が高い若者から選抜され、将来的に暴力団がバックにあることを伏せたフロント企業の幹部になる使命を受けて養成されるもので、つまりは「隠れ組員」コースだった。

だから若いときこそ、伊刈修司はヘアスタイルや顔つきに「その筋の者」を気取ってツッパっていたが、身体のどこにも刺青《いれずみ》を入れていなかった。入れることを上層部から固く禁じられていたのだ。ヤクザとの関連を決して悟られないように。


会議に先立ち、鴨下は田丸と氷室、それに聖橋にこうした調査情報を明らかにしたのち、唇を歪《ゆが》め、怒りを込めて吐き捨てた。

「なにが『美しすぎる超能力者』だ。ヤクザがバックにいるんじゃ『ヤバすぎる超能力者』だろ。これでハッキリした。今晩、出るぞ」

まるで幽霊が出るような口調だった。

「おれは確信した。鹿堂妃楚香の予言どおり、どこかから人間の手首が出る。間違いない。バラバラ殺人のパーツを予告して出現させるなんて、いったい誰がどういう目的で仕掛けてきたのかわからんが、京都府警をよくぞおちょくってくれたものだ」

3

「きょうは魔界ツアーのスタート直前だというのに、お手間を取らせて申し訳ありません」

向かいあった鹿堂妃楚香と竹之内彬にそう切り出したのは、鴨下警部でもなければ田丸警部でもなく、スーパーマルチ学者を自任する聖橋甲一郎だった。

「じつは、本来なら私が一対一で鹿堂妃楚香さんと面談をするはずだったのですが、なにやら事態が非常にややこしくなってまいりましたので、鴨下警部にも、警視庁捜査一課の田丸警部にも、そして精神分析医の氷室想介先生にも加わっていただくことになったのです」

「せいしん……ぶんせきい？」

聖橋が紹介した氷室の肩書に、まず父親の竹之内が反応した。

「するとこれは鹿堂妃楚香の心理テストの場というわけですか。それだったらお断りします」

ダブルのスーツに身を包み、ロマンスグレイの髪をオールバックにし、ほどよくゴルフ焼けした竹之内には、かつて借金取りを恐れて娘といっしょに夜逃げをした零細町工場の主《あるじ》という面影はまったくなかった。

　よくよく見ると、鹿堂妃楚香の美貌《びぼう》の基本要素は、この父親から受け継がれていることがよくわかった。竹之内の目鼻立ちは、非常に整っていた。ただ、父親の目つきには穏やかさというものがなかった。

「竹之内さん」

　聖橋の横から鴨下警部が割り込んだ。

「私ども警察だって、なにも娯楽の世界にむやみやたらに顔を突っ込むような無粋なマネをしようというわけではないんです」

　聖橋から氷室に視線を移していた竹之内は、こんどは鴨下へ向き直った。

「昨今のパワースポット・ブームのおかげで、特別な御利益《ごりやく》を授かろうという目的で京都を訪れる人々はずいぶん増えました。魔界スポットも大ブームです。陰陽師《おんみょうじ》・安《あ》倍晴明《べのせいめい》を祀《まつ》った安倍晴明神社には、連日若い女の子がたくさん押しかけています。そうした流れに乗って、鹿堂妃楚香さんの京都魔界めぐりが行なわれる——それだけでしたら、なにも私やここにいる警視庁捜査一課の田丸警部といった警察関係者がノコノコと顔を出したりはしません。鹿堂さんが、魔界ツアーのコース上で人の左手首が見つかるという奇妙な予言を記者会見でなさらなければ」

「あれは深く考えないでください」

竹之内が白い歯を見せて笑った。

「まあ、一種のお遊びです」

「お遊び？」

鴨下が冷たく言い返した。

「人の手首が出てくるのが、お遊びだというんですか」

「そうです。あれは企画を盛り上げるための演出です。実際に出てくるもんですか、人の手首なんて。よく確認してください。鹿堂妃楚香は、人間の手首が出てくるとは、ひと言も申し上げておりません。『世にもむごたらしいバラバラ死体は、まず左の手首から発見されます』と予言したのです」

「同じことじゃないですか」

「違いますよ。バラバラ死体を、なぜ人間のそれだと決めつけるんですか」

「やはり私の予想どおりかね」

聖橋が言った。

「それはマネキン人形なんでしょう」

「マネキン？」

聖橋の問いかけに、竹之内は一瞬、キョトンとした顔になったが、一拍おいてから声を立てて笑った。

「なるほど、それは秀逸《しゅういつ》なアイデアです。魔界ツアーでマネキンの手首が出てくる。つぎに足首が、そして胴体が、最後に首が……うーん、そうとうに猟奇的な展開です。すばらしいじゃありませんか、聖橋先生。なにかの折《おり》にそのアイデアを拝借するかもしれませんが、今回は出てくるものが違います。ネタバラしをしてはつまりませんが、妙な疑われ方をしている以上は申し上げておきましょう。出てくるのは猿の手首です」

「猿の手首？」

聖橋が問い返した瞬間、竹之内の隣に座る美果の身体が、一瞬すくんだようにみえた。氷室、聖橋、田丸、鴨下の全員が、その反応に気がついた。

竹之内がつづけた。

「それだって本物の猿の手首じゃありません」

「お客さんを招き、テレビ局さんが主催するイベントで、誰がそんなグロテスクな仕掛けをするもんですか。猿は猿でも、ぬいぐるみの猿なんです」

「ぬいぐるみ？」

「はい、ぬいぐるみの猿の手首です」

竹之内は、問い返す聖橋に向かって大きくうなずいた。

「まあ、それを勝手に人間の手首だと誤解してもらおうという、ずるい作戦があったのは認めます。スポーツ紙やワイドショーで大々的に取り上げさせるための戦略ですがね」

「では、今夜魔界ツアー上に出現するのは、ぬいぐるみの猿の手首だけなんですか」

聖橋に代わって、鴨下がきいた。

「そうです」

「なんでまた、そんな趣向を凝《こ》らしたんです。ぬいぐるみの猿なんて」

「猿は、この京都において鬼門封じの象徴だからです。都の北東から南西にかけて、鬼が走る鬼門線というのがありましてね。比叡《ひえい》山はその線上にあって、鬼門封じの大役を仰《おお》せつかっています。さらに赤山禅院と御所の北東角にある猿が辻。ここには、いずれも鬼門封じのシンボルである猿が祀《まつ》ってあります。その猿がバラバラにされるということは、この古都に悪魔がやってくることを意味します」

竹之内は、とりあえず氷室は視野の外に置き、ふたりの警部と聖橋の顔を順番に見やりながら得意げに語った。

「今回の魔界ツアーに参加するほどのお客さんなら、猿のバラバラ死体を暗示するぬいぐるみの断片が出てくれれば、必ずやその意味を察すると思うのです」

「なぜ、左手首なんですか」

そこではじめて氷室が口を開いた。

その単純といえば単純な質問に、竹之内は意表をつかれた顔になった。

「私の質問の意味がわかりますか？」

氷室がたたみかけた。

「あなたが猿のぬいぐるみをバラバラにして、その断片を魔界ツアーのどこかで出現させる意図はよくわかりました。私も京都に住んでいますから、古都における猿の役割はじゅうぶん承知しています。でも、なぜ左手首なんですか。ショッキングな演出を狙うなら、首を登場させてもよさそうですが」

「まあ、それはね、悪趣味すぎますから。いくらぬいぐるみといっても、首というのは」

「では左であることに意味はありますか。右手首ではなく左手首から登場させることに」

「べつに」

竹之内はおおげさなしぐさで肩をすくめた。

「右手首でもよかったけど、たまたま左に決めただけです。理由はありません」

「じゃあ、その猿の左手首は、魔界ツアーのどこに現れるのですか」

「いやだなあ、先生」

竹之内は困ったように頭を掻《か》いた。

「そこまで楽しみを奪わないでくださいよ。それなりに意味のある場所、とだけ申し上げておきます。ただし、魔界ツアーのコース上で発見されるとはかぎりません、ということです。これも言葉のアヤでしてね。鹿堂妃楚香は『魔界ツアーのどこかで、私たちは世にもむごたらしい死体を見つけることになる』とは言いましたが、それは『魔界ツアーの実施時間帯のどこかで』ということであって、『魔界ツアーのルート上』に現れるとは言ってません」

「いろいろ言葉のアヤがあるんですね。では、比叡山に埋めてあるわけではないと」

「ええ、比叡山ではありません」

「六道珍皇寺でもない？」

「はい。……おっとっと、そういうふうに京都のそれらしい場所を順番にたずねてこられたら、いつかは当たってしまいますから、ここまでにさせてください」

と、竹之内が氷室の質問をはぐらかした直後、こんどは聖橋がはじめて主役の鹿堂妃楚香に向かって質問を放った。

「鹿堂さん、あなたの超能力は本物ですか」

4

あまりにも単刀直入な切り出し方に、会議室の片隅で目立たぬようにしていたマネージャーの伊刈が身体をこわばらせて反応した。

だが社長の竹之内は、その手の質問が出てくるのは想定内だったのか、まったく表情を変えなかった。鹿堂妃楚香も完全にポーカーフェイスを貫いていた。

「私には、授かっている力と授かっていない力があります」

妃楚香のほうも、聖橋をまっすぐ見つめて答えた。

その口調に動揺の色はまったくない。

「たとえば手をふれずに物を動かす念動力や、頭に思い浮かべたものをフィルムに焼きつける念写などの能力はありません」

「じゃあ、どんな力をお持ちですか」

「予知能力です」

「地震の予知はできますか」

「それはできません。私には『見える未来』と『見えない未来』があるんです。『見える未来』は人の心が関係している未来です。『見えない未来』は人の心が関係していない未来です。ですから地震や津波や噴火といった純粋な自然災害の未来は、私には見えてこないんです」

鹿堂妃楚香は芝居のセリフを暗記しているようにスラスラと答えた。

　実際、それは決められたセリフの丸暗記であることに、氷室は気がついていた。なぜなら、月刊『超常世界』誌で特集された鹿堂妃楚香のインタビュー記事に、まったく同じ言い回しの受け答えがあったからだった。

「しかしね、鹿堂さん」

　聖橋が食い下がった。

「たったいま社長が――つまりあなたのお父さんが、手首の予言の秘密をバラしてしまわれましたよ。それはあなたが予知したものではなく、魔界ツアーの趣向として、社長が仕組んだお楽しみクイズみたいなものだと」

「ええ、それはそうです。だからといって、私の予知能力の否定にはなりません」

「だとしたら、ここでなにかひとつ新たな予言をしてもらえませんかね」

「新たな予言？」

「そうです。鹿堂妃楚香さんの超能力を実証できるような予言を。つまり、そう遠くない時点で、あなたの言ったことが正しかったか、はずれていたかが明確に確認できるような予言をおねがいします」

「困りますな、聖橋先生。それは社長として認めるわけには……」

　と、竹之内が聖橋のリクエストをさえぎりかけたが、鹿堂妃楚香は落ち着いた態度でうなずいた。

「わかりました。でも、この予言はこの場にいらっしゃる方かぎりにしていただけますか」

「よろしいですよ。ねえ、みなさん」

氷室、田丸、鴨下に同意を求める視線を送ってから、聖橋は鹿堂妃楚香に向き直った。

「さあ、おっしゃってください」

「この場にいる私を含めた七人の中から、死ぬ人が出てきます。三日以内に」

あまりにも唐突な、そして衝撃的な予言に、会議室が凍りついた。

「やめよう、こんな会議だか事情聴取だかわからんようなことは！」

竹之内が怒って立ち上がった。そして、おもわず娘の本名を口走った。

「美果、部屋に戻るぞ。いろいろ準備もあるんだから。……おい、修司」

竹之内は、部屋の片隅に控えるマネージャーを呼びつけた。

「妃楚香を部屋へ連れていけ。おれはこれからテレビ局のプロデューサーと会ってくる。こういう不愉快な連中を魔界ツアーに特別参加させるのは大反対だと申し入れにな！」

5

「いまどこなの、ジュン。もう成田は出たの?」

会議室を出てスイートルームへ戻るために、マネージャーの伊刈と並んでエレベーターへと早足で歩きながら、鹿堂妃楚香は携帯の相手に向かって話しかけた。

そのときの彼女は、素顔の竹之内美果に戻っていた。

「いや、たったいま着いたばかりだよ。機材の故障とかなんとかで、バンクーバーを出るのが一時間以上遅れたんだ。やっと入国審査待ちの列に並んだところ」

電話の向こうで、岩城準の少しあせった声がした。

「さっき時刻表を検索したら、十六時四十五分の成田エクスプレスに乗れたら、東京駅を十八時に出る新幹線に乗り継いで、京都に二十時二十一分着って感じだったんだけど、たぶん、この調子だとそれは無理だな。すげえ列だもん」

美果は、いっしょについて歩いている伊刈修司に、唇の動きとゼスチャーで時刻をたずねた。

伊刈が美果の顔の前に、腕時計をはめた左手をかざしてみせた。四時二十五分だった。

「そのつぎの成田エクスプレスになると、十七時十六分発なんだ」

「それに乗ったら、何時に京都にこられるの」

「二十時五十一分。八時五十一分」

「ダメなのよ、それじゃ」

　エレベーターホールの前まで早足できたところで、伊刈が上に向かうボタンを押した。

「もう一本前のに乗って。二十分ならなんとか待てるかもしれないけど、五十分は待てないわ。ツアーが出てしまうから」

「だからさ、おとといから何度も言ってるけど、そんなツアーなんてキャンセルしろよ。いったい、どこに行くつもりなんだ」

「遠くじゃないの。京都のあちこちを回るだけ」

「そんな観光だったらいつでもできるじゃないか。カナダから飛んできた人間を一時間も待てないのかよ」

「待てないの。だったらこうして。私のマネージャーで伊刈さんっていう人に、あとで連絡させるけど」

「マネージャー？　おまえのマネージャーって、なんだそれ？　もしかして美果、芸能人になったのかよ」

「そういう説明はあとでするから、よく聞いてて。これからマネージャーにジュンの宿の手配を頼むわ。私と同じホテルがとれたらラッキーだけど、紅葉シーズンの週末だから、たぶん無理だと思う。とにかくどこか押さえてもらう。決まったらジュンの携帯に連絡させるので、そこに泊まって、明日の朝、私からの連絡がくるのを待ってて。ツアーが終わったら、すぐに電話するわ。……あ、ジュンの宿代はこっちでもつから。飛行機代も」

「いらないよ、金の心配は。おれが金持ちのお坊ちゃまなのを忘れたのか。それともおまえ、いまは楽勝で人をカナダから呼べるくらい金がうなってるわけ？」

「……」

「やっぱ、おまえ、芸能人なのかよ。おれがぜんぜん日本に帰ってこないあいだに、そうなったのか？　なんか、話し方まで変わったみたいだけど」

「質問はぜんぶあと回し。八時までにこられないんだったら、一時間遅れも十時間遅れも同じことなの」

「なんか、別人みたいだな、美果のしゃべり」

準の声は、十年前の恋人の変貌《へんぼう》に戸惑っていた。

「おれに助けてもらいたいって泣きついてきたわりには、しっかりしすぎだろ」

「そうかな。そうでもないと思うけど」

携帯を耳に当ててしゃべりながら、美果はドアが開いたエレベーターに伊刈といっしょに乗り込んだ。ほかに客は誰もいなかった。

伊刈が目的階のボタンを押し、エレベーターは上昇をはじめた。携帯の通話が断続的に途切れた。

「おれ、わざわざバンクー……飛んでくる必要、なかっ……じゃないの？」

「あるってば！　とにかく明日の朝まで待ってて。じゃ、マネージャーにジュンの携帯番号教えておくから、その指示にしたがってね」

美果は通話を切った。そして停止ボタンを長押しして、電源も切った。

エレベーターが、スイートルームのある階に着いた。

「それではお嬢さん、またのちほど迎えにまいりますので」

スイートルームの前まで美果を送り届けると、伊刈は頭を下げて、エレベーターのほうへ戻ろうとした。だが、美果に呼び止められ、立ち止まった。

「ねえ、伊刈さん。ジュンがバンクーバーからくること、絶対、社長に言わないでね」

「もちろんです、お嬢さん」

三十二歳という年齢よりもずっと若くみえ、隠れ暴力団員という雰囲気はどこからも感じられず、スタイルのいいモデルといった印象さえ人に与える伊刈修司が、美果をまっすぐ見返して言った。

「私はどこまでもお嬢さんの味方です。そのことを決して忘れないでください」

「ありがとう」

美果は、少し潤んだ眼差し《まなざ》しになった。

「伊刈さんがいるから、私、がんばれているのよ。だから……裏切らないでね」

「あたりまえじゃないですか」

伊刈は少し怒った口調で言った。

「私はお嬢さんを絶対に裏切りません。絶対に、です」

「ねえ、伊刈さん。私、あなたの気持ちに気づいていないわけじゃないのよ。そのことは、とってもうれしいの。だけど、やっぱり私はジュンと離れられない。十年前の夏、お父さんの都合で東京から逃げ出してから、私たちの時計は止まったままだった。でもその時計を、私とジュンは、もういちど動かそうと決めたの」

「わかってます、お嬢さん」

「怒らないでね」

「あたりまえじゃないですか」

「私に対してだけでなく、ジュンにもよ」

「もちろんです。私のお嬢さんへの忠誠は、代償を求めるものではありません。そもそも、立場が違いますから。お嬢さんは、きっとヤクザな世界から抜け出せます。だけど自分には、それは無理です。その違いがある以上、自分の思いが具体的に叶《かな》えられないのはわかっています。ただ、私はお嬢さんが十七歳のときから、ずっと苦しんできているのをそばで見てきましたから……組長の好きにされて、ひとりの女性としての扱いを受けさせてもらえなかったのを、ずっと見てきましたから、お嬢さんの幸せをねがうのは当然です」

「ありがとう、修司さん」

美果は下の名前で呼んで、長身のマネージャーを見上げた。潤んでいた瞳《ひとみ》が、涙のさざ波で揺れはじめていた。伊刈も、その視線を静かに受け止めた。

そのままキスシーンに移ってもおかしくないような場面だったが、伊刈のほうから視線をはずし、腕時計で時間を確認した。

「それでは七時半ごろになりましたら、また呼びにまいります」

と、頭を下げて、伊刈はふたたびエレベーターのほうへ向き直った。だが、すぐには歩き出さず、美果に背を向けた姿勢のまま小さな声でたずねた。

「お嬢さん、さきほどの予言は当たるんですか。誰かが三日以内に死ぬというのは」

その質問に、少し間を置いてから、美果は答えた。

「私が超能力者なんかじゃないのは、伊刈さんは知っているでしょ」

「承知しています。でも、超能力がなくても、人生の先はある程度は見通せるものです。決してお嬢さんと結ばれない運命にあるのが、私にわかっているように」

「……」

「お嬢さん、教えてください。警察の人間に向かってしたさっきの予言は予測ですか、願望ですか、それとも警告ですか」

「それのぜんぶよ」

「では、誰のことなんです」

「言えないわ」

伊刈の背中に短い返事を投げると、美果はカードキーをスリットに差し込んで、スイートルームのドアを開けた。

「それじゃ、あとでね」

美果が部屋の中に姿を消しても、伊刈修司はその場から動かなかった。

6

「さあ、みなさん、全員お揃いですね。いよいよ『鹿堂妃楚香の京都魔界ツアー』の出発時刻がやってまいりました！」

午後八時——

ホテルグランヴィア京都とタクシー乗り場にはさまれた京都駅中央口広場に集まった参加者たちを前に、魔界案内人の一柳次郎が声を張り上げた。

一柳を半円形に取り囲むように集まったツアー参加者の数は三十三名。

ただし、その中には氷室想介、聖橋甲一郎、鴨下警部、田丸警部の四人と、さらに聖橋が連れてきた迎奈津実も特別に加わることになったため、実際に抽選で選ばれた一般参加者の数は二十八人だった。

社長の竹之内は、さきほどの会議で気分を害し、氷室たちをツアーバスに乗せないようにテレビ局のプロデューサーに申し入れると息巻いていたが、どうやらそれはポーズだけで、捜査チームの参加に変更はなかった。

抽選で選ばれた一般参加者の年齢層はかなり高く、中高年がその大半を占めており、男女の比率はだいたい半々だった。彼らは、もちろん捜査官の潜入を知らない。

そして彼らがお目当てにしている主役の鹿堂妃楚香は、まだ姿を見せていなかった。

「晩ご飯を各自で済ませて、身体も温まっておられるところかもしれませんが、日が落ちてからはずいぶん冷え込んできましたね」

今夜の魔界案内人の出で立ちは、例によってループタイを襟もとにしたジャケット姿だったが、外に出るときは、その上からダウンベストを羽織っていた。

参加者もほとんどが冬支度で臨んでおり、氷室と聖橋はオーバーコートにマフラー、田丸と鴨下は冬登山用のマウンテンジャケットを羽織っていた。

「さて、これから本ツアーの主役である鹿堂妃楚香さんをお呼びするわけですが、その前に、かんたんに本日のコース概略と、京都という都市の成り立ちをご説明しておきます。では駅を背にして、京都タワーのほうをごらんください」

参加者が一斉に、目の前にそびえ立つ京都タワーのほうを向いた。

「みなさんは、いま真北を向いておられます。正真正銘の北です。京都タワーの横を通って、ずっとずっと先まで一直線に伸びているあの幹線道路は烏丸通《からすまどおり》と申しますが、これもきっちりと北を向いております。したがって、こういう道路を南北路と呼びます。

一方、ちょうど目の前を左右に通っている道路、これは塩小路《しおこうじ》通といいますが、こちらはきっちり東西に走っております。塩小路と平行して北に行くごとに、七条《しちじょう》通、六条通、五条通、四条《しじょう》通というふうに、数字がしだいに少なくなっていく『何条通』と名付けられた通りがありまして、これらはすべて東西路になっております。

すなわち京都という都市は、東西南北の方角にカッチリ合わせて碁盤の目状に設計された都市なのです。言葉を換えて言えば、京都という都市は、それじたいが強力な磁場を持っているのだとお考えください。

ですから京都に住んでいる人間は、つねに東西南北を意識して街を歩いています。東京で道をたずねたら、『そこの角を右に曲がって、つぎを左』というふうに教えられるでしょうが、京都では『そこの角を西に入って、つぎを北に上がってください』という感じで説明されます。ですから東西南北の方角が頭に入っていないヨソ者は、それだけで戸惑ってしまうのですが、これはすぐに慣れます。なぜなら、いまは夜なので闇に隠れておりますが、この都は三方向に山を抱えております。東山、北山、西山です」

一柳は、右、正面、左の順に腕を伸ばした。

「それらの山が、京都盆地に住む人々に、つねに東西南北の方角を教えてくれるのです。なお、いまから千二百十七年前に造られた平安京は、ここよりもずっと西の方角にありました。現在の京都市のセンターストリートである、ごらんの烏丸通は、平安京では東の果てにあった烏丸小路という小さな通りだったんです。そしてここからずっと西のほうに千本通《せんぼんどおり》という南北路がありますが、これがかつての平安京のメインストリートである朱雀大路《すざくおおじ》に相当します。道幅は、なんと八十メートル以上もあったと推定されています」

京都駅から吐き出される通勤客や観光客が「なにをやっているんだろう」という目で、一柳を囲んでいる集団を見ながら通りすぎていく。

「その朱雀大路の南端に設けられていたのが、『ラジョウ門』もしくは『ラセイ門』と呼ばれるゲートです。それは中国や朝鮮では、都を囲む城壁を『羅城《らじょう》』と言ったからです。これをもとにして、芥川龍之介《あくたがわりゅうのすけ》が『羅生門《らしょうもん》』を書いたわけですが、現在は羅城門が残っておりません。ただし、ここがその跡だという表示はあり、『生きる』という字ではなく『城』の字を書く『羅城門』というバス停もあります。

　さてさて、平安京は北の船岡山《ふなおかやま》を基点として設計され、朱雀大路で分割される都の東半分を左京、西半分を右京と呼びました。つまり地図で見ると、朱雀大路の左半分にあるのが右京で、右半分にあるのが左京になっている。右と左の位置関係が逆転しているのでアレと思うのですが、これは帝《みかど》がお住まいになられる内裏《だいり》を含む大内裏が、都の最北端中央に置かれており、その北側から南のほうを見たときの左右によってこのように名付けられているためです。

　それと同じことが、『右近《うこん》の橘《たちばな》、左近《さこん》の桜《さくら》』にも言えましてね、おひなさまを飾るときにも、向かって右に左近の桜がきて、向かって左に右近の橘がくるのも、帝から見た視点による基準だからです。ですから現在の京都市の住所表示でも、左京区は右側、右京区は左側にきているんですよ。そして帝がいらっしゃる北のほうへ向かうときは『上《あが》ル』といい、南へ向かうときは『下《さが》ル』といいまして、この習慣は、いまもなお京都に根強く残っております」

「うふふ」

ステッキに身をもたせかけ、一柳次郎の解説に耳を傾けていた聖橋甲一郎は、おかしそうに笑った。

「どうやら魔界案内人は、うんちく好きのお方のようだ。まるで私自身の姿を見るようじゃないか。ねえ、なっちゃん」

聖橋の言葉に、その隣に立っている迎奈津実は、ミトンをはめた両手を口もとで温めながら、クスッと笑った。

「そして九世紀初め、嵯峨《さが》天皇の時代にですね」

一柳次郎は、さらに解説をつづけた。

「平安京を唐の都になぞらえ、左京を洛陽《らくよう》城、右京を長安《ちようあん》城と呼ぶようになりました。そして平安京の碁盤の目のいちばん北の辺は北京極《きたきようごく》と呼ばれ、そこに『玄武《げんぶ》』という頭が蛇で胴体が亀の生き物を守り神として置きました。対する南の辺を南京極《みなみきようごく》と呼び、『朱雀《すざく》』なる鳥の守り神を置きました。さらに東の辺を東京極《ひがしきようごく》と呼んで『青龍《せいりゆう》』を、西の辺を西京極《にしきようごく》と呼んで『白虎《びやつこ》』を置いたのです」

「寒いぞ！」

一柳の言葉の途中で、ついにガマンしきれないといった大声で叫んだ者がいた。

「講釈はもういいから、早く主役を呼んでくれ。もう出発予定時刻がとっくに過ぎているじゃないか」

参加者が、一斉に声がしたほうに目を向けた。ほかでもない、鴨下警部だった。

「おいおい、カモちゃんよ」

一般人を装わねばならないため、田丸はあえて即席の愛称で鴨下を呼んだ。

「あんまり恥ずかしいことはしないでくれ」

「なんでだ、マル」

鴨下も、即席の愛称で応じた。

「おれはみんなが思ってても遠慮して口に出せないことを、代表して言っただけだ」

その言葉に参加者の中から笑いが起こり、ついで拍手が沸き起こった。

クレームを発した人物が京都府警の警部であるのは一柳も事前に承知していたから、さすがにあせってペコペコと頭を下げた。

「これは大変失礼申し上げました。では本日のコース詳細はバスに乗り込んでからということにして、おおまかなルートだけ申し上げますので、あと二、三分だけおつきあいください」

一柳は鴨下警部に向かって、ひたすら低姿勢で手を合わせた。

だが、彼が長広舌《ちょうこうぜつ》をふるっているのは自己満足のためだけではなかった。鹿堂妃楚香から、なんとか出発を三十分ぐらい遅らせてもらえないかと、直前になって頼み込まれていたからだった。

その理由までは妃楚香は一柳に言わなかったが、もしも岩城準が十六時四十五分の成田エクスプレスに乗れたら、彼は京都駅に二十時二十一分に着くことができるから、で、その望みを託しての引き延ばし依頼だった。

しかし、準は「美果」の態度に怒ってしまったのか、伊刈がようやく京都市内のビジネスホテルに空きを見つけて、その旨を連絡しようとしても、携帯は電源を切ってつながらない状態になっていた。そうなると鹿堂妃楚香としてではなく、竹之内美果として、よけいに昔の恋人に会いたくて仕方なくなってしまったのだった。

だが、鴫下に催促されるまでもなく、一柳も引き延ばしはそろそろ限界だとわかっていた。この魔界ツアーのために、ふだんは夕方の四時、五時といった時刻に門を閉めてしまう寺社が、みなテレビ局の依頼を受けて特別に夜間の待機をしてくれているのだ。だから三十分も遅らせるわけにはいかないのだ。

一柳の頭の中には、引き延ばし用のネタは、まだいくらでも用意されていた。たとえば壮大なる都市計画でスタートした平安京が、みるみるうちに縮小していったプロセスを語り出したら、三十分などではきかないだろう。

7

古都における怨霊《おんりょう》伝説の元祖ともいうべき菅原道真が亡くなったのが十世紀初頭、そして紫式部が活躍したのは十世紀末から十一世紀初めにかけてだったが、そのころには長安城と名付けられた右京のほうは、すっかりさびれていた。最大の原因は、保津峡《ほづきょう》を通って嵐山から南へと流れていく桂川《かつらがわ》の氾濫《はんらん》である。

そのため右京に住んでいた人々はつぎつぎに住まいを棄《す》て、東の左京すなわち洛陽のエリアに移っていった。人が減れば治安が悪くなり、治安が悪くなれば人離れが加速する、という悪循環に陥った西半分の長安地域は、「人家はまばらで幽境《ゆうきょう》のごとし」と語られるまでに荒廃し、平安京の中央大通りであった朱雀大路は、いつのまにか洛陽の西の辺という位置づけに落ちぶれた。朱雀大路のメインゲートとなっていた羅城門も、芥川が『羅生門』に描いたような、死人が無数に打ち棄てられ、その死体から物を盗る鬼畜《とききちく》が横行するようなありさまだった。

結果、平安京の東半分にあたる洛陽エリアだけが都の体裁を保ったため、そこを中心にして『洛中《らくちゅう》』『洛外《らくがい》』の概念が生まれ、洛外は方角によって『洛東《らくとう》』『洛西《らくさい》』『洛《らく》北《ほく》』『洛南《らくなん》』と呼び分けられた。

この段階で、京の都は桓武《かんむ》天皇が設計したときよりも、その規模がおよそ半分に縮小したことになる。

さらに京の都の構造に大きな変化が現れたのは、全京都を戦火の炎で焼き尽くした応仁《おうにん》の乱（一四六七〜一四七七年）のあとだった。

洛陽に模した左京部分だけが生き残った洛中が、こんどは北と南に分裂しはじめたのだ。それが上京《かみぎょう》と下京《しもぎょう》だった。応仁の乱以降は、上京と下京のあいだは室町小路《むろまちこうじ》だけでつながる渡り廊下のようになり、その外は百鬼夜行《ひゃっきやぎょう》の危険領域と化した。

そうした京都がようやく立ち直ったのは、群雄割拠の戦国時代を勝ち抜いてきた織田信長の次の覇者、豊臣秀吉の時代からだった。

羽柴《はしば》秀吉を名乗るころから「猿」という蔑称《べっしょう》で呼ばれていた秀吉だったが、天下統一を果たすと、現在の二条城の四倍にも相当する「聚楽第《じゅらくだい》」と称する広大な公邸を造り、さらに都をぐるりと取り囲む「御土居」という首都防衛の土塁をはりめぐらせ、寺院を一ヵ所に強制移動させて寺町《てらまち》を作り、機能別に町の構造をまとめるという、京都の再開発をみごとにやってのけた。そして三十三間堂《さんじゅうさんげんどう》のすぐ北にある方広寺《ほうこうじ》に、奈良の大仏よりも巨大だったといわれる大仏を納める大仏殿まで建造した。

しかし、その大仏殿は秀吉の死の二年前に起きた一五九六年の大地震で倒壊。秀吉の死後再建されたが、こんどは火災炎上。さらにもういちど建てられたが、ふたたび地震で倒壊。このときに壊れた大仏は溶かされ、寛永通宝《かんえいつうほう》の鋳造に流用された。

もしも大仏殿が現存していれば、豊臣秀吉のイメージは現在の何倍も強烈なものに膨れあがっていたはずだった。

そうした平安京から現在の京都までの、都の栄枯盛衰《えいこせいすい》、縮小と膨張の歴史を一柳次郎が語り出したら、一時間や二時間で終わるものではなかった。

だが、もうこれ以上スケジュールを押すわけにいかないのは、誰よりも一柳がいちばんよくわかっていた。

「それでは本日の魔界ツアーのコースですが」

急に早口になって、一柳は言った。

「最初の魔界スポットは、ここから北東へ二キロほどの場所にある六道珍皇寺です。そこでは小野篁ゆかりの、冥界《めいかい》へ通じる井戸を見学いたします。これはふだんは一般公開されておりませんが、とくに今夜の魔界ツアーのために、特別に拝観させていただけるものでございます。そういうたいへんに貴重な魔界スポットからツアーははじまります。

さて、この珍皇寺を見学し終えましたあとは、寒い中、身体を温めていただこうという意味もございまして、つぎのスポットへは歩いてまいります。いえ、そんなにたいした距離ではありませんのでご心配なきよう。魔界スポット第二地点は、珍皇寺から南へ七百メートルほどの距離にある豊臣秀吉ゆかりの方広寺と耳塚《みみづか》でございます。そして……いや、もうあとはバスの中にいたしましょう」

一柳次郎は、そろそろしびれを切らしはじめた参加者たちの顔を見渡して言った。

「とにかくツアーのゴールは、小野篁が冥界からこの世に戻ってくる出口の井戸があった福生寺を合祀《ごうし》し『生の六道』の石碑が建つ嵯峨野の薬師寺——つまり嵯峨釈迦堂こと清凉寺の境内でございます。すなわち今回の『鹿堂妃楚香の京都魔界ツアー』は、夜になると冥界へ通じる井戸を降り、閻魔大王に仕えて、夜が明けると福生寺の井戸から現世に舞い戻ってきた小野篁にちなんで、みなさまにも六道珍皇寺から冥界に入って、夜のあいだじゅう、古都の魔界をめぐっていただこうと、そういう趣向になっておるわけです。

途中、比叡山延暦寺の特別深夜拝観も含め、夜食と休憩時間を合わせて全行程十二時間、朝の八時に終了して、最後は清凉寺境内の『竹仙《ちくせん》』さんに特別早朝オープンをおねがいし、豪華な湯豆腐のおまかせコースで打ち上げ、という段取りになっておりますので、どうぞお楽しみに。さあ、それでは大変長らくお待たせしました」

一柳が声を張り上げたとたん、テレビのライトが点《つ》いて、周囲が一気に明るくなった。

家路を急ぐ通勤帰宅客が、そのまばゆさに足を止めた。

「ご紹介いたしましょう。今夜の魔界ツアーはこの方のプロデュースになります。『美しすぎる超能力者』鹿堂妃楚香さんです！　どうぞみなさま、大きな拍手でお迎えください！」

京都タワーの立つ北方向を眺めていた参加者たちが、一柳の身体の向きに合わせて、一斉に背後の京都駅をふり返った。

ホテルグランヴィア京都のメインロビーがある二階のドアが開き、駅前の広場へ下りてくる階段に、あらかじめ設置してあったスポットライトが当てられた。

おー、というどよめきが参加者のあいだから洩《も》れた。

田丸までが、ヒューッと口笛を吹いた。

吐く息が白くなる寒さにもかかわらず、鹿堂妃楚香がノースリーブで登場したからだった。

氷室は、すぐにわかった。それがことしの夏に発売された月刊『超常世界』のカバーをモデルとして飾ったときの衣裳《いしょう》そのものであることが。

キュッと額をつめてシニョン結びにした長い髪を片サイドに寄せ、ヒッピー時代のフラワージェネレーションを想起させる花のヘアバンドに、フープピアス。

ストール系の生地を巻いてベルトに仕立てたタイトなロングドレスは、肩から脇にかけて大きくえぐれたノースリーブで、長い裾《すそ》からセクシーさを強調したポーズで右脚を太もも近くまで露出していた。

ミュールを履いた足首には品のいいアンクレットが輝いており、ベルトに差した宝剣と同じデザインのバングルを左手首にはめていた。そしてその左手には、美しく透き通った例の青い玉を載せていた。

「たいしたもんだな」

田丸が感心してつぶやいた。

「鹿堂妃楚香になりきったとたん、寒さも完全に制御できるんだろう。たぶん、あのむき出しの二の腕には、鳥肌ひとつ立っていないんじゃないのか」

「たしかに、完全にコントロールされていますね」

氷室が田丸にささやいた。

「鹿堂妃楚香という仮想キャラに、完全に魂がのっとられている状態です」

「輝いている」

聖橋甲一郎が、感動した声でつぶやいた。

「さっき会ったときよりも、数倍輝いている」

身体を支えるステッキに力が入り、左右に揺れていた。

聖橋の隣で、十五歳の迎奈津実は、ただ無言で超能力者の美貌《びぼう》に見とれていた。

「そうはいっても、あれは哀れな女ですよ」

醒《さ》めた感想を聖橋の耳元へ背後からささやいたのは、鴨下秀忠だった。

「父親の命令で鹿堂妃楚香という偽りの仮面をかぶらされた、淋《さび》しい女ですよ」

階段を下りて地上に立った鹿堂妃楚香は、二台のテレビカメラにとらえられながら、ツアー参加者が待ち受ける場所へゆっくりと歩いていった。

魔界案内人の一柳次郎が、うやうやしく頭を下げて出迎えた。

「私は小野篁の生まれ変わり」

凛《りん》とした声で、鹿堂妃楚香は言った。

「みなさん、今宵《こよい》、私とともに冥界へ下りてまいりましょう。鬼と怨霊《おんりょう》と悪魔が蠢《うごめ》く暗黒の地獄へと！」

鹿堂妃楚香は、左手に載せた青い玉を高々とかざした。

そこには、ほんの二、三分前まで、愛する人の到着はまだかとイライラしながら待ちつづけていた竹之内美果の姿は、みじんもなかった。

第四章　的中した予言

1

抽選で選ばれた二十八名の一般参加者と六名のテレビ局関係者、二名の警備員、特別参加の聖橋甲一郎・迎奈津実・鴨下警部・田丸警部・氷室想介の五名、そして鹿堂妃楚香と魔界案内人の一柳次郎、竹之内彬社長と伊刈修司マネージャー――以上、四十五名を乗せた魔界バスは、予定より二十分遅れの午後八時二十分に、京都駅前を出発した。

最初の魔界スポット六道珍皇寺で、小野篁が冥界へ下りていったとのいわれがある井戸を特別に拝観し、通常は寺の鐘は撞《つ》いて鳴らすところ、撞木《しゅもく》を引いて鳴らす六道珍皇寺独自の「迎え鐘」を鹿堂妃楚香が鳴らし、全員で小野篁の霊を呼び出す儀式を行なってから、一行は徒歩で第二の魔界スポット方広寺へ向かった。

六道珍皇寺を出て六波羅蜜寺《ろくはらみつじ》の脇を通り、大和大路《やまとおおじ》を南へ下ると、道幅の広い五条通に出る。広いわけで、五条通のこのあたりは国道一号線でもある。その幹線道路をぞろぞろと横切る一団の最後尾についた京都府警の鴨下は、早くも馬鹿馬鹿しさをガマンできないといった顔で吐き捨てていた。

「あほらしいかぎりだな。なにが小野篁様の霊をお呼びしましょう、だ。よくもまあ、そんな絵空事に、真顔でついていく連中がいるもんだ。地獄に降りていける井戸があるんだったら、おれが真っ先に降りて閻魔大王とご面会したいもんだよ」

「まあ、そんな真顔で怒りなさんなって、カモちゃん」

「カモちゃんは、もうやめてくれ、マル」

鴨下は、並んで歩く田丸にそっけなく言い返した。

「その呼び方には大いなる侮辱を感じる」

「いやあ、おれは意外にいいネーミングだと思うんだけどなあ」

田丸はニコニコ笑いながら言った。

「おまえの血の通っていない冷酷なキャラを、少しでもやわらげるのに役立つと思うんだが」

「言ってるのがおまえじゃなかったら、即座にこの場で殺すところだ」

「もうちょっと丸くならんもんかねえ。おたがい、もう五十の大台に乗ったんだぞ」

「だから、なんだ」

「五十歳といえば、それこそ小野篁の時代なら棺桶《かんおけ》に片足どころか、両足を突っ込んでいておかしくない年齢だ。生きているだけでも奇跡のような歳だぞ。だから、もう少しカドを取らないと、あとで苦しくなるんじゃないのか」

「おれはおれ、おまえはおまえだ」

横断歩道を渡りきったところで鴨下は立ち止まり、銀縁眼鏡のレンズ越しに田丸へ冷たい視線を投げつけた。

「おれは人と群れるのがきらいな人間だし、人から好かれようとも思わない。ついでに言えば、あえて長生きをしたいとも思っていない。少なくとも、他人におもねってまで、人のいいジイさんとして生きながらえたいとは少しも考えていないのだ。だからカモちゃんはやめてくれ」

「いきなりその結論に結びつけるかねえ」

「くり返すが、おれは人に愛されたいとも、人を愛したいとも思わない。思ったことは一度もないし、これからも思わない。だからこの歳まで独身を貫いてきた。おれがカモちゃんと呼ばれて喜ぶような人間だったら、とっくに結婚してこどもをつくって、いいパパになっていただろう。だがな、家族ができれば、その家族を失う悲しみも生まれるわけだ。おれはそういうのがイヤなんだ。自分が死ぬときに、誰かを悲しませたくない。そのためには、孤独でいるのがいちばんなんだ」

「ほーお」

田丸は少し驚いたように肩をすくめた。そして言った。

「なかなかご立派な御説《おせつ》だ。でも鴨下が死んだら、おれは泣くよ」

「泣いてもらったって、おれには見えないわけだから意味がない。そういうのを自己満足という。言っとくけど、おれは田丸が死んでも泣かんからな。おれの辞書に『涙』という単語はない。タマネギを切っても泣かない男だ」

「あははは」

田丸は愉快そうに笑った。

「自分で面白いとわからずに面白いことを言うところが、カモちゃんのいいところなんだよなあ。そこがおれは好きなんだ」

「うるさい」

ふたたび歩き出した鴨下は、数歩遅れた田丸をふり返らずに言った。

「男が男を好きだなんて、気持ち悪いことを言うんじゃない」

2

「さて、この方広寺には、大仏再建の二年後に鋳造された、有名な『国家安康《こっかあんこう》』の梵鐘《ぼんしょう》にまつわるエピソードがございます」

一団を率いて方広寺に到着したところで、柵《さく》に囲まれた大きな鐘の前で一柳次郎が語り出した。

「秀吉の死後、豊臣政権は崩壊し、徳川家康《とくがわいえやす》が天下統一をはたして江戸幕府が開かれたわけですが、それでもなお家康は、豊臣家の逆襲を警戒しつづけておりました。秀吉の子の豊臣秀頼《ひでより》の存在を抹消しなければ、ほんとうの意味で安心はできなかったのです。戦国時代の武将たちは、天下を取ったその日から、こんどは裏切りに怯《おび》える毎日がはじまるという、じつに気の休まらない人生を強いられた人々でもあったわけです。

そんな家康の不安を察した側近の儒学者・林羅山《はやしらざん》と禅僧の以心崇伝《いしんすうでん》が画策して、方広寺の梵鐘にとんでもないイチャモンをつけました。いまから実際にごらんいただきますが、この梵鐘に刻まれた銘文の中に『国家安康』『君臣豊楽《くんしんほうらく》』という言葉があるのに林羅山らは目をつけ、『国家安康』は家康の『家』と『康』を分断したものであり、『君臣豊楽』は豊臣家の繁栄を祈って、徳川家の凋落《ちょうらく》を望むものだとして、豊臣家に対して難癖をつけたんですね。そして、そこからはじまる徳川家対豊臣家の対立が、やがて大坂冬の陣から夏の陣を引き起こし、ついには豊臣家の滅亡となってしまうのです」

鹿堂妃楚香を中心に大鐘を取り囲む一般参加者たちは、熱心に魔界案内人の話に聞き入っており、その様子をテレビカメラが撮影していたが、氷室想介はひたすら鹿堂妃楚香のむき出しの二の腕に注目していた。

六道珍皇寺から方広寺まで約七百メートルの距離を歩くときは、さすがにコートかなにかを羽織るのだろうと氷室は思っていたが、予想に反し、妃楚香はノースリーブのドレスのまま平然と歩いていた。

途中、気温を表示する電光掲示板を掲げたビルが目に入ったが、午後九時半を回った時刻と、摂氏六度という気温を示していた。それなのに妃楚香は寒い顔ひとつせず、それだけでなくその滑らかで白い肌には鳥肌の一粒も生じていなかった。

つまりやせ我慢をしているのではなく、出発地点で氷室と田丸がたがいにささやきあったように、強烈な自己暗示をかけて、寒さなどまったく感じないカリスマ超能力者になりきっているとしか考えられなかった。

「聖橋先生はどう思われますか」

きょう、はじめて親しく口を利く関係になったばかりのスーパーマルチ学者に、氷室は小声でたずねた。

「ぼくが思うに、彼女はたんに超能力者を演じるタレントではないような気がしますけど」

「同感だね」

氷室と同じ、オーバーコートにマフラーという出で立ちの聖橋はうなずいた。

「私のような年寄りだけでなく、氷室さんの歳でも、この寒い夜にはコートやマフラーが欠かせない。それなのに、彼女が露出度の多い服装で平気な顔をしていられるのは、一種の催眠状態にあるからだと、私は思っておるのだよ」

「催眠状態ですか……」

「そう、催眠だ」

聖橋はくり返した。

「間違いない」

「さて、みなさん。この梵鐘の裏側には、世にも恐ろしいものが浮かび上がっているのです」

魔界案内人は、おどろおどろしい口調になって、参加者の興味を惹《ひ》きつけていた。

「それは淀君《よどぎみ》の亡霊です」

どよめきの声があがった。

「みなさん、淀君はごぞんじですね。そうです、秀吉の側室であった女性で、秀頼を産んだことで権勢を握るのですが、大坂の陣の敗戦で、我が子秀頼とともに自刃いたしました。その淀君の亡霊の姿が、この鐘の裏側に浮かび上がっているのです。ふだんは柵に囲まれており、中には入れないのですが、本日は鹿堂妃楚香先生が淀君の浮かばれぬ霊を慰めてくださいますので、特別に開けていただき、私たちは鐘の真下までもぐりこんで観賞できるのです。さあ、それでは鹿堂先生といっしょに、中に入りましょう」

方広寺の職員が一柳の合図で柵の鍵《かぎ》を開け、一行は梵鐘の真下に集まった。

「ごらんください」

こんどは一柳ではなく、鹿堂妃楚香が高いトーンで張り上げた。

「ここに淀君の霊がいらっしゃいます」

言われてみれば女の姿に見えなくもないシミ状のものが、梵鐘の内側の、かなり高い位置にあった。参加者にわかりやすいよう、一柳が持参した竹の棒で示した。

ほんとうだ、霊だ、女の顔に見える、いや全身じゃないのか、といった、さまざまな感想が参加者の口から洩《も》れた。

「淀君様は泣いていらっしゃいます」

鹿堂妃楚香の声に、雑談が消えた。

「泣いていらっしゃいます、淀君様は」

妃楚香の声が震えだし、みるみるうちにその瞳《ひとみ》から大粒の涙がこぼれ出した。

迎奈津実が、その様子をじっと見つめていた。

「おかわいそうに……おかわいそうに……いまから私が、お慰め申し上げます」

妃楚香は例の青い玉を取り出し、それを高く掲げて意味不明の言葉をつぶやきはじめた。

その間、氷室は鹿堂妃楚香の実父である竹之内彬の様子をうかがっていた。梵鐘の真下に円陣を組むような形で一同が広がっているため、氷室の位置からは竹之内の顔が真正面に見えた。

彼は娘の祈りに合わせて両手を合わせ、目を閉じて、同じように唇を動かしていた。それは、鹿堂妃楚香の特異な能力を心から信じている事務所社長という姿に見えた。

つづいて氷室は、マネージャーの伊刈修司の姿を捜した。だが、彼はどこにも見あたらない。さらに周囲を見回すと、梵鐘からだいぶ離れた木陰で、携帯で誰かと話している伊刈の姿が目に止まった。

その様子を記憶に刻んだとき、鹿堂妃楚香が彼女の地声とは異なる野太い声で叫んだので、氷室は驚いてふり返った。

「ご苦労であった！」

青い玉を両手で頭上高く掲げたまま、妃楚香は目を閉じ、背を伸ばして声を張り上げた。

「そなたの祈り、間違いなく届きました。そのやさしさ、そのぬくもりを、わたくしは決して忘れはしませぬ。ありがとう。礼を言います」

梵鐘の真下で叫んでいるため、その声は深い反響をもって参加者たちの耳に届いた。明らかに淀君の霊が乗り移ったことを示す言葉だった。

参加者全員が、想定外の展開に息を呑《の》んでいた。

やがて鹿堂妃楚香は大きな深呼吸を何度もくり返したのち、頭上にかざしていた青い玉を、ゆっくりとした動作で胸元に引き寄せた。そして、まぶたを開いた。

「慰《い》霊《れい》の祈りは終わりました」

そう告げる妃楚香の声は、元の透き通ったトーンに戻っていた。

それを合図に一柳次郎が、梵鐘の柵の外に出るようにと一同をうながした。

鴨下は、ますます苦々しい顔になっていた。そして田丸と顔を合わせると、ぶっきらぼうにつぶやいた。

「まことにありがたい淀君様の声だな。ところで、いったいおれたちの誰がいつ死ぬんだ？」

「しっ！」

田丸が鴨下の袖《そで》を引いた。

「声が大きいぞ」

「もしもさっきの予言が当たるんだったら、おれは聖橋のじいさんに死んでもらいたいね」

「おい！」

田丸はあわてて聖橋の居場所を探し、少し離れたところで氷室と雑談しているのを見てから、急いで鴨下の発言を咎《とが》めた。

「おまえ、なんてことを言うんだ。あの人に京都府警の特別顧問を頼んだのは、ほかでもないおまえだろう」

「そうだよ」

「それなのに『死んでもらいたい』はないだろう」

「いいんだよ。向こうだって、同じことを考えてるかもしれない。それに、嫌悪しあっているのはおたがい承知なんだ」

「どうした。なにかあったのか」

「あったさ。大アリだよ」

「話してみろ」

「マル、おまえはやさしいな」

「これだけ長いことつきあってきて、おまえはおれのコレの理由をたずねようとしなかった」

鴨下は、第一関節から先のない小指を立ててみせた。

「なぜ、たずねない」

「つまらん質問をするなよ」

「いいから答えろ」

「人が言いたがらない個人の事情は、こっちからもたずねない――人づきあいをする中で、いちばんシンプルな法則なんじゃないのか。それを守ってるだけさ」

「そうか」

二十四時間、無表情という印象の鴨下が、微《かす》かに笑みを浮かべてうなずいた。

「やっぱり、おまえと友だちでいてよかった。ところがあのジジイは、ズケズケと土足でおれの知られたくない領域に乗り込んできた。世の中には年寄りであることや、女であることを盾《たて》にして、他人に対して平気で無礼な言動をする輩《やから》がいるが、聖橋甲一郎もそのひとりだと思った。だから死ねばいいと思ってる」

「どうにもしょうがない人だね」

「マルもそう思うだろ」

「え？」

「違うよ、カモちゃんのことだよ」

田丸は、やれやれという表情で、友人の顔を見つめた。

「たのむから、魔界ツアーの最中にややこしいケンカをしてくれるなよ」

「マルはこどものころ、ケンカの仲裁役が得意だったろ。おれにはわかるんだ。だから、いざというときは、よろしくな」

そう言って、鴨下は田丸のそばを離れた。

3

成田エクスプレスと新幹線を乗り継いで岩城準が京都駅に着いたのは、魔界ツアーのバスが京都駅から出発した三十分後の、夜八時五十一分だった。

京都駅中央口の巨大な吹き抜け空間に立った岩城準は、真正面に見えるライトアップされた京都タワーを見上げ、困惑して立ち尽くしていた。

「これからどうすればいいんだ」

わずか三十分ほど前まで、美果が出発を引き延ばして自分を待ってくれていたとは知るよしもなかった。ともかく美果に連絡を入れようとジーンズのポケットから携帯を取り出したとき、電池切れにはじめて気づいた。

美果は、準が怒って携帯の電源を切ったのだと思い込んでいたが、準はたんに電池切れになっているのを知らなかっただけだったのだ。

準はバンクーバーから持参したiPadに接続して充電をしようと、リュックを下ろした。そしてiPadを起動させたところで、なぜインターネットにつないで「竹之内美果」を検索してみなかったのかと、バンクーバーにいるときでもできる方法に、はじめて思いあたった。

「バカだな、おれって。やっぱ、クスリのせいでボケてんだな」

つぶやきながら、準は携帯の充電は後回しにして、iPadをネットにつなぎ、検索窓に「竹之内美果」と入力してボタンをクリックした。

だが、彼女の名前はヒットしなかった。同姓同名すらいなかった。

(ほかに美果について情報は得られないか)

と、そのとき、突然思い出したことがあった。

十年前、十七歳の誕生日を祝ってあげた直後に美果が姿を消すと、準は必死になってその行方を探した。当時はまだ個人情報保護法でプライバシーを厳しく秘匿《ひとく》される状況ではなかったので、美果の通っている高校の生徒連絡名簿を入手して、彼女の住まいを調べて、そこまで訪ねてもみた。家は、もぬけの殻《から》だった。

ただし、その連絡名簿に出ていた保護者の名前を、準はいまでも記憶に残していた。

高二の四月に作成された名簿には、まだ離婚していなかった美果の両親の名前がふたり揃って載っていた。

父は彬、母は浩枝。

準はエスカレーターのそばの地べたにあぐらをかいて座り込み、膝《ひざ》の上に載せたiPadの画面に出したネットの検索窓に、美果の父親の名前を入れた。竹之内彬、と。

こんどはヒットした。

《竹之内彬。芸能プロダクション『インサイド・バンブー』代表取締役社長。唯一の所属タレントである「美しすぎる超能力者」鹿堂妃楚香は、竹之内の実の娘》

（なんだって？）

準は愕然《がくぜん》となった。

東京駅のキヨスクで、新幹線の時間つぶしにと買った週刊誌に、いま話題の「美しすぎる超能力者」の記事が顔写真付きで出ていたことを思い出した。美人だな、とは思ったが、とくに興味をもたずに読み飛ばし、その週刊誌はもうゴミ箱に棄てていた。

（あれが美果だって？　まさか……）

この段階では、まだ準はこう思っていた。ここに出ている芸能プロダクション社長の竹之内彬は、美果の父親と同姓同名の別人なのだろうと。夜逃げをするような男が、ネットの検索に引っかかるほど名前が表に出る人物になっているとは思えなかった。美果の父親は、いまだに借金取りの追っ手を逃れるために、ひたすらひっそりと身を隠しているに違いないと、準は勝手に想像していた。

だが、ともかく「竹之内彬」とのつながりを確認できた「鹿堂妃楚香」の検索にとりかかった。まずウィキペディア。

《鹿堂妃楚香。「美しすぎる超能力者」。年齢と本名は公表されていないが、所属事務所社長の竹之内彬は実の父親とされている》

ついで、そこに出ていた「鹿堂妃楚香　公式ブログ」の外部リンクに飛んだ。

最新の日記にはこうあった。

《11月25日　いよいよ今夜、京都で「鹿堂妃楚香の魔界ツアー」がスタートします。魔界スポットとして有名なお寺に、特別におねがいして限定で夜間拝観を行なうものです。

大勢の方からご応募いただきました。ありがとうございました。

私は自分を小野篁様の生まれ変わりだと信じておりますので、篁様ゆかりのコースをたどることにしました。

夜、六道珍皇寺の井戸から冥界《めいかい》に降りて閻魔大王に仕え、朝、嵯峨野の福生寺の井戸から現世に戻って、なにごともなかったかのように人間社会で官吏として仕えていた。そんな篁様のように、参加者のみなさまにも日常を離れて、夜通し冥界を歩いていただこうという企画です。

抽選で選ばれたみなさまとごいっしょに、今夜八時「魔界バス」で京都駅前を出発して、翌朝までの十二時間、私がいにしえの都の魔界をご案内させていただきます。

残念ながら抽選に洩《も》れた方は、明後日の夜九時から、下記にご紹介のテレビ局で二時間にわたって「鹿堂妃楚香・京都魔界伝説の女」という題で放送されますので、そちらをごらんください。

なんだか、すごいですね。「京都魔界伝説の女」って。でも、なかなかいいかも(笑)。

参考までに、今夜のコースをご紹介しておきます。ただし、これを見ておいでになっても、ツアーメンバー以外は入場ができませんので、ご注意ください。

京都駅前→六道珍皇寺（篁様が冥界に降りていかれた井戸があります）→方広寺（秀吉が奈良よりも大きな大仏殿を建てた場所。豊臣家滅亡の原因となった「国家安康」の梵鐘《ぼんしょう》があります。その鐘の裏側には、淀君様の霊が……）→耳塚（方広寺のすぐそばにあり、秀吉の朝鮮出兵で犠牲になった相手方の兵士の怨念《おんねん》が）→養源院《ようげんいん》（三十三間堂の隣にあり、京都に数ヵ所ある血天井のひとつがここで見られます）→京都御所北東角・猿が辻（表鬼門封じの猿を拝見いたします）→曼殊院《まんしゅいん》（十年ほど前までは一般公開されていた「飛び出す幽霊の掛け軸」を、今回特別に拝見させていただきます）→赤山禅院（猿が辻の猿と対応する表鬼門封じの屋根の猿を拝見いたします）→銀閣寺近くの和食のお店で夜食休憩をいたします。

　夜食休憩後、深夜は閉鎖される比叡山ドライブウェイのゲートを特別に開けていただいて、標高八〇〇メートルを超す山上にある延暦寺へ→根本中堂《こんぽんちゅうどう》拝観とご住職による深夜の特別講話→比叡山を降りて金閣寺方面へ向かい、洛北の船岡山へ（平安京の拠点となった山で、ここから深夜の京都を眺め、平安時代の帝の視点というものを学びます）→千本《せんぼん》ゑんま堂《どう》（引接寺《いんじょうじ》が正式なお寺の名前で、小野篁様が開いたといわれ、篁様の人生が絵巻物となって本堂に飾られています）→釘抜《くぎぬ》き地蔵（石像寺《しゃくぞうじ》が正式名称。もともとは「苦」を抜く地蔵で「苦抜《くぬき》地蔵」と呼ばれていました）→大報恩寺《だいほうおんじ》

（別名・千本釈迦堂。この本堂は、京都のすべてを焦土《しょうど》と化した応仁の乱でただ一カ所、奇跡的に焼け残ったもので、現在の京都中心部で、これよりも古い建物はありません）↓安倍晴明神社（いわずとしれた陰陽師・安倍晴明を祀《まつ》る魔界スポットの一番人気ですね）↓一条戻橋《もどりばし》（堀川通《ほりかわどおり》をはさんで晴明神社のすぐ向かいにあり、さまざまな魔界伝説が伝わっています）↓ここでまた夜中のコーヒーブレイクをもうけます。

二度目の休憩後は、南へ下ってから西へ。まず蚕《かいこ》の社《やしろ》（正式名称は木嶋坐天照御魂《このしまにますあまてるみたま》神社。不思議な三本足の鳥居からパワーを受け取りましょう）↓車折《くるまざき》神社（芸能の神さまのパワーを受け取りましょう）↓清凉寺（ここの境内に、篁様がお帰りになる井戸のあった福生寺を合祀《ごうし》した薬師寺がございます。十二時間にわたる魔界ツアーのゴールです）≫

この夜の魔界ツアーコースの説明をざっと読んだあと、準は「ギャラリー」のボタンをクリックした。

鹿堂妃楚香のさまざまな写真がそこに並んでいた。その一枚一枚をクリックし、iPadの画面上でさらに拡大していった。

岩城準は愕然となった。

「美果……」

つぶやきがその口から洩れた。

週刊誌で見たときには気づかなかったが、鹿堂妃楚香とは、間違いなく竹之内美果の十年後の姿だった。

国際電話で話したときの、美果のいろいろな言葉が思い起こされた。


「うん、変わった。すごく変わった」

「もう、竹之内美果じゃなくなったし」

「名前が変わっちゃったの」


美果がどうしても京都駅に八時までにきてほしいとこだわっていたこと、そして八時に出発するそのツアーは絶対にキャンセルできないと言い張っていた事情がようやく納得できた。京都の魔界を、鹿堂妃楚香となった美果が案内するツアーだったのだ。

バンクーバーで受けた電話の最後に、美果は涙声でこう言った。

「とにかくジュン、早くきて……私を助けて……私じゃなくなった私を……助けにきて」

（美果は、誰かに操られている。無理やり超能力者を演じさせられている。誰かとは……父親だ。美果のオヤジさんだ）

急いで連絡をとらなければ、と思った。

準はｉＰａｄに携帯の充電コードをつなぎ、電池切れの携帯を接続した。そしてコードをつないだまま、すぐに電源を入れた。

充電しながらの通話は最もバッテリーにダメージを与えると知ってはいたが、悠長に充電の完了を待っていられなかった。魔界ツアーが進行中であろうと、いますぐ呼び出して、とにかく合流しなければと思った。

そして美果の携帯番号を入力しようとしたとき、携帯が鳴り出した。

4

「秀吉という男は、歴史上の人物としては大変に評価されておりますし、なによりも京都をこんにちの姿にした最大の功労者は秀吉です。しかし、その一方で、彼は権力者にありがちな残虐《ざんぎゃく》さも兼ね備えていた男であったようです」

魔界ツアーの一行は、方広寺の梵鐘の見学を終えて、そこから大和大路通を横切ってすぐのところにある耳塚の前に集まっていた。

すでに午後十時を回り、ますます気温は下がっていた。解説役の一柳次郎はダウンベストを着ていたが、鹿堂妃楚香はノースリーブのドレスのまま、まったく寒そうな様子を見せず、そのことに参加者全員が感心していた。

「秀吉の残虐性を表わす最も顕著な例は、西暦一五九二年から一五九八年にかけて行なわれた『文禄《ぶんろく》・慶長《けいちょう》の役《えき》』と呼ばれる朝鮮出兵です。『出兵』というのは『侵略』の印象を和らげるために苦肉の策で用いている歴史用語ですがね」

魔界案内人・一柳次郎の解説する声は、夜の静けさが増してくるにつれてよく通った。

「秀吉は当時、明《みん》と呼ばれていた大国の中国を征服しようという壮大な野望を抱いておりました。そして、その侵攻の入口となる朝鮮に、日本への隷属を求めたのです。しかし、それを拒否された。怒った秀吉は、二度にわたって朝鮮に兵を送り込んだのですが、このときに捕虜とした朝鮮や明の兵士や一般民衆の耳や鼻を、戦果の証明として生きたままそぎ落とすよう命じ、それを塩漬けにして日本へ持ち帰らせました。しかし鼻をそいだというのは、いかにもおぞましいので、耳だけが埋められているかのような名称『耳塚』にしておるわけです」

話が残酷な方向に進んでいき、参加者の女性の中には露骨に顔をしかめる者もいた。

だが、逆に魔界案内人の顔は輝いていた。

「ここに埋められている耳と鼻は、およそ二万人分と言われておりまして、都合の良い解釈をするならば、彼らの霊を手厚く葬った、ということになるのでしょうが、耳や鼻をそいでおいて、いまさら手厚く葬るもないもんだ、と思いますねえ。

　秀吉が残虐行為を命じたのは、朝鮮や明国の人々に対してだけではありません。日本人のあいだに増えつつあったキリスト教徒に対する弾圧のすさまじさも、また特筆に値します。のちほどツアー後半で安倍晴明神社のそばにある一条戻橋を訪れますが、その一条戻橋にも秀吉がらみの悲しい逸話が残されています。耳塚とも関連しますので、ここで先にご紹介しておきましょうかね」

　耳塚を背にした一柳次郎は、闇に白い息を吐きながらつづけた。

「信長もそうでしたが、秀吉もキリスト教をこれ以上日本に広めてはならじと、キリシタンに対して猛烈な弾圧を加えてまいります。その代表的な出来事が『二十六聖人の殉教《じゅんきょう》』と呼ばれるものです。処刑すると定めた信者と宣教師二十六名のうち二十四人が、一条戻橋の近くで耳をそがれたのちに京都市中を引き回され、そのあげくに長崎浦上《うらかみ》にある西坂《にじざか》の処刑場へと送られて磔《はりつけ》にされたのです。秀吉というのは、まことに耳をそぐのが好きな人物ですな。

　この出来事以来、一条戻橋は江戸時代に至るまで、処刑前に市中引き回しをされる罪人が必ず通る場所になりました。その際は、罪人が一条戻橋まで連れてこられたときに、お餅《もち》と花が与えられまして、こんどまた人間界に生まれ戻ってくるときは、きっと真人間になるんだぞ、と諭《さと》されたものでした。

秀吉が京都にとって復興の功労者であるのは間違いありませんが、もしも我々がタイムスリップをして秀吉に面会をしたら、その残虐趣味に震え上がることになるかもしれません。決してお友だちにはなりたくない人ですな」

一柳の言葉に一行の中から笑いが洩《も》れたが、苦々しい表情でその解説を聞いていた者がいた。鴨下警部ではない。聖橋甲一郎だった。

5

「なっちゃん」

ステッキに委《ゆだ》ねた身体をゆっくりと前後に揺らしながら、聖橋は愛弟子《まなでし》に向かって言った。

「あの男は、少し偏見が過ぎるね」

「魔界案内人さんが、ですか?」

「そうだよ。彼自身も認めているように、秀吉がいなければ、京都は現在の姿には決してならなかった。京都人にとっては、誰よりも恩義を感じなければならない歴史上の人物なんだ、豊臣秀吉という男はね。それなのに、彼の残虐性ばかり強調している。それに、まあこの中にはキリスト教徒もいるかもしれないので大きな声では言えないが、信長にせよ秀吉にせよ、キリシタンを排除したのは、それなりの理由がある。それはきわめて単純な理由でね」

白髪のモジャモジャ頭を片手で掻《か》いてから、聖橋は言った。

「日本の国土は外国の思想によって混乱させられるべきではない、という明快な信念だ。これは百パーセント正しい。いま、あの一柳という男は、秀吉によるキリシタン弾圧の残虐さを強調するが、秀吉がキリシタンの耳をそいだり公開処刑で磔にしたのは意味があるんだ。それは、見せしめにしないと邪教の広がりを抑えられなかったからだ。現代のモラルで過去の歴史を評価するのは、基本的に間違いだと、私は考える」

最後方から一柳を睨《にら》みつけて、聖橋はつづけた。

「新聞、テレビ、さらにはネットまで登場した現代と違って、マスコミュニケーションの手段が皆無の時代にあっては、キリスト教の広がりを抑えるには、できるだけショッキングな公開処刑を行ない、その恐怖を伝える口コミによるブレーキ機能に期待するよりなかったんだ」

「でも……」

来月の三日にようやく十六歳の誕生日を迎えるという年齢の奈津実が、少し不服そうな表情で言った。

「ハカセもごぞんじだと思いますけれど、私、いま聖書を勉強しているんです」

「知ってるよ。きみは中学生のうちに旧約聖書を英語で完読しており、つい最近、ヘブライ語でも読みはじめたんだね」

「はい。そして、聖書の教えにいっぱい感動しているんです」

「なるほど」

耳塚の前では一柳次郎に代わって鹿堂妃楚香が中央に進み出て、秀吉軍に虐殺された朝鮮や明の兵士と一般市民の霊を慰める祈禱《きとう》をはじめていた。

「それはとてもいいことだと思うよ。聖書には人間にとって大切な教えがたくさん書いてあるからね。では、なっちゃんにたずねるが、人類史において、数々の大きな戦争を巻き起こしてきた最大の原因はなんだと思うかね」

「戦争の最大の原因ですか？」

ミトンをはめた両手を口もとにもっていって、少し考えてから答えた。

「権力争いじゃないでしょうか」

「なるほど。それもあるね」

「あとは貧富の格差とか、食糧難とか……ですか」

「そういう原因も挙げられるだろう。しかし、人が争う根本原因は宗教なんだよ」

「宗教？」

「そうだ。言い換えれば神だ。違う神を信仰するから、争いが起きる。人々がその神に対して絶対的な帰依《きえ》をすればするほど、一切の妥協がなくなる。そして戦争が起きる。悪いことに、違う神を信仰することによって起きた戦争は、ほかの理由ではじまった戦争のように、時が経てばたがいの傷が癒《い》えるという種類のものではない。民族間に燃えさかった憎悪の炎は何百年、何千年とつづくんだよ」

　聖橋は、またたく星の数が急速に減ってきた夜空へ目を転じてつづけた。

「たしかに宗教には人の心を清らかに美しくする力がある。人の命を救うこともある。だがその一方で、人の心に憎しみや怨《うら》みや対立や、さらには殺意さえ宿らせるのもまた宗教なんだ。そこに目をつぶって、宗教を絶対的な『善』とみなしては、人類の歴史を正しくみることはできない」

　聖橋の意外に強い口調に、奈津実は顔に不安を浮かべた。

「それじゃ、ハカセは宗教は邪悪な存在だと思っているんですか」

「そういうふうに一方的に決めつけられるものではないんだよ、なっちゃん。陰陽道の教えを引くまでもなく、この世の中はすべて『陰』と『陽』の対立するふたつの気から成っている。それを人間の心に置き換えれば『善』と『悪』だよ。『陽』が『善』で、『陰』が『悪』だ」

「じゃ、宗教にも善《よ》い宗教と悪い宗教とがあって、人間にも善い人と悪い人がいるということなんですか」

「ちがう、ちがう」

依然として耳塚の前で祈りを捧《ささ》げつづけている鹿堂妃楚香から、目の前の奈津実に視線を移して、聖橋は言った。

「どんな宗教にも善の部分と悪の部分があり、どんな人間にも善人の部分と悪人の部分があるということなんだ。裏を返せば、絶対善の宗教も絶対悪の宗教もない。そして絶対善の人間もいなければ、絶対悪の人間もいない。この世のすべては、対立したふたつの要素から成っている。これが永遠の基本なんだ」

「それはわかります。どんな人でも長所と短所はありますから」

「いやいや、そんな甘い話じゃないんだよ、なっちゃん」

聖橋は大きく首を振った。

「人が長所と短所を併せ持っているのは当然だけど、そんなレベルの話じゃない。心の中に善人と悪人がいっしょに住んでいる——それが人間の正体なんだ」

「……」

ミトンをはめた両手を胸元に押し当て、奈津実は泣き出しそうな顔になった。

「もっとキリスト教的な言葉を使って表現すれば、人の心の中には天使と悪魔が共存しているということだ。だからこそ、聖書はあれだけのページ数を使って説教をしつづけなければならないのだ。できるかぎり、人の心から悪魔の部分を減らすために」

「じゃあ、ハカセの心の中にも悪魔が棲《す》んでいるんですか」

「そうだよ」

「イヤです。そんなの」

奈津実のつぶらな瞳《ひとみ》に涙がにじんだ。

「そんなこと言わないでください。ハカセの中に悪魔が棲んでいるなんて」

「いや、仮に私が自分で否定したところで、絶対的な真実が変わるわけではない」

「じゃ、私の心にも悪魔がいるんですか」

「いる」

「ウソです。イヤです、そんなの」

決して大声ではなかったが、奈津実は感情的になって叫んだ。

本来なら、ふたりのやりとりの様子は、耳塚を半円形に取り囲むほかのツアー客の注意を惹《ひ》いて当然だった。

ところが、ほかで奈津実の声の何倍も大きな絶叫が響いたために、全員の注意がそちらに向けられた。そして聖橋も奈津実さえも、いまのやりとりを中断して、そちらに目を向けざるをえなかった。

鹿堂妃楚香だった。

「埋《う》まっています。埋まっているのが見えています！」

耳塚の前で、鹿堂妃楚香が青い玉を闇にかざして叫んでいた。

6

「祈りを捧げるうちに、見えてきました！　耳ではない。鼻でもない、手首です！なにかの手首が埋まっている光景が見えてきました！」

一同がざわめいた。

「おい、はじまったぞ」

田丸が、氷室のそばに近寄って言った。

鴨下が鹿堂妃楚香をじっと睨《にら》みつけていた。

聖橋が悪魔論を語るのをやめ、ステッキを握る手に力を込めた。

迎奈津実が、不気味なものを見る目で鹿堂妃楚香を見つめた。

妃楚香のいちばん近くにいる一柳次郎は、突然の出来事に金縛りにあったように動けなくなっていた。

しかし、冷静な男がひとりいた。テレビ局のディレクターだった。

彼はふたりいるカメラマンに手で合図をして、ひとりは鹿堂妃楚香のアップを、もうひとりは耳塚を背景にした全身を捉《とら》えるように指示した。

ビデオカメラの動きを意識したのか、鹿堂妃楚香はますます芝居がかった声で叫んだ。

「手首が埋まっている場所も見えてきました。この青い玉の中に見えてきました！」

その声で、全員の視線がまた妃楚香に移った。

「どこですか、鹿堂先生」

魔界案内人の一柳が、血相を変えてたずねた。

捜査陣も鹿堂妃楚香の答えに注目した。

「手首はどこに埋まっているんです。この耳塚じゃないんですね」

「違います」

「では、どこなんです。……そうか、比叡山ですね？」

一柳は、氷室と同じ想像をした。

「京都の表鬼門の比叡山に埋められているんですね」

「お待ちください。この玉が教えてくださいますから」

鹿堂妃楚香はゆっくりと身体の向きを変えていった。その動作を一柳が、鴨下が、田丸が、聖橋が、奈津実が、氷室が見つめる。そして二台のビデオカメラが追う。

やがて妃楚香は、身体の正面がまっすぐ北を向いたところで動きを止めた。高く頭上にかざした青い玉を見つめながら、

「ああ、こちらの方角です。ここから玄武の方角——真北です」

「ここから真北というと……御所ですか。御所の北東角の猿が辻ですね」

一柳が、答えを見つけたという顔で言った。

「そうなんですね？　猿が辻から手首が出てくるんですね」

「いいえ。もっと遠く……もっと北……」

「だけど先生、今晩のコースでいちばん北にあるのは延暦寺で、方角はもっと東寄りですよ」

「ごめんなさい、魔界ツアーのコースには入っていない場所でした。でも、ここも表鬼門の線上に間違いなくあります」

「しかし、都の表鬼門の方角は、もっと東寄りのはずです」

「違う？　じゃ、どこです」

「いいえ、違います」

「京都御所を基準に考えれば、そうなります」

青玉を見つめたまま、鹿堂妃楚香が言った。

「京都御所の表鬼門ならば、たしかに猿が辻―赤山禅院―比叡山のラインです。私もそのつもりで予言を致しました。手首はきっとその線上にあると。けれども基準となる場所が違っていたのです。基点は、篁様がこの世にお戻りになる場所でした」

「というと……嵯峨野の福生寺ですか？　このツアーのゴール地点近くにかってあった」

「そうです。死の井戸が六道珍皇寺なら、生の井戸は福生寺。その福生寺から見た北東方向の表鬼門線に、……猿の手首が埋まっています」

「猿？」

氷室たち以外にとってははじめて知らされる「手首の正体」に、一柳次郎は驚きの声を発し、一般ツアー客たちもどよめいた。

「猿って……それはつまり、鬼門封じの猿ですか」

「そうです」

真北を向いた妃楚香は、一柳の質問にうなずいた。

「鬼門を封じていた猿の手首が切り落とされました。それだけでなくバラバラにされました。つまり……表鬼門の封印が破られ、今宵、京の都に鬼が走るでしょう！」

美しすぎる超能力者の絶叫に、ツアーメンバーが大きくどよめいた。

「場所はどこですか！」

鹿堂妃楚香を取り囲む輪の後方から大声でたずねた人物がいた。鴨下だった。

全員が、一斉に彼を見た。

「猿の手首が埋まっている場所はどこですか」

「その場所は……ここに……ここに見えています」

妃楚香は、彼女にとって予言のシンボルである青玉をいちだんと高くかざした。

テレビ局のライトがそれを照らし、鹿堂妃楚香が両手で捧《ささ》げ持つ青玉は、それじたいに特別なパワーが秘められているかのように輝いた。

「警部」

おおっぴらにはできない田丸の肩書を、氷室が小声で呼んだ。

「彼女の二の腕を見てください。鳥肌が出ています」

「おお！　ほんとうだ」

ライトに照らされた鹿堂妃楚香の二の腕を、肩を、首筋を、びっしりと粟粒《あわつぶ》が覆い尽くしていた。

「たしかに、ずいぶん冷えてきたぞ」

「いえ、気温の低下のせいではなく、あれは呪縛《じゅばく》が解けてきたせいかもしれません」

「呪縛が解けてきた？」

「そうです。彼女はいま、鹿堂妃楚香から竹之内美果に戻ろうとしています。そんな気がします。そう、きっとそうなんです」

「でも、なぜ素顔に戻るんだ」

「手首です」

美しすぎる超能力者から目を離さずに、氷室が答えた。

「きっと手首が、彼女を呪縛から解き放つ鍵《かぎ》なんです」

「猿の手首が？　でも、竹之内社長の説明によれば、それはたんなるぬいぐるみの手首だぞ」

「あの様子を見てください。鬼門封じの猿が殺されたことによって、鬼を迎え入れてしまったのはこの都ではなく、鹿堂妃楚香自身かもしれません」

氷室の指摘は当たっている、と田丸は思った。

美しすぎる超能力者の顔が、般若《はんにゃ》を思わせる形相に歪《ゆが》んでいた。

「こんなことってあるのか、氷室君」

田丸の声がかすれていた。

「顔が、変わってきているぞ」

そのとき、般若の形相となった鹿堂妃楚香が、凜《りん》とした声で告げた。

「殺された猿は、福生寺から直線距離で北東に十三キロ！　悪魔の数字13に飾られたその場所に埋まっています」

具体的な距離まで口にすると、鹿堂妃楚香は青い玉を高く掲げたまま目を閉じ、歯をむき出し、全身を激しく痙攣《けいれん》させはじめた。

あまりの異様さに、ツアー客たちは声もなかった。

「福生寺から北東に十三キロ……」

鹿堂妃楚香の予言を復唱しながら、氷室は急いでスマートフォンを取り出し、グーグルマップを起動させた。その地図ソフトには、一柳次郎から聞いていた魔界ツアーの立ち寄りスポットすべてが、すぐ呼び出せるようにあらかじめ登録してあった。

氷室はリスト一覧を人差指で弾《はじ》いてスクロールし、一覧のいちばん下にあった嵯峨野にある清涼寺の名前を出した。かつて存在した福生寺は、そのすぐそばだ。

いまから一週間ほど前、嵯峨野の風景が徐々に紅葉の赤に染まりはじめたころ、その石碑の前にQAZが立って祈っていた事実を、氷室は知らない。

小倉山《をぐらやま》　みねのもみぢ葉《ば》　心《こころ》あらば
今《いま》ひとたびの　みゆき待《ま》たなむ

そのときにＱＡＺが歌うようにつぶやいた小倉百人一首の歌のひとつを、たったいま、氷室のすぐ近くにいる誰かが心の中でくり返していることも、氷室は知らなかった。

7

氷室はスマートフォンを操作して、マップリストの最下部に登録された「清涼寺」の名前をタップした。

地図の中央に、清涼寺の位置が出た。その地図を逆に縮小して、そこから北東に十三キロの地点を探そうとした。横から田丸が覗《のぞ》き込む。

「どこなんだ、氷室君。彼女が言ってる場所はどこなんだ」

しかし、詳細な絞り込みに入る前に、京都の地図が完全に頭に入っている氷室には、直感的にここだと思う場所があった。

嵯峨野から北東方向へ十キロ少々離れた場所といえば……。

「きっと貴船《きぶね》か鞍馬《くらま》だと思います」

携帯の地図機能を動かしながら、氷室は言った。

「たぶん、間違いありません」

貴船も鞍馬も、今回の魔界コースに入っていても不思議はない場所だった。

たとえば貴船神社は平安時代より雨乞《あまご》いの神社としても知られ、貴船は「気生根《きぶね》」に通ずるとして、その境内には、大地より精霊の気を吸い上げて天空へと伸びる高さ三十メートル、樹齢四百年に及ぶ桂《かつら》のご神木がある。

気生根の対称にあるのが「気枯《きが》れ」で、それがすなわち「穢《けが》れ」に通じる。

貴船という場所では、古来より「気」を意識した信仰が受け継がれていた。そして現実的な気象データからみても、貴船は京都洛中よりもつねに気温が数度低く、夏には貴船川の渓流沿いに床を張り出して、鮎《あゆ》の塩焼きなどを楽しむ川床《かわどこ》料理が風物詩となっている。

一方、鴨川の西岸沿いに、二条から三条にかけての上木屋町《かみきやまち》エリア、三条を越えて四条までの先斗町《ぽんとちょう》エリア、四条を越えて団栗橋西詰《どんぐりばしにしづめ》までの西石垣《さいせき》エリア、そして五条に至る下木屋町《しもきやまち》エリアへと連なる「鴨川納涼床《ゆか》」では、むしろ夏場の蒸し暑さを体感するケースも多い。だから納涼床の営業期間は五月から九月までだが、六月から八月までの夏場三ヵ月間は、昼間の営業は行なわない。

しかし貴船の川床では、納涼の二文字に偽りはなかった。

それだけに、晩秋の時点ですでに洛中の冬場に相当する寒さとなり、紅葉も一足先に終わっていた。空気の質――「気」が洛中とはまったく異なるという点において、平安京の時代から貴船が特別な位置づけにあったことは想像に難くなかった。

貴船川の清流が都にとって貴重な水源であったことも、ここを聖なる地として捉《とら》える貴船信仰が生まれた大きな要因とみられていた。

一方、貴船よりさらに東にある鞍馬山のほうは「宇宙の大霊」である尊天《そんてん》信仰の総本山で、まさしく宇宙との交信の場となるダイナミックな霊場という位置づけにあった。

叡山《えいざん》電鉄鞍馬線の終点・鞍馬駅から鞍馬山ケーブルが出ていて、参拝客を多宝塔のある場所まで運び上げる。貴船からみると東南東に位置するこの鞍馬山山頂からは、貴船に下ってゆく昼なお暗い、鬱蒼《うっそう》とした山道があった。

いたるところで大樹の根が山道の地表に沿って大蛇のごとく這《は》い回っており、まさに「気生根」へと通じるルートにぴったりの風景だった。

そのルート上には源義経《みなもとのよしつね》ゆかりの義経堂《よしつねどう》があり、さらに名前からしておどろおどろしい建物があった。その名称が氷室の脳裏に浮かび上がった。

「警部、もしかすると手首が埋められているのはここかもしれません。鞍馬から貴船に下りる山道の途中にある奥の院……」

そこまで氷室が言ったときだった、むき出しになった肌の部分すべてを粟粒で埋め尽くし、無言の痙攣をつづけていた鹿堂妃楚香が、ピタリとその震えを止めた。

そして閉じていたまぶたをカッと見開いた。

「うわっ」

反射的に、一柳次郎が悲鳴を上げた。

鬼だった。鹿堂妃楚香は鬼の顔になっていた。そして両手で高く掲げる青玉を見つめて叫んだ。

「奥の院、魔王殿《まおうでん》！」

そう言いはなった瞬間、氷室の片手に載せられたスマートフォンの地図には、魔王殿の場所が出ていた。

「猿の左手首は、鞍馬《くらま》寺《でら》奥の院魔王殿の周囲三メートル以内の土の中から見つかるでしょう。それから、それから……」

顔を歪め、歯をむき出しにして鹿堂妃楚香はあえぎ、つけ加えた。

「もしかすると、人の左手首も……」

ええっ、という驚きの声があちこちで上がった。

いちばん驚いたのは、父親の竹之内彬だった。

「なにを言ってるんだ、み……妃楚香！」

あわや娘の本名を口走りかけて、竹之内はあわてて言い換えた。

「人の手首が出るなんて、バカなことを言っちゃいかん！」

そして、テレビ局のディレクターに向かって怒鳴った。

「やめろ、撮影はやめてくれ！」

だが、ふたりのカメラマンは撮影をつづけた。

「撮るのはやめろと言ってるんだあ！」

父親が激しくうろたえる中、鹿堂妃楚香はふたたび全身の激しい痙攣を起こしながら、両手に持った青玉に向かってつぶやきはじめた。

「QAZ、QAZ、QAZ……」

氷室と田丸が顔を見合わせ、鴨下が眉《まゆ》をひそめた。

聖橋は、とっさに自分の隣にいる迎奈津実を見た。

「QAZ、QAZ、QAZ……」

十五歳の天才語学少女は、まるで鹿堂妃楚香と頭脳がリンクしているように、同じ速度でつぶやきはじめていた。

「QAZ、QAZ、QAZ……」

「なっちゃん！」

聖橋は片手でステッキをついたまま、もう一方の手で愛弟子の美少女の肩を揺すった。

「なにを言ってるんだ、なっちゃん！」

聖橋の脳裏を、ある光景がかすめた。

ことしの七月、京都で行なわれた世界超能力者会議の前日、奈津実を連れて出かけた香港での風水フィールドワークの最終日、食事に入った現地のお粥《かゆ》屋で、聖橋は中学を出てまもない愛弟子に、人の一生を最後の最後まで幸せにする要素は、たったひとつしかないと述べ、それはお金でも愛でもなく、好奇心だと教えた。

好奇心とは物事に対して『なぜ』という積極的な疑問を持つ姿勢にはじまり、その『なぜ』に対する『こたえ』を見つける努力を生み出す。人間は、疑問を持ったら、その正解を求めたくなる生き物であり、その追究の姿勢が人を進歩させ、頭と身体のエネルギーを沸き立たせてくれ、いつまでも心身を若々しく保たせるのだと説いた。

したがって、好奇心をいつまでも失わないことが人生を幸せにする最大の要素であり、それゆえに聖橋には、好きなアルファベットがふたつあると述べた。

「Q」と「A」だった。

それは「なぜ」のクエスチョンと、「こたえ」のアンサーという単語の頭文字だった。そして聖橋は、冷たい水が入ったコップに人差指を突っ込み、濡《ぬ》れた手でテーブルに文字を書いて示した。QとAを。

ところがそのあと、奈津実も同じように水に濡らした指先でテーブルにQ……A……と書いた。だが、それだけでは終わらなかった。

Z——

その文字をつけ加えたのだ。

そこで聖橋が、Zとはなにかと問いかけると、奈津実はあわてた様子でテーブルの上の水文字を消した。それだけではなく、後日その件を問い質《ただ》しても記憶にないと答えた。

そしていま、奈津実はなにかに取り憑《つ》かれたように、問題の三文字をつぶやきつづけている。

聖橋は複雑な表情で奈津実を見つめ、何度もその肩を揺すった。

「おい、だいじょうぶか、なっちゃん」

しかし、その異変は氷室も田丸も鴨下も気づいていなかった。

鹿堂妃楚香から目を離すことができなかったからだった。

やがて、鹿堂妃楚香の痙攣《けいれん》が最高潮に達し、両手に高く掲げていた青玉が手のひらを離れて転がり落ちた。

「あ！」

父親の竹之内が、とっさにその玉をキャッチしようと駆け寄ったが、まにあわなかった。

耳塚の前の路上にそれは落ち、そしてパキンと乾いた音を立てて砕け散った。同時に、鹿堂妃楚香もその場に崩れ落ちた。

ツアー客の中から悲鳴が上がり、何人かの男性客が妃楚香のもとへ駆け寄ろうとした。が、ピーッという鋭い警笛が吹き鳴らされ、全員が動きを止めた。

鳴らしたのは鴨下警部だった。

口には警笛をくわえ、片手に警察手帳を高くかざしていた。

「私は京都府警刑事部捜査第一課の鴨下です！」

警笛を口からはずし、鴨下が声を張り上げた。

テレビ局のカメラとライトが、一斉に鴨下のほうへ向けられた。銀縁眼鏡のレンズが光った。

「みなさん、勝手に動かないでください。魔界ツアーはこれにて中止します。これは京都府警としての命令です。ツアーは中止です。ここから先は、私の指示に従ってもらいます」

指示を出し終わると、鴨下はすぐに無線で府警本部の応援と救急車の出動を要請した。

その混乱のさなかに、一台のタクシーが耳塚の前で停まった。そして、そこからひとりの青年が飛び出してきた。

携帯に宿泊場所の連絡を入れてきたマネージャーの伊刈修司を問いつめて、竹之内美果が鹿堂妃楚香と同一人物であることと、魔界ツアーの現在地を聞き出した岩城準だった。

「美果！」

耳塚の前で倒れている鹿堂妃楚香を見つけると、準は制止の声も聞かずに駆け寄った。

8

下鴨《しもがも》神社からまっすぐ北へ延びる鞍馬街道は、叡山電鉄市原《いちはら》駅を過ぎたあたりから山あいに入ってぐんぐん高度を上げていき、貴船口《きぶねぐち》駅のところで右と左に分岐する。右に行けば鞍馬、左に行けば貴船。どちらも対向車に注意しなければならない細い府道である。

その分岐を左にとり、361号線を貴船川に沿って二キロほど進むと、左向こうには貴船神社へ上る石段があり、反対側の道路の右手には「鞍馬寺西門」と矢印付きの表示がある朱塗りの橋が架かっていた。

鴨下警部が指揮する京都府警の捜索隊が、約十名編成でこの鞍馬寺西門に集結したのは、ちょうど日付が十一月二十五日から二十六日に変わろうとする午前零時少し前だった。

気象庁の予報どおり、シベリア大陸からの寒波が日本列島を北から覆いはじめ、夜が深まるにつれて気温は急激に低下し、洛中では雨が降り出し、鞍馬から貴船一帯より北では、それがいまにも雪に変わりそうなみぞれになっていた。

ツアーメンバーへの対応は耳塚のすぐそばにある東山警察署大仏前交番から駆けつけた警官に任せ、鴨下警部は魔王殿の「手首捜索チーム」に加わって、鞍馬寺西門の朱塗りの橋に立っていた。

予言を言いはなった直後に失神した鹿堂妃楚香は、ただちに地下鉄北大路《きたおおじ》駅の向かいにある京都警察病院に運ばれたが、まだ意識を取り戻しておらず、新たな情報を彼女からとるのは無理だった。

社長の竹之内彬と伊刈修司に関しては、事情聴取のために京都府警本部への同行が求められ、田丸が対応にあたったが、ふたりとも人の手首についてはなにも知らないと言い張った。

カナダから飛んできたばかりという十年前の恋人・岩城準にも事情聴取が行なわれ、彼の証言から、猿の手首とは、彼が竹之内美果に誕生日プレゼントとして贈ったぬいぐるみである可能性が高いことがわかってきた。

けっきょく、貴船側から鞍馬山中の奥の院魔王殿へ向かおうとする捜索チームには、耳塚の前で鹿堂妃楚香が言いはなった予言以上の情報はなにも与えられなかったが、それでも彼らは全員が真剣な表情を浮かべていた。

鹿堂妃楚香の予言の追加によって、魔王殿の周辺に埋められているのが猿のぬいぐるみだけではなく、人の手首も添えられている可能性が出てきたからだった。

捜索には警察以外の人間が三名加わっていた。急遽《きゅうきょ》かき集められた、鞍馬山一帯の地理に詳しい地元の消防団のメンバーだった。三人ともみぞれを避けるための黒い雨《あま》合羽《ガッパ》を着ていた。

「奥の院魔王殿というのは、そこの階段を上ったあと、五、六百メートルほど急な山道を登ったところにあります」

日焼けした顔に深い皺《しわ》を刻んだ、消防団の最年長の男が朱塗りの橋の先から闇の奥へつづく急坂を指して言った。

「魔王殿とは、どういう趣旨の建物なんですか」

たずねる鴨下も、一般人を装う必要がなくなったので、京都府警のフード付き防寒コートに着替えていた。そのフードに、みぞれが音を立てて叩《たた》きつけていた。

「六百五十万年前に金星からやってきた護法魔王尊《ごほうまおうそん》をお祀《まつ》りしてある小さな建物です」

「六百五十万年前？　金星からきた？」

鴨下が素《す》っ頓狂《とんきょう》な声を出した。

「なんだ、そりゃ」

「私らにもようわかりませんけど、鞍馬寺さんの信仰そのものが、そういうところからはじまっとることになってまして」

「驚いたね、これは。おれも長いこと京都にいるけど、六百五十万年前まで遡《さかのぼ》るいわれをもった神社仏閣に出会ったのははじめてだな。しかも金星かい。それじゃ、宇宙人だな」

「はあ、信仰のスケールが大きゅうおますな」

消防団の男が言った。

「その魔王殿から、さらに不動堂、義経堂、大杉権現《おおすぎごんげん》と上っていった山の中には、大木の根が地面から浮き上がって、這《は》うように模様を描いている場所があるのです。これを木の根道《きねみち》といいますが、そこを通って鞍馬寺の本堂に通じます。いまの季節はそれほどでもないですが、夏にはマムシが出ますので、注意せなアカンところです。たまにですが、クマも出ることがあります。鞍馬天狗《てんぐ》は出ませんが」

「つまらん冗談はやめてくれ」

「はい」

鴨下に叱られ、消防団の男は身をすくめた。

彼が引き合いに出した鞍馬天狗とは、鞍馬寺に預けられていた幼少時の源義経――すなわち牛若丸《うしわかまる》に剣術を教えていたという伝説の天狗である。だが、その手の話にいちいち興味を示す鴨下ではなかったし、そんな場合でもなかった。

「じゃ、とにかく魔王殿へ案内してくれ。このぶんじゃ、いつみぞれが雪に変わるかもしれん。雪が降ったら見つけるのも厄介《やっかい》だ」

「あのう……みなさんは、いったいなにを探しとられますんで」

「なんでもいい」

みぞれの中に白い息を吐いて、鴨下はぶっきらぼうに言った。

「あんたらは、おれたちを案内してくれりゃ、それでいいんだ」

およそ二時間後の十一月二十六日午前二時——

漆黒の天空から落ちてくるみぞれが初雪に変わり、それが鞍馬山一帯を白く染めはじめたころ、ついに鴨下たちは、「予言された手首」を見つけた。

魔王殿周辺の地面に積もりはじめた雪が、隠されていた手首の存在を明らかにしてくれた。魔王殿正面から北東へ三メートル進んだところだけが、雪の積もり方が妙に不自然に盛り上がっていたからだった。

そこを掘り返すと、太い木の根を避けるようにして深さ二十センチほどの土中に埋められていた油紙の包みが出てきた。

消防団の三人を遠ざけてから、府警の捜査員が慎重な手つきでそれを開いた。

なんともいえない複雑なうめき声が捜査陣のあいだから洩《も》れた。

油紙の中には、ふたつの手首が入っていた。

ひとつは、ひと目でぬいぐるみだとわかる猿の左手首。そしてもうひとつは、明らかに女性のものとわかる人間の左手首が、空をつかむように五本の指先を曲げた状態で入っていた。

それほど腐敗は進行しておらず、その左手の甲には火傷《やけど》によるものとみられる皮膚の引き攣《つ》れが目立っていた。

予言は当たった。

鹿堂妃楚香が予告したとおりの場所から、予告したとおりに、人の左手首と猿の左手首が現れたのである。

「バラバラ殺人のパーツを予言するなんて、いったいどういうつもりなんだ、あの女は」

鴨下は、周囲にいた捜査員全員に聞こえる大声で言った。

その言葉は、発見現場から遠ざけられていた地元消防団の三人の耳にも入り、三人は驚いてたがいに顔を見合わせた。

「こうなったら、ほかの部分が見つかるまで、おれはこの場を離れんぞ！」

ますます強まってくる雪の中で、鴨下秀忠は白い息を吐いて叫んだ。

「警察犬を投入して、なにがなんでもほかの部分を見つけてやる。それから鹿堂妃楚香なんてふざけた名前をつけた女の本性も、それを操っている父親の本性も、ぜんぶ暴き立ててやる。あいつら、人の命を超能力遊びに使いやがって、許せん！」

凍《こご》えるような北風が強まり、夜の鞍馬山に降りしきる雪は、天から地へと斜めの角度を描くようになってきた。

第五章　古都に潜む悪魔

1

十一月二十六日、土曜日午前五時——

晩秋から初冬へと季節が移りはじめた古都は、まだ夜の闇に包まれていた。

ヘッドライトを灯《とも》したタクシーが京都駅前に着くと、そこからふたりの男が降りてきた。竹之内彬と伊刈修司だった。

竹之内は憤然とした態度で京都駅の建物に入り、そこからグランヴィア京都のロビーへと向かった。タクシーの料金を払うために少し遅れた伊刈が早足で追いつく。

そしてフロントがある二階までエスカレーターで上がったところで、竹之内がぶっきらぼうに言った。

「十分後におれの部屋にこい」

十分後——

美果に与えられたスイートルームとは別のフロアにある竹之内の部屋を訪れた伊刈は、いきなり竹之内から殴られ、ベッドの上に倒れ込んだ。

「いったい、どういうことなんだ！　説明しろ、この野郎」

「なにを、ですか」

殴られたアゴを押さえながら、伊刈は身を起こした。

まともにケンカをすれば若い伊刈が勝つのは当然だったが、暴力団組織の上下関係において、反抗は許されない。

「しらばっくれるんじゃねえぞ、修司」

京都府警での未明の事情聴取をなんとか切り抜けた竹之内は、たまっていた怒りを一気に吐き出した。

「猿の手首だけじゃなくて、例の手首までいっしょに発見されたっていうじゃねえか。それはどういうことなのか、説明しろというんだ」

「………」

「答えろ、オラア！」

竹之内は、ベッドに腰掛ける形になっていた伊刈の胸ぐらをつかんで立たせた。そして、自分よりもずっと背の高い伊刈の頬を平手打ちにした。

伊刈は顔をのけぞらせた。だが、それでも抵抗はせずに黙って立っていた。

「おれは、おまえに命令したはずだ。もう用は済んだから、これは棄てろと。残りの部分を始末した場所でも、ほかの場所でもいいから、とにかく棄てろと命令したはずだ。それなのに、なぜいまごろになって出てくるんだよ、例の手首が。どうしていままでとっておいたんだ」

「……………」

「いいか、おれが今回おまえに命じたのは、おれが渡した猿のぬいぐるみの手首をちょん切って魔王殿のそばに埋めておけと、それだけだったはずだ。違うか」

「そのとおりです」

答える伊刈のアゴと左頬は赤くなっていた。

「その目的は、美果が十年前のボーイフレンドを頼って、いまの暮らしから抜け出そうとしているのを、あの子が匿名《とくめい》で書いているブログを読んで知ったからだ。美果のパソコンはぜんぶモニターしてるんだ。バレてるんだよ、美果が鹿堂妃楚香役をつづけることや、父親のおれに強い不満を持っている事実はな、ぜんぶこのおれにはお見通しなんだ」

竹之内は、突き立てた人差指をふり回しながらまくし立てた。

「美果は十七のときから岩城準に十年間も片思いのしつづけだ。完全にあの子の頭の中で、岩城準は白馬の王子様になってるわけだよ。ほっときゃヤバい状況だ。だから、あの子に警告を発する意味で、ＪＵＮという刺繡《ししゅう》の入った猿のぬいぐるみを持ち出し、その手首が魔王殿から見つかるという趣向を魔界ツアーに組み込んだ。そして、それを美果自身にわざわざ予言させた。そうすりゃ、いやでも父親の怒りが本物であることを知るだろうと思ったからだ。

ところが準というクソガキは、カナダからほんとうに飛んできやがった。おまけにヤツがタイミングよく耳塚に駆けつけたのは、おまえが現在地を教えたからだっていうじゃねえか」

「そうです」

「そうです、だあ？　なんだ、それは。てめえ、開き直ってんのか。美果が鹿堂妃楚香をやめる手助けをしてるのかよ」

「そのとおりです」

「なんでそんなことをする！」

日焼けした竹之内の顔が怒りで真っ赤に染まった。

「修司、てめえ勘違いしてんじゃねえのか。おまえが美果に気があることぐらい、何年も前からわかってんだよ。それを承知で、鹿堂妃楚香のマネージャー役をやらせてきたんだ。美果のためなら献身的になんでもやるからな。だからって、おまえが美果の恋人になれるわけはないし、美果には白馬の王子様がいるんだ。そういうことをぜんぶ承知で、おまえは美果と岩城準の橋渡しをしているのか」

「そうです」

「理由を言え」

「美果さんを愛しているからです」

「それはダメだと言ってるだろうが」

「私は、美果さんの愛は求めていません」

伊刈はキッパリと言い返した。

「代償を求めない愛です」

「なんだと。ただのヤクザ野郎がカッコつけた言い回しするんじゃねえよ」

「自分は、札幌に連れてこられた美果さんを十年間そばで見てきました」

竹之内の言葉がどんどん汚くなる一方で、伊刈は冷静な言い方を貫いた。

「父親のあなたが、これ以上借金の取り立てに追われないよう、そしてこれからも楽な暮らしをしていけるようにという目的で、実の娘を生け贄《いにえ》として組長に捧《ささ》げたやり方をずっと見てきました。自分が二十二のときからずっと」

伊刈は直立不動のまま、自分よりも背が低い竹之内を見下ろして言った。

「ひどいやり方だと思いました。美果さんが可哀想だと思いました。そして、美果さんが鹿堂妃楚香という超能力者を演じて新たな金づるになることを知ると、組長はあなたに命じて、どんなことがあっても鹿堂妃楚香役をやめさせるなと命令しました」

「ああ、そうだよ。そのとおりだ。組長の命令は正しい」

「そして組長は、私のいる場でもハッキリと言いました。マスコミを利用して鹿堂妃楚香のブレイクに成功したら、こんどは鹿堂妃楚香を教祖にして宗教団体を作ろうと」

「名案じゃねえか。さすが組長、頭のデキが違うと思った」

「社長は平気なんですか」

「なにがだよ」

「実の娘を組長の性の奴隷として捧げ、つづいてニセの超能力者を演じさせ、挙げ句の果ては新興宗教の教祖にしようとする。美果さんが、そんな扱いを受けても平気なんですか」

「おれに説教する気か」

「あなたは自分が組の中でいい立場でいられるためだけに、美果さんを利用してきた」

「言っとくけどな、超能力者・鹿堂妃楚香は、あの子が自分で考え出したキャラなんだぞ」

「知ってます。それだって、美果さんが好きで選んだ生き方じゃない。少しでも組長といっしょにいる時間を減らせればと思って考え出した苦渋《くじゅう》の選択です」

「もういい。それより問題は手首だ。てめえ、自分がやったことをわかってんのか。あれが出るってことは、おれにとっても、おまえにとっても命取りなんだぞ。猿のぬいぐるみとはワケが違うんだぞ、人の手首が出てくるということは」

竹之内の声が興奮で裏返った。

「とりあえず警察は、おれたちをいったんホテルに返してくれたけれど、おれはまた午後から呼び出されている。おまえもそうだろう」

「そうです」

「そのころまでには、いろいろ調べも進んでいるだろう。ヘタ打ったら、こんどは警察から戻ってこられないかもしれねえんだぞ。おれはともかくとして、おまえは」

「それはどういう意味ですか」

「わかってるだろうが。浩枝を殺したのはおまえだからだ。おれじゃない」

竹之内は、別れた妻の名前を口にした。

「でも、殺せと命令したのは社長です」

「おれじゃねえって。命令したのは組長だ。岩城準の場合と違って、母親の妨害は組としてほうっておけないんだよ。そうだろ、もはや美果は組長の女であり、組の重要な資金源なんだ。十年もほっといた母親に連れ帰られてたまるか。それにおまえも知ってのとおり、美果はこっちの生活がイヤになったからといって、じゃあ、母親は好きかといえば、そうじゃないんだ。だからおれはためらわなかった」

「浩枝さんを殺すことを、ですか」

「そうさ」

「でしたら、自分で殺せばよかったじゃないですか。そして、間違いなく浩枝さんを殺したという証明に、ひどい火傷《やけど》の痕《あと》が残っている左手首を自分で切り落として、それを組長に見せに、自分で持っていくべきだったんです。それを、何から何まで私にやらせて」

「おまえ、頭がおかしくなったんじゃねえのか」

竹之内は、伊刈の顔を下から覗《のぞ》き込んだ。

「いまになって浩枝の始末を命じられたことに文句を言って、だからどうなるんだ。さっき、おまえには美果の恋人となる資格がないと言ったが、それは立場の違いだけじゃない。おまえは美果の母親を殺しているんだ。いかに美果が母親をきらっていようと、母を殺した男といっしょになれるわけがないんだ。

それだけじゃない、おまえのやったことが美果にわかれば、一方通行の愛だっておしまいだろう。おまえは二度と美果の前に出られないんだぞ。だけど、おれが黙ってやっているから、こうやって美果のマネージャーとしてそばにいられるし、警察にもつかまらずに済んでいるんだ。それを、なんで自分からバラすようなまねをした」

「………」

「猿の手首だけでなく、人の手首も埋まっているかもしれないと、美果によけいな予言の追加を言わせたのは、なぜだ」

「それは違います。私は美果さんにはなにも伝えていません。でも、彼女は鹿堂妃楚香を演じているうちに、ものすごくカンが鋭くなってきているんです。だから母親が父親に殺されたことを察して、ああ言ったのかもしれません」

「おれが殺したんじゃねえって、何度言ったらわかるんだ。おまえがやったんだよ。それも独断でな」

「独断で？」

「そうだ。おれは命令していないし、組長も命令していない。おまえが気を利かせて勝手に浩枝を殺したんだ。だから警察につかまるのはおまえだけだし、仮に警察をごまかせても、組長がほうっておかない。それがわかっていて、なぜわざわざ浩枝殺しを世間にバラすようなことをしたんだ」

「理由はあります。でも、言えません」

「ぶっ殺されたいのか」

「殺すなら、いまここで殺してください」

「組長の指示を仰ぐまで待ってろ。まだ夜も明けないうちからお起こしするわけにはいかないから、七時すぎまで待て。おまえがやったことをぜんぶ報告して、鹿堂妃楚香プロジェクトもつづけられなくなったことも報告して、どうするか指示を仰ぐ。警察の取り調べにどう答えるべきかも決めていただく。ただ、その報告のためには、理由がわからないと話にならないんだ。第一に、なぜおまえは浩枝の手首をすぐに始末せず、延々といままでとっておいたんだ。第二に、なぜおまえはその手首をこんな形で世間にさらしたんだ」

「言えません」

伊刈は頑固に言い張った。

「わかった。もう顔も見たくないから、自分の部屋に戻ってろ！」

そして、部屋を出ていく伊刈の背中に向かって、竹之内は怒鳴りつけた。

「よくもおれの人生をめちゃくちゃにしてくれたな！」

2

「これが美果さんの予言したとおり、魔王殿近くの土中から掘り出されたふたつの手首です」

そう言って、田丸警部は一枚のカラー写真を相手の前に突き出した。

その横では、鴨下警部が腕組みをして相手の反応を見据えていた。

土曜日の午後三時——

京都府警本部の一室では、鴨下警部と田丸警部が竹之内彬と向かいあっていた。

そこは被疑者を取り調べるための部屋でこそなかったが、狭い小部屋にスチール机とパイプ椅子が置かれただけの殺風景な間取りは、ほとんど取調室と同じものだった。

「ひとつは、あなたが事前に説明してくださったとおり、猿のぬいぐるみから切り取られたと思われる手首ですが、もうひとつは正真正銘、人間の手首です」

顔をしかめながらも写真を見つめる竹之内に向かって、田丸は言った。

「これが誰の手首であるか、おそらくあなたはごぞんじですよね」

「知るわけがないでしょう」

竹之内は不潔なものをさわるように、写真の端をつまんでそれを裏返しにした。そして田丸のほうへ押し戻した。

「こんな不気味な写真は見たくもない」

「見たくなくても、見ていただかないと困ります」

と言って、田丸はその写真をまた表に返して、竹之内の前へ押し出した。

雪の上に広げられた油紙の上に、ふたつの物体が並んでいた。ひとつは茶色い猿の手首。そしてもうひとつは虚空をわしづかみにするように五本の指を曲げた人間の左手首だった。

「このさい、猿のほうは後回しでよろしい。人間の手首をごらんください。この手首に関しての所見をお伝えしておきましょう。おそらく、あなたが知っているに違いない事実を、こちらが隠しても意味ありませんからね」

田丸は皮肉を放ったが、竹之内は怒りを含んだ表情のまま黙っていた。

「これは見てのとおり、女性の手首です。年齢は四十代後半から六十代前半と、やや幅を持たせて推定しています。そして切断面に生体反応はありません。生体反応がない——この意味がわかりますか」

「いや」

腕組みをしたままの格好で、竹之内は首を左右に振った。

「ほう、ごぞんじありませんか。生きている状態で人間の手首を切断した場合と、死後切断した場合では、切断面の状況が違うのです。ヤクザの世界でいうならば、不始末をしでかした者に責任をとらせて小指を詰めさせた場合と、殺害してからその小指を斬り落とした場合の違いと思ってください。そういうのは、調べればすぐわかることです」

と、そこまで言ってから、田丸は、左の小指の第一関節から先を欠いた鴨下が隣にいるのに、まずいたとえをしたな、と悔やんだ。が、それを面《おもて》に出さずにつづけた。

「で、発見された手首は、その主が死亡したのちに切断されたことがわかっています。そして斧《おの》などでスッパリ斬り落としたのではなく、ノコギリで挽《ひ》いて切ったらしいことが、切断面の荒れ方から推測されています。あまり想像したくない光景ですがね」

田丸のそうした表現にも、竹之内は表情筋ひとつ動かさなかった。

「発見された時点で、この手首は死後およそ三、四日を経過していたとみられています。つまり単純に逆算をすれば、手首の主である『彼女』が殺されたのは、先週の月曜か火曜あたりになるでしょう」

「どうやら私を疑っておられるようだが、アリバイなら、いくら調べてもらっても結構」

竹之内は椅子の背にふんぞり返って言った。

「おかげさまで鹿堂妃楚香が引っ張りだこなもので、彼女だけでなく社長の私も、このところ寝る間がないぐらいスケジュールびっしりでしてね。秘書が管理しているスケジュール表を見れば、先週でしたら、どこで何をしていたかは一時間単位で説明できます」

「いやあ、先週の行動予定表を提出していただくには及びません」

田丸の口調に微妙なニュアンスが含まれているのを察して、竹之内がすかさずきき返した。

「なぜ」

「社長はいま、アリバイという言葉を使われましたが、よく推理小説などでありますな、アリバイトリックというやつが。私は本業が忙しくて、作り物の殺人物語に興味はないんですが、あの世界は単独犯でないとフェアではないという不文律があるそうです。現実の殺人でも犯人はただひとりであるというルールを決めてくれたら、我々もどんなにか捜査が楽になるかしれません」

田丸は笑った。そして、すぐに笑みを消した。

「ところがです、あなたの場合は単独犯なんていう条件に縛られるわけではない。その気になれば使える人間が大勢いますからね。殺すにしても、切断するにしても、埋めるにしても、自ら行動する必要はありません」

「どういう意味だ、それは」

竹之内が気色ばんだとたん、田丸の横に座る鴨下警部が切り返した。

「ツアー出発前の会議といっしょに考えてもらっては困るんだな、社長」

その突き放すような口調に、竹之内がひるんだ。

3

「あの会議も一種の事情聴取には違いなかったが、とくにまだ事件が起きているわけでもなし。我々はあんたの娘さんの不気味な予言を確かめるというスタンスでしか臨《のぞ》めなかった。だから、あのときはお客さん扱いだった。だが、いまはそうではない」

鴨下警部は腕組みをほどき、スチール机の上に置かれた写真を指で叩《たた》いた。

「あんたが指示した予言場所から、こうやって死体の一部が出てきた。ぬいぐるみも出てきたが、本物の手首も出てきた。これまでのような調子で言い逃れができるとは思わないでもらいたい。それから最初に言っておくことがある」

決して凄《すご》みをきかせているわけでもないのに、鴨下が放つ言葉は、そのひとつひとつが刃《やいば》のごとく鋭かった。

「魔界ツアーの前から、我々は鹿堂妃楚香という特異なキャラクターに注目していた。どう注目していたかは言えないが、とにかく目をつけていた。それで彼女の身辺を探っていったら、とんでもないことが明らかになってきた。社長であり父親であるあんたと、マネージャーの伊刈氏は、札幌を拠点とする指定暴力団の構成員だった過去がある。……いや、過去ではない。表向きには組と縁を切った形になっているが、いまもなお隠れ構成員だ」

「それは違う。過去はたしかにそうだったが、いまは違う」

　すかさず竹之内が言い返した。

「私と伊刈は、完全に足を洗った。暴力団員に人権などないという警察の考え方は承知しているが、足を洗った人間をいつまでも組員と同じに考えるのは人権侵害だ」

「人権侵害の申し立て窓口はここではない」

　銀縁眼鏡のレンズを光らせ、鴨下は、まったく表情を変えずに言った。

「あんたは美しい娘を組長に貢《みつ》ぐ代わりに、借金の肩代わりを頼み、組の庇護《ひご》の下《もと》に入った。そして誰が考えついたか知らないが、美貌《びぼう》の娘をカリスマ超能力者に仕立て上げ、たしかにそのブームづくりは大成功した。だが、あんたが社長を務める『インサイド・バンブー』という会社は、たんなる芸能プロダクションではない。暴力団のフロント企業だった。つまり『美しすぎる超能力者・鹿堂妃楚香』は、暴力団の資金源となっている。美果さんはそのことに嫌気がさして、鹿堂妃楚香を演じるのをやめたいと思った。だから高校時代の初恋相手であり、いまもなお人生でたった一度の恋愛経験の相手である岩城準君に頼ろうとした。それをあんたが察知して、岩城君から美果さんへの誕生日プレゼントのぬいぐるみを使った警告を発した。ここまではもうわかっている。岩城君からも美果さんからも話を聞いたからな」

「…………」

「そうそう、いちおうあんたは父親でもあるから言っておく。警察病院に入院中の美果さんだが、面会謝絶にしてあるものの、いまは意識もハッキリして、午前中のうちにかんたんな聴取に応じられた。彼女は、このまいくと鹿堂妃楚香は超能力者だけでなく、新興宗教の教祖にさせられる計画になっているんです、と証言している。彼女が本気で離脱したいと思うのも無理はない。常識と道徳心がちゃんと残っている娘さんだからな。もちろん、自分には超能力などないことも語ってくれたよ」

「たしかに美果に超能力はない。だが特殊能力はあるんだ」

竹之内は、鴨下の追及の流れからわざとそれるような方向へ話をもっていこうとした。

「親バカと思われるかもしれないが、美果は人一倍の美しさを持っている」

「それは認めるがね」

「その美しさが、すべての虚構を真実にみせる。これが美果の特殊能力なんだ」

「美貌が虚構を真実に変える、というわけか」

「そうだ。美果のそういうカリスマ性を活用してはじめたビジネス、それが鹿堂妃楚香プロジェクトだ。これは決して詐欺ではない」

「おいおい」

鴨下は、顔は笑わずに声にだけ微《かす》かな嘲《あざけ》りを交えた。

「我々はあんたを詐欺行為で追及しているんじゃないんだよ。勘違いしてもらっては困るな。……おい、田丸」

鴨下は横にいる田丸に向かってアゴをしゃくった。

「もう一枚の写真を出してくれ」

その指示で、田丸は新たなカラー写真を竹之内の前に置いた。

それにはやはり深夜の魔王殿前で撮影された手首が写っていたが、こんどは女性の手首のほうだけのアップで、その向きも手の甲を上にした形に変えられていた。

「さすがにこの写真を、いまの美果さんに直接見せることはできない。だが、手首の甲に見られるひどい火傷《やけど》の引き攣《つ》れのことを語ったら、絶句していたよ。あんたには、もうその理由がわかるよな」

「………」

決して室内は暖房の効きすぎではなく、それどころか寒いぐらいだったが、竹之内のこめかみから汗が一筋流れ落ちた。

「美果さんは耳塚の前で予言を放って、その直後に失神した。その心理状態がどういうものであったのかは、すでに本人から聞いたよ。最初の段階では、父親のあんたから強制された予言は、昔の恋人を頼って鹿堂妃楚香のキャラから離脱しようとしている自分への警告だと受け取っていたそうだ。

自分の部屋から、特別な思い入れのある猿のぬいぐるみが消えたのは、あんたのしわざ以外にありえないと美果さんはわかっていた。だから奥の院魔王殿から掘り出されるのがぬいぐるみの手首であることは、予言を命じられた時点で予想がついていた。でも彼女は、それでかえって岩城君を頼ろうと決心した。そして元カレは日本まで飛んできてくれた。ところが」

鴨下は言葉を切って、竹之内を見つめた。竹之内もにらみ返した。

意地と意地の視線がぶつかって数秒後、鴨下はまたしゃべり出した。

「突然、彼女の脳裏にもっと恐ろしい連想が湧いてきたのだ。それは、発見されるのが猿のぬいぐるみだとして、どうして左手首でなければならないのか、という疑問だった。じつは、ここにいる田丸警部も、美果さんを病室で聴取する前からその疑問を抱いていた」

「つまり、こういうことです」

田丸が、鴨下とは対照的な穏やかな口調で割り込んだ。

「あなたは美果さんが大切にしてきた猿のぬいぐるみを使って強烈な警告を発し、『鹿堂妃楚香の叛乱《はんらん》』を抑え込もうとした。その発想は理解できなくもない。しかし、ぬいぐるみを脅しの小道具にするなら、なにも左手首だけをちょん切ったりせずに、全体を使えばいいじゃないですか。ねえ」

田丸は眉毛《まゆげ》をピクリと上げて、竹之内の反応を待った。

だが、相手がなにも言わないのでつづけた。

「それに、ぬいぐるみならば地面に埋めるなんて面倒なことはせずに、魔王殿のそばの木に、首吊《くびつ》りの格好でぶら下げておけばよかったはずです。それでじゅうぶん美果さんへの警告になったはずです。なのに、なぜぬいぐるみの左手首だけを切断して使い、しかも、なぜ地面の中に埋めさせたんですか」

「そのほうが猟奇的だからだ」

「そうではなくて、先に人間の左手首があったからじゃないんですか。だから、それに合わせて、ぬいぐるみのほうも左手首にした。そして、ぬいぐるみの手首を地面に埋めたのは、いっしょに人間の手首もあったからです。だから、最初から人目につく場所にさらしてはおけなかった」

田丸の追及が徐々に迫力を増してきた。

「そこで私は、その疑問を病室で美果さんにたずねたんですよ。岩城君がプレゼントしてくれた猿は、なぜ左手首だけをちょん切られて埋められたんでしょうね、と。すると突然、彼女は大きな動揺をみせました。まるで耳塚のときの再現になるかと思うような。そして打ち明けてくれたんです。耳塚で失神したほんとうの理由をね。

精神分析医の氷室想介氏の観察によれば、鹿堂妃楚香になりきったときの美果さんは、寒波の襲来などものともせず、ノースリーブのドレスからむき出しになった皮膚に鳥肌ひとつ立てていなかった。ところが耳塚の前で予言を語りはじめてから、急速に粟粒《あわつぶ》があらゆるところに広がった。それは一種の催眠状態から解けて、まともに寒さを感じるような精神状態になったからだというんです。つまり鹿堂妃楚香という架空のキャラクターではなく、竹之内美果というひとりの女性に立ち返ったから、肉体が正常な反応を示しはじめたのだという。さすが専門家は目のつけどころが違いますな。

事実、あのとき鹿堂妃楚香は本名の竹之内美果に戻りつつありました。なぜかといえば、あなたに命令された予言の奥に、もうひとつの恐ろしい可能性が浮かび上がってきたからです。だからこそ、とっさに予言の追加を行なった。人の手首も埋められているという予言をね。そして、それが意味するところの恐ろしさに打ち勝てず、失神したのです。……この写真をよく見なさい」

田丸も打って変わって厳しい口調になった。

「あなたはこの火傷に見覚えがあるはずだ。ないとは言わせませんよ」

田丸は写真を持ち上げて、竹之内の前に突きつけた。

「答えられないなら、こちらから言いましょう。これはいまから五年前、娘を取り返しに札幌に乗り込んできた元妻の浩枝さんに対し、あなたは逆に拷問のようなむごたらしい仕打ちをして追い返した。そのときにあなたから浴びせられた熱湯で負った大火傷の痕《あと》ですよ。その様子を美果さんは震えながら見ていたそうじゃないですか。

我々はいま、当時の浩枝さんがこの傷の治療のためにかかった病院を探していますが、まだ見つかっていません。しかし、浩枝さんの左手甲にこの目立った火傷の痕があることは、最近の彼女を知る周辺はみな承知していました」

その写真から目を放せずにいる竹之内に向かって、田丸はさらにつづけた。

「あなたは、十年前に別れた奥さんがどんな暮らしをしてきたか知っていますか」

4

「我々もまだ、この時点では完全な調査はできていません。近日中に、現地へ行く必要もあると思いますが、いまの段階で判明している事実をあなたに伝えておきましょう。ただし、さっきも言ったとおり、これはすべてあなたが知っている話だと思いますから、あなたに最新情報を知らせるという意味ではない。もう我々はここまで知っているのだから、隠しごとはもうムダですよと観念してもらうために話すのです」

そこで田丸は鴨下にバトンタッチをした。

「十年前、あんたの浮気と借金問題が原因で離婚した浩枝さんは、あんたから送りつけられた離婚届に判を押し、旧姓の壬生《みぶ》に戻った」

手帳を広げて、鴨下が語り出した。

「離婚直後の浩枝さんは、山口県の日本海に面した小さな集落にある実家に戻っていた。あんたも結婚当初、一度ぐらいは、そこに行ったことがあると思うが、島戸《しまど》という場所だ。山口県豊北町《ほうほくちょう》島戸東――大変に海の美しい場所だそうだね」

竹之内はゆっくりと写真から顔を上げ、目の前にいるふたりの警部ではなく、そっぽを向く形で横の壁を見ていた。

「この京都からだと新幹線で新下関《しんしものせき》まで行き、山陽《さんよう》本線でひと駅手前の幡生《はたぶ》まで戻り、そこからさらに上り方向の山陰《さんいん》本線に乗り換えて、各駅でおよそ一時間半かけて東へ進んだところにある阿川《あがわ》駅で降りる。ひとつ手前には『特別』の『特』に『牛』という字を書いて『特牛《こっとい》』と読む難読駅もあるそうだ」

まるで竹之内をその場へ旅させるように、鴨下は浩枝の実家へのアクセス方法を詳細に再現した。

「阿川駅からはタクシーかバスを使って海のほうへ向かう。すると目のさめるようなコバルトブルーの海が広がり、対岸には角島《つのしま》が見えてくる。その島と向かいあう突端近くに、壬生家はあった。そこでかつては漁師をしていた両親のもとに、浩枝さんは戻った。しかしすでに両親も高齢で、やがて相次いで亡くなった。浩枝さんには、下関で外科医院を開業しているお医者さんに嫁いだ妹さんがいたけれど、姉妹仲《きょうだい》はあまりよくないようで、もう長いあいだ連絡はとっていないらしい」

鴨下が手帳のつぎのページを繰った。

「けっきょく、ひとりぼっちになってしまった浩枝さんは、知り合いのつてを頼って、四年ほど前から鳥取県の米子《よなご》市に引っ越し、町はずれにあるスーパーでパートとして働きながら細々と暮らしていた。すでに彼女の左手の甲には、これがあった」

鴨下は広げた手帳を片手に持ったまま、火傷《やけど》の痕が大写しになっている二枚目の写真をトントンと指先で叩《たた》いた。

だが、竹之内はそちらを見ようとしなかった。

「つまり米子市に越してきた時点で、浩枝さんは一度は美果さんの奪還作戦を起こしたことになる。娘をあなたのもとから取り戻そうという行動をね。しかし虚《むな》しく退散。その理由のひとつは、あなたから受けたひどい仕打ちだが、肉体的な傷を負うのと同時に、浩枝さんは、ある意味でもっと深い精神的な傷を負ったのかもしれない。これは、けさ美果さんの口から語られた話だ」

銀縁眼鏡のレンズ越しに、鴨下はチラッと竹之内の様子を窺《うかが》った。

「じつは、当の美果さんが母親のもとへ帰ることに乗り気ではなかった。幼いころから母親から愛情らしい愛情を受けてきた覚えがないのに、いまさら自分を引き取りにきたって、それは母親の自己満足でしかないと言い切ったらしい。それに浩枝さんの精神状態がね、ちょっと浮き沈みが激しくて、それも美果さんが母のもとには戻りたくないと思った理由だそうだ。

それにしても美果さんも可哀想な人だが、浩枝さんも哀れな人じゃないか。暴力団に娘を売り飛ばした夫のもとに駆けつけたが、熱湯を手にかけられるという仕打ちを受け、当の娘もそれを震えながら見ていたにもかかわらず、その母親のもとへは戻りたがらない。泣く泣く帰っていった母の気持ちはいかばかりか。父親のもとに残った娘の気持ちもいかばかりか。こんな状況であれば、十年前の元カレを思いつづけるしかないのもわかるね。……さて、話を本題に戻そう」

鴨下は、ふたたび手帳のページに目を落とした。

「かつて竹之内浩枝であった壬生浩枝さんは、ことしの三月二十八日にスーパーに出勤したのを最後に、翌日からぷっつりと姿を消してしまった。そのあたりの事実は知ってますね」

「知るわけない」

竹之内は、ようやく鴨下に向き直った。

「私たちが別れてから何年になると思っているんです。十年ですよ。十年も経てば、いくら昔の女房だからといって、いちいち彼女の行動を把握しているわけがない」

「そうですか。では、念のために補足しよう。スーパーの同僚らによれば、浩枝さんは結果的に最後の出勤日となったことし三月二十八日、こんなことをつぶやいていたそうだよ。『もしかすると私、札幌へ行くかもしれないわ。昔の主人がいるから、ちょっと相談したいことがあるの』とね。そして、いなくなった」

鴨下は手帳を閉じ、竹之内を見つめた。

「ひとり暮らしのアパートにはいつまでも戻らず、かといって犯罪被害の痕跡《こんせき》もなく、完全に姿を消した。大家も三ヵ月待ったそうだが、身元保証人がナシでも入れる安アパートだったのでどうにも捜しようがない。家賃も支払われないし、帰ってくる見込みもないので解約手続きをとり、敷金を返却せずに家賃の未払い分にあて、それでおしまい。そして、さきほど下関の外科医に嫁いだ妹さんにもこの件を連絡したのだが、たいそう驚いておられたよ。だが、やはり姉からは、ずっと連絡がなかったという」

「浩枝が消えようが殺されようが、おれは知らんといったら知らん」

いつのまにか竹之内が自分を語るときの一人称が「私」から「おれ」になっていた。

「浩枝は、もう十年前にアカの他人に戻った。他人の人生にまで責任はとれんよ」

「あなたはそのつもりでも、向こうからまとわりついてこられたら、ずいぶんお困りだったでしょう。……ねえ、困りますよね？」

鴨下は、粘着質とでもいうべき声の出し方で食い下がった。

「ちなみに、魔王殿に埋められていたその手首から採取したDNAと、美果さんから採取させてもらったDNAの簡易検査では、ふたりに明確な親子関係が認められると出た。最近は検査時間が大幅に短縮されて助かります」

鴨下はそっけなく言って、もういちど二枚の写真を指差した。

「竹之内さん、あんた、私の言ってることが理解できないわけじゃないだろうな。この手首は、あんたの妻であった女性のものなんだよ。ざっと八ヵ月も前に姿を消した浩枝さんの手首なんだ。その八ヵ月間、彼女をどこにどうやって監禁していたかはゆっくりと聞かせてもらうが、浩枝さんを殺した場所は北海道の山岳地帯であろうという推測はついている。驚いたかね」

鴨下は、どんなもんだという顔で竹之内を見た。

「詳細な分析はあと少し時間を要するが、とりあえず午前中の段階で興味深い事実が浮かび上がってきている。手首の細胞を電子顕微鏡で調べたところ、どうもこの手首は、いったん細胞が凍結した痕跡があるということだ。

これにはふたつの解釈ができる。ひとつは、浩枝さんは、おたくらの組の拠点である札幌周辺で殺され、左手首を切断されたのち、ドライアイスなどで冷凍した形で京都まで運ばれ、魔王殿に埋められたという考え。

第二は——こちらが正解だと踏んでいるんだが——殺害場所じたいが大変な寒冷地であったというケースだ。ここ京都でもゆうべから今季初の冬将軍がやってきて、けっきょく市街地ではみぞれどまりだったが、鞍馬や貴船あたりは真っ白になった。さっき見たら、比叡山はいまだに雪が降りつづいている様子だ。しかし、北海道はこんなもんじゃない。たとえば大雪山《だいせつざん》はどうか。十一月の下旬ともなれば、とっくに氷点下の世界だよ。

ここで浩枝さんを殺し、しばらくは山の中に放置しておいた。当然、死体は凍る。なにかの必要があって左手首だけを京都に持ち込んだとしても、凍結した死体から切断するほうが、殺したての死体から血をほとばしらせながら切り落とすよりも心理的にも作業的にも楽だ。ただ、カチカチに凍っているから、斧《おの》などを使うよりもノコギリで挽《ひ》いたほうが作業はたやすい」

鴨下は、ノコギリを挽《ひ》く動作までしてみせた。

「では、なぜ左手首は切り取られなければならなかったのか。我々はもう、その理由を探り当てているのだよ」

5

伊刈修司は、竹之内が鴨下警部の厳しい追及を受けているとき、京都市内をあちこち移動していた。

本来なら、彼も京都府警本部にいなければならなかった。それをすっぽかしたのだから、当然、府警はいま自分の居場所を捜しているに違いなかった。携帯電話の電源をオンにしていれば、それが発信する電波から居場所を逆探知されることぐらい、伊刈は承知していた。だからできれば電源を切りたかったが、ある人物からの連絡を待っているため、そうはできなかった。

すでに竹之内や警察らしき着信が何度もあるのはわかっていた。が、すべて無視した。留守電機能も解除してメッセージを受けないようにしていたから、竹之内や警察が伝言を残すことはできない。

ただひとり、特定の人物からの着信があったときのみ、伊刈は電話に出るつもりでいた。相手は公衆電話からかけてくる約束なので、液晶画面に出る「コウシュウ」の表示で判断できる。いまの時代、公衆電話を使って伊刈に連絡をとってくる者などほかにいないので、それで「電話に出るべき相手」だという区別がつくのだ。

それまでは電源を入れたまま、GPS検索で特定されないように、あちらこちらを移動していた。カフェなどに入って同じ場所にとどまることは、いちばん避けなければならなかった。強い寒気の影響で、京都は日中も凍えるように寒かったが、伊刈は身をすくめながら、古都を歩きつづけた。

そして午後三時三十分、待っていた公衆電話からの着信があった。

短い会話を交わした。

待ち合わせの時刻が夜八時に決まった。それまでは、なんとしても逃げつづけなければならなかった。

6

「なんだって、準。いま京都にいるって？　京都で竹之内美果さんと再会した？」

電話の向こうの父・岩城正和が驚いた声をあげていた。

最近の国際電話は音質もいいし、タイムラグもほとんど感じさせないので、準からみればおたがいに日本国内でしゃべっているような感じだったし、ニューヨークで連絡を受けた岩城正和にしても、まだ息子がバンクーバーから電話をかけてきているような錯覚に陥っていた。

「詳しいことは日本のニュースサイトを見てほしい。美果は大変な事件に巻き込まれているんだ。鹿堂妃楚香で検索してくれたら、すぐにヒットする」

「ロクドウ……ヒソカ？　なんだそれは」

「彼女の芸名だよ」

「芸名って……美果さんは芸能人になったのか」

「そうじゃないけど」

「どういう字を書くんだ」

「ロクは動物の鹿という字で、ドウは……ああ、めんどくさいな。とにかく日本の新聞社のウェブサイトなら、どこでもトップニュースになっているから、すぐわかるよ」

祇園《ぎおん》の入口、四条大橋の欄干《らんかん》に寄りかかり、鴨川の流れに沿った北の方角を眺めながら、準はニューヨークにいる父親に向かってしゃべっていた。

鴨川は、この四条大橋から二・八キロ北へ遡《さかのぼ》った出町柳《でまちやなぎ》で賀茂《かも》川と高野《たかの》川に分岐する。北西方向から流れてくる賀茂川をさらに遡ると、烏丸北大路《からすまきたおおじ》のところで、いま美果が入院している京都警察病院を左手に見る形となり、さらに上流——四条大橋からは約十一キロのところにある洛北発電所で鴨川本流と鞍馬川に分岐。

その鞍馬川をさらに上流へたどり、静原《しずはら》川との分岐を鞍馬川本流に沿ってなお進んで貴船口駅の先までできたところで、左に貴船川、右に鞍馬川と分かれるポイントに出る。そのふたつの川にはさまれた形で存在するのが、魔王殿のある鞍馬山だ。

もちろん四条大橋から直接は見えないが、準は初雪の白に染まった北山方向を見つめていた。

「その鹿堂妃楚香が、美果なんだ」

「彼女がなにか事件を引き起こしたのか」

「そうじゃなくて、巻き込まれたんだ」

「話がぜんぜん見えないな。もっと筋道を立てて話してくれないか」

「とにかく、いま伝えたいのは」

橋の上は、北山から吹き下ろしてくる寒風が鴨川に沿って走ってくるため、体感温度はいちだんと低くなる。暖流の影響下にあるバンクーバーよりも寒いと感じられるほどだった。

その寒さに身をすくめながら、準は父親に言った。

「しばらく日本にいるかもしれない、ってことだよ」

「どれぐらい？」

「わからない。一ヵ月かもしれないし、半年かもしれないし、永遠かもしれない」

「永遠？」

正和は驚きの声をあげた。

「つまり、日本に永住するってことか」

「かもしれない」

「なにがあったんだ。あいまいな言い方ではなく、きちんと説明しなさい」

「いまの美果を救えるのは、ぼくしかいない。それに、ぼくを救えるのも美果しかいない、ってことだよ」

北山の方角を向いていた準は、そこで向きを変え、欄干に背をもたせかけて南に向いた。

四条通を越えた左向こうには、この月末から年末恒例の顔見世《かおみせ》がはじまる南座《みなみざ》が見え、さらに左奥、四条通の果てには八坂《やさか》神社の朱塗りの鳥居が見えていた。

「ぼくだって、クスリをやって売れないバンドをやって、女とセックスして……そんな毎日がいいと思ってるわけないいんだ。オヤジだって、ぼくに立ち直ってほしいだろ」

「もちろんそうだ」

「だったら、とにかくぼくの進む道を信じてくれ。……あ、ちょっと待って！」

電話の途中で、準が叫んだ。

四条通をはさんだ反対側の歩道を、八坂神社方向から四条烏丸交差点方向へ向かって足早に橋を渡ろうとする男の姿が、準の視野に入った。

昨夜、耳塚の前で失神した美果に駆け寄ったとき、ほんの一瞬だけ顔を合わせて短い挨拶《あいさつ》を交わしたマネージャーの伊刈――彼に違いなかった。

「オヤジ、またあとで電話する」

携帯を切ると、準は大声で呼びかけた。

「伊刈さん！　伊刈さあん！」

男はギクッとした様子で足を止め、準のほうを見た。

「岩城です。準です」

準は手を大きく振った。

「ちょっと話をしませんか」

ところが伊刈は、相手が準と認めると、いきなり駆け出した。

準もそれを追った。が、あいだに交通量の多い四条通をはさんでいるために、橋を斜めに横切るわけにはいかなかった。

準は相手と反対側の歩道を、同じ方向へ向けて——西に向かって走った。

あいにく、横断歩道の信号は赤がつづいた。しかもきょうは土曜日だった。一級の寒気が押し寄せているとはいえ、京都でいちばんにぎやかな中心部の歩道は、買い物客と観光客でごった返していた。

準は思うように走れず、そして反対側の歩道を走っていた相手の姿も、人混みに紛れて見えなくなった。

「なんでだよ……」

ついに走って追いつくのをあきらめた準は、白い息を弾ませながら納得できずにつぶやいた。

「なんで、逃げるんだ」

7

「なぜ浩枝さんの左手首は切り取られなければならなかったのか。それは、間違いなく彼女を殺したという証拠を、殺害命令を出した組長に見せなければならなかったからだ」

京都府警の一室では、鴨下警部が竹之内を追いつめていた。

「魔王殿からほんとうに人間の左手首が出てきたという時点では、我々もバラバラ殺人という先入観にとらわれていた。だが、あんたの背景に暴力団があるという事実と、鑑識のほうから、左手首の細胞組織にいちど凍結した跡がみられるという報告を得て、考え方を変えたんだ。

バラバラ殺人というのは、オカルトめいた一部の猟奇事件をのぞけば、死体を処理する目的で行なわれる。したがって、世間では『バラバラ殺人』という言葉がごくあたりまえに使われているが、正確を期するなら『殺人＋死体解体処理』というのが適切な表現なのだよ。殺す段階では、誰もバラバラにすることなんか考えちゃいない。それがバラバラ殺人と呼ばれるものの実態なんだ。バラバラ殺人の『バラバラ』という部分は、けっきょくは衝動殺人の後始末に困っての結果なんだ。

つまりバラバラにする前段階の殺人は、室内で起こっている。日常空間の室内でだ。しかもきわめて衝動的なものだ。だから、その日常空間から誰にも見られずに死体を運び出すために、解体作業が必要になってくる。ところが浩枝さん殺しが、北海道という寒冷地のアウトドアで起きたものであり、その殺害指令を出したのが暴力団の組長だったらどうなるか——そう考えたとき、左手首の意味あいは一気に変わってきた。殺害場所がひとけのない山の中であれば、死体運び出しのための解体作業は不要だ。なのに左手首が切り取られたとしたら、それはバラバラにされたいくつものパーツのひとつではなく、それだけが死体から切り離されたものだったのではないか、ということだよ。浩枝さんの遺体は五つにも六つにも切り分けられたのではなく、左手首だけが切り離されたんだ。なんのためにか。あなたの娘を取り戻そうと必死の浩枝さんを、こんどこそ間違いなく始末しましたという証拠を組長に見せるためだ。八木橋《やぎはし》組の八木橋弦矢《げんや》組長にな」

鴨下は、人差指を竹之内に突きつけた。

「組長は鹿堂妃楚香プロジェクトの最大の妨害者である浩枝さんの始末を、元夫であるあんたに命じた。しかし、いくら別れたとはいえ、元の妻だ。ほんとうにあんたが殺せるかどうか、組長は百パーセント信じていなかった。写真などではいくらでもごまかしができるから、確実に浩枝さんを殺したとわかる証拠をもってこいと命じたんじゃないのか。それが、五年前にあんたが拷問のように熱湯をかけてひどい火傷《やけど》を負わせた左手首だよ。それを組長に見せるため、死体から切り離したんだ。だから浩枝さんの遺体は、それ以上は切り刻まれていないはずだ」

「………」

竹之内の額から汗がじっとりとにじみ出ていた。

「これで、さきほど田丸警部が先週のスケジュール表を提出してもらうには及びません、と言った理由がわかっただろう。鑑識では死後三、四日の経過とみなされている手首だが、凍結されていた期間があった点を考慮に入れると、実際に殺人があったのは、もう少し前かもしれない。いや、組長に証拠物件を見せたあとも冷凍保存をしておけば、腐敗の進行は止まるから、殺害時期はさらに遡《さかのぼ》る可能性もある。

それに、事実上の暴力団員であるあんたには、殺害、切断、運搬、埋葬という危険な作業をすべて委託できる人材がいくらでもいた。浩枝さんの殺害命令を下したのが、鹿堂妃楚香を奪われたくない組長であれば、なおのことだ。だから、あんたひとりの先週のスケジュールを見せられて、アリバイは成立でございますね、というわけにはいかないんだよ」

「バカか……」

「なに？」

竹之内の吐き捨てた言葉を聞いて、鴨下が気色ばんだ。

「バカとは、どういうことだ」

「もしもおれが浩枝を殺してたなら、自分からその事実をおおっぴらにするはずがない」

「では、ちょっと確認させていただきますがね」

田丸が質問役に変わった。

「あなたは昨夜の魔界ツアーで、演出の一環として、切断された猿のぬいぐるみは出すつもりだった。そして、それを美果さんに予言させた。これについては間違いないですね」

「ああ」

「その理由ですが、イベント的には『鬼門封じの猿が殺されたので、京都に鬼がやってくる』という、いかにも魔界ツアーらしい不気味な意味づけでしたが、美果さんに対しては、『もしも鹿堂妃楚香をやめるつもりなら、このぬいぐるみをおまえにプレゼントした元恋人がどうなっても知らないぞ』という強い脅しの意味があった。そういうことですね」

「そうだ」

「そして、猿の手首が出てくる場所を清凉寺から北東の鬼門方向にある奥の院魔王殿を選んだのもあなただった。それも間違いないですね」

「そのとおり」

「では、あなたが決めたその場所に、誰が猿の手首を埋めたんですか。あなた自身ですか」

「社長がそんなところまでするわけないだろう。マネージャーの伊刈だ」

「そうですか。でも掘り起こされた包みの中には、人の手首も入っていました。あなたの別れた奥さんの手首がね。それは誰のしわざでしょうねえ」

「伊刈しかいない。伊刈がやったんだ」

「すると、浩枝さんを殺したのも伊刈さんということになりますね。そうでなければ、死人の手首なんて不気味なものを運んだり埋めたりはできないでしょう」

「そうなるのかな」

「そうなるのかな、じゃありませんよ、竹之内さん」

田丸は少し苛立《いらだ》ちをみせた。

「ここまでの状況をもってしても、なお、あなたが無関係だとは到底言えないんじゃないですか？　それとも伊刈さんが独断で、あなたの元妻を殺したとでもいうんですか」

「おれは知らん。知らんといったら知らん。伊刈にきいたらいいだろう」

「ところがね、伊刈さんと連絡が取れないんです」

田丸の言葉に、竹之内は片方の眉《まゆ》を吊《つ》り上げた。

「連絡が取れない？」

「あなたは、きょう何時まで伊刈さんといっしょでしたか」

「夜明け前の五時ごろにタクシーでホテルにいっしょに戻って、ちょっとだけ打ち合わせをして」

「なんの打ち合わせですか。午後の聴取に備えた口裏合わせですか」

「好きに想像してくれ」

「ちゃんと答えろ、こらあ！」

鴨下がいきなり大声を張り上げ、スチール机をバンと叩《たた》いた。

「まあまあ……鴨下警部」

田丸が興奮する鴨下を抑えた。そして、竹之内に対する質問をつづけた。

「ホテルに戻って伊刈さんと打ち合わせをして、そのあとはどうされました」

「少しだけ仮眠を取って十時ごろに起きた」

組長への連絡などがあって、じつは竹之内もまったく寝ていなかったが、そこは隠していた。

「するとドアの下に支配人からのメッセージが入っていて、マスコミの連中がすごい騒ぎになっているので、ロビーには下りないでくださいということだった。それで支配人の先導で裏口から出て、祇園新橋《ぎおんしんばし》まで車で送ってもらって、馴染《なじ》みの祇園の茶屋に隠れていた」

「ほお、馴染みのお茶屋さんがあるんですか。まあ、儲《もう》かっておられる事務所は違いますな。それで、お茶屋さんから府警本部へこられたと」

「美果の入院している病院へ行きたかったが面会禁止で、玄関先まできてもいけないと言われていたし、マスコミにも追いかけられる身だったんだから、しょうがないだろう。なにも芸者遊びをしていたわけじゃないんだから」

「ま、それはそうでしょう。でもお茶屋に身を潜めているあいだ、マネージャーの伊刈さんと連絡をとろうとはしなかったんですか」

「したよ。何度もしたけれど出ないんだ」

「我々が連絡をとろうとしても同じ状況ですよ。しかし、こんな重要な状況での業務放棄はおかしいと思いませんか」

「だから、警察が疑っているようなやましいことが、伊刈にあったんだろう」

「じゃあ、伊刈さんは逃げたとでも」

「おれはそう思うね」

「そうですか。よくわかりました」

そこで田丸は質問を打ち切り、鴨下に目をやった。

鴨下がうなずき、それからおもむろに宣告した。

「竹之内彬さん、京都府警はあなたの逮捕状をとっている」

「なんだと？」

「容疑は奥の院魔王殿で見つかった女性の手首——その主である壬生浩枝さんの死体遺棄《いき》だ。美果さんには、さらにショックの追い討ちをかけることになるが、のちほどお父さんの逮捕を知らせることになるだろう。どこまでも娘を泣かせる父親だな」

唖然《あぜん》とする竹之内の両手に、手錠が掛けられた。

8

氷室想介が京都府警からの依頼を受けて、京都警察病院の特別個室を訪れたのは、午後五時だった。

すでに日は落ち、空は濃紺に染まっていた。

深夜から未明にかけて山々を白く染めた今季初の強い寒波は依然として上空に残っており、強い北風が吹いていた。昨日まで古都を錦《にしき》の美しさに彩っていた紅葉は先を競うように散りはじめ、街ゆく人々の服装は一気に冬のそれとなっていた。

京都警察病院から遠く東北東の方角にある比叡山は、きょう一日、白い雪をかぶったままだった。鞍馬山方面も雪が残っていたが、貴船側の西門から魔王殿を通って木の根道に至るコース上では、完全に地面が見えていた。現場の捜索にあたった警察関係者や、ニュースを聞きつけてやってきた多数の報道陣と野次馬たちに踏みつけられ、あっというまに雪はかき消されてしまったからだった。

世の中では、鹿堂妃楚香の予言が的中したと大騒ぎになっていた。美果が運び込まれた京都警察病院の前には報道陣の脚立《きゃたつ》が並び、テレビ中継車も並んで、それを整理するための警察官も大量動員されて、ものものしい雰囲気になっていた。

その厳重警戒態勢の中を、氷室想介は関係者入口から中へ入っていった。

病院の中は、外の騒ぎとは無縁で静かだった。

特別個室の前では、京都府警の警察官がパイプ椅子に腰掛けて見張りについていたが、氷室の姿を見ると椅子から立ち上がり、敬礼をした。そして氷室を病室内に案内した。

美果は、リクライニングするベッドを六十度ほどの角度に起こして氷室を待ち受けていた。

「美果さん……もうそう呼んでかまわないですね」

ベッド脇の丸椅子に腰掛けた氷室は、まずそう切り出した。

「それとも『鹿堂さん』のほうがいいでしょうか」

「美果で結構です」

弱々しい声で、美果は答えた。

「鹿堂妃楚香は、もうこの世にはいませんから」

事実、メイクを落として完全に素顔になった美果からは「美しすぎる超能力者・鹿堂妃楚香」として登場していたときのカリスマ性あふれるオーラは完全に消えていた。メイクで眉を描くことを前提として、地の眉はほとんど剃《そ》っていたため、素顔に戻ると弱々しく病的な印象になった。

シニョン結びにまとめていた髪も、いまはバラッとほどけて無造作に背中へ扇形に広がっている。それも彼女を病人のようにみせていた。

ツアー出発前にホテルグランヴィア京都の一室で会ったときとは、まるで別人だった。

だが、それでもなお、彼女の美しさは変わらなかった。

「あなたとこうやって向かいあうのは昨日につづいて二度目ですが、なんだかきょうが初対面のような気がしますね。素顔のあなたを見るのははじめてだから、そういう印象になるのでしょうが」

氷室は長い脚を組んで、静かに面談を開始した。

「それにしても、お母さんの件はショックだったでしょう」

「ええ」

美果は小声で答えた。

「魔王殿の土の中から、なぜ猿のぬいぐるみといっしょに、あなたのお母さんである壬生浩枝さんの手首が出てきたのか、いま警察のほうでいろいろ調べを進めている最中なんですが、その件でね、さきほどお父さんは逮捕されました」

その通告の役を、氷室は田丸から任されていた。

そしてサラッと告げたせいか、それとも予想していたのか、美果の動揺はほとんどなかった。

「昨日自己紹介をしたとおり、私は精神分析医です。警視庁の特別捜査顧問ではありますが、きょう、ここにきたのは、刑事事件の真相を究明するためではなく、あなたといっしょに鹿堂妃楚香という人物について考えるためなんです」

意外な切り口に、美果は氷室をじっと見つめた。

「あなたは十年前、お父さんに連れられて突然、東京から姿を消しました。そして札幌に行き、地元で非常に勢力の強い暴力団の傘下《さんか》にかくまわれる形になった。その後、お父さんの命令で、あなたは十七歳という若さで、組長の愛人という立場に強引に置かれてしまった。京都府警と北海道警の調査によれば、そういうことらしいのですが、正しいですか」

「はい」

「そうなる前に、別の生き方という選択肢はなかったんでしょうか。具体的にいえば、お母さんのほうについていくことはできなかったんですか」

「それはないです」

「なぜ？」

「母がきらいだったからです」

「どうして」

「私、人に言うのははじめてですけど……幼いころから母の虐待《ぎゃくたい》を受けていました」

美果は氷室から目をそらし、白いシーツに目を落として語りだした。

「たぶん母は、父との関係がうまくいかないストレスを、私にぶつけていたんだと思います」

「肉体的な虐待ですか」

「心身両方です。でも、具体的なことは、あまり思い出したくないんです」

「いいですよ。それはパスして。とにかく、お父さんの夜逃げに強制的につきあわされても、そこでお母さんのほうへ逃げようとは思わなかった事情があったわけですね」

「はい」

「でも、いくらお父さんが生きるためとはいえ、暴力団組長の愛人にさせられたのはつらかったでしょう」

「つらかったです。好きな人がいましたから」

美果は唇を震わせた。

「岩城準さんですね」

「はい。東京から逃げ出しても、きっといつかは彼と連絡が取れると思っていたのに、組長の女になってしまった以上は、もう彼の前には出ていけない……」

涙がこぼれた。

世間が知っているカリスマ超能力者・鹿堂妃楚香の姿からは想像もつかない、性格のもろさを出していた。

「私、死のうと思いました」

掛け毛布をくるんだシーツにぽたぽたと涙を落としながら、美果は言った。

「それで自殺サイトにアクセスしたこともあるんです」

「それはいつです」

「いまから六年前。札幌で組長の女にさせられてから四年が経ったころです」

「するとあなたは二十一歳」

「ええ」

「どんな自殺サイトだったんですか」

「私がアクセスしたのは、書き込み自由の掲示板方式ですから、いたずらやヤラセもあるんですけれど、でも真剣な人の訴えのほうが多くて……。だから、それを読んでいるうちに私もという気分になり、思い切って書き込みました」

「どんなことを」

「もちろん、具体的なことは書けません。好きな人と無理やり引き離された格好になって、知らない街で、ずっと年上の男の愛人にさせられて、なにもかもイヤになったから死にたい、っていうことを」

「反応は、当然あったでしょう」

「ありました、山ほど。その自殺サイトでは、一般の掲示板みたいに『じゃ、死ねば』と突き放したり、『甘えてるんじゃないよ』と批判するような反応は少なくて、みんな真剣に考えた答えをくれるんです。でも、真剣に考えた末に、やっぱり死ぬのがいちばんだよね、っていう結論になるところが自殺サイトならではなんですけど……。ただ、その中に」

美果は顔を上げ、涙を拭《ぬぐ》って氷室を見た。

「鹿堂妃楚香誕生のきっかけとなる書き込みがあったんです。いまでもハッキリとすべての文面を思い出せます。《死にたければ、人間として生きるのをやめればよい。そして、これからは神として生きよ。三年後には、未来を予言できる神を装い、人々を操る快感にうち震えるおまえがそこにいるはずだ》……」

「もう一回くり返してください。メモしますから」

氷室は持参したｉＰａｄの手書きメモアプリを起動し、美果にくり返させた文章を入力した。そして、それをじっくり眺めた。

《死にたければ、人間として生きるのをやめればよい。そして、これからは神として生きよ。三年後には、未来を予言できる神を装い、人々を操る快感にうち震えるおまえがそこにいるはずだ》

氷室の脳裏に、鬼の走る姿が浮かんだ。都の表鬼門、比叡山の方向から走ってくる鬼が。

いやな予感がした。

「このメッセージを書き込んだ人物のハンドルネームを覚えていますか」

「はい。QAZ様です」

美果は「QAZ」に様をつけて呼んだ。

(六年も前からQAZはいた!)

氷室は、心の中でうめき声をあげた。

9

「ちなみに、そのとき、あなたが使っていたハンドルネームは」

「ヒソカです」

美果が答えた。

「いまの気持ちをひそかに伝える、という意味で、カタカナで『ヒソカ』にしました」

「掲示板を通じてQAZとのやりとりはあったんですか」

「はい。すぐに私は『QAZ様』として、掲示板に質問を書き込みました。未来を予言できる神を装うとはどういうことでしょうか、と。すると返事が掲示板にすぐ現れました。『あなたのヒソカというハンドルネームにちなみ《鹿堂妃楚香》という名前を授けましょう。あとは、その名前がひとり歩きをして、あなたが進んでいくべき道を教えてくれるでしょう』と。QAZ様からのメッセージは、それきりでした」

なんということだ、と氷室はショックで打ちのめされていた。

七月に起きた高島平団地の事件で、陰の存在として浮上してきた謎のQAZ。その人物が、美しすぎる超能力者・鹿堂妃楚香の名付け親であり、生みの親であったのだ。

妃楚香という部分は、美果自身が用いたハンドルネームに漢字を当てたものだったが、「生の六道」「死の六道」の「六道」につながる「鹿堂」はQAZが考えたものだという。

（鹿堂妃楚香は、QAZによって誕生したキャラクターだった）

氷室は、胸が高鳴るのを感じた。

「それで美果さんは、QAZから鹿堂妃楚香という名前をもらって、いまのようなキャラクターをつくっていったんですか」

「一種の逃げ道として、もうひとりの自分を生み出そうとしたんです。予知能力を持つ超能力者・鹿堂妃楚香という第二の人格を。もちろんそれは、掲示板にあったQAZ様のアドバイスを自分なりに解釈した方向性でした。そうした生き方を父にふっと洩《も》らしたところ、八木橋組長の耳に入って、鹿堂妃楚香という仮想キャラは面白いから、おまえ、やってみろということになって……。それでも鹿堂妃楚香として活動をすれば、組長のそばにいる時間は短くなります。そして私は、QAZ様が予言したとおり、三年後には……神になっていました」

「その自殺サイトは、いまもあるんですか」

「いいえ。QAZ様と出会ってから、わりとすぐに閉じられてしまいました」

「なんというサイトか、覚えていますか」

『輪廻《りんね》』でした」

「そのサイトの掲示板で、それまでQAZという名前を見かけたことは」

「ありません。私がアクセスしていた時期には、私の書き込みへの反応以外にQAZ様が登場したことはありません」

「ちなみに、あなたの想像ではQAZとは、どんな人間だと思いますか」

氷室の質問に少し考えてから、美果は言った。

「ずっと年上の男の人だという気がしました。京都府警の特別顧問として紹介された聖橋先生、たとえば、あんな感じの方かなあと」

「それはまたずいぶん年上のイメージですね。あの方は、ちょうど魔界ツアーの日が七十六歳だったそうですよ」

「そうおっしゃってましたね。でも、ツアーがはじまる前の会議で真正面に聖橋先生が座られたとき、すごくやさしそうな方だなと思いました」

「ちょっと待ってください」

氷室は、美果の言葉尻《ことばじり》を捉《とら》えた。

「たしかに聖橋博士は個性的な風貌《ふうぼう》で思い切った発言も多々なさいますが、ほんとうは大変に心やさしい方だと私も思います。しかし、その聖橋博士みたいなイメージだということは、あなたはＱＡＺにやさしさを感じていたんですか」

「もちろんです。人生を知り尽くした人ならではの、深みのあるやさしさを感じました」

ＱＡＺを不気味な黒い影と捉えている氷室にとっては、まったく意外な言葉だった。

「あなたは鹿堂妃楚香のシンボルとして使われていた青い玉の中に、ＱＡＺ様が見えると言っていたそうですが、それはどういう意味でおっしゃっていたのですか」

「私の父は竹之内彬ですが、ＱＡＺ様は鹿堂妃楚香の父――そんなイメージでした」

「すると超能力者・鹿堂妃楚香の人格形成には、ＱＡＺの存在が欠かせなかったと」

「だと思います」

「でも、割れましたね」

「え？」

「あの青い玉です。割れましたね、耳塚であなたが失神したときに」

「ああ、そうですね」

「あれは高いものですか」

「いいえ、小樽《おたる》のガラス工房で見つけたものです。ただ、あの青の色を見ていると、なんともいえずに心が落ち着くのです。岩城君といちどだけ行った沖縄の青い空と青い海も思い出しますし、青の中にQAZ様がいらっしゃるのを感じることもありました」

「しかし、その青い玉は割れました」

氷室はそこの部分をくり返した。

「それによって、QAZのイメージも消滅しましたか」

「いいえ、それはありません」

「しかし、あなたは開口一番『鹿堂妃楚香は、もうこの世にはいませんから』とおっしゃいました。それとも、まだ鹿堂妃楚香の呪縛《じゅばく》はつづいていますか」

「それはないと思います」

「これからは竹之内美果という人格だけで生きていけますか」

「そうしなければならないと思います」

「だったら、QAZの存在はもう必要ないのでは」

「いいえ」

美果は、背中に広げた長い髪を揺らして首を横に振った。

「私にとって、QAZ様は大切な存在です」

これは別の意味で大変なことになったなと思いながら、氷室はたずねた。

「念のために確認させてください。あなたとQAZとの接触は、六年前の自殺サイト掲示板における書き込みのやりとりだけですね。それとも、その後の接触があるんですか」

「ありません。ただ……」

「ただ？」

美果は氷室から目をそらし、カーテンを引いた窓のほうへ顔を向けた。

カーテンの裏に隠れた窓ガラスは、晩秋から一気に初冬へと走りはじめた季節の変化を映して、冷たい闇の色に染まっているはずだった。

「ただ……こんどの魔界ツアーにきていた人たちの前で祈りを捧《ささ》げているときに」

白いカーテンを見つめて、美果は言った。

「QAZ様に見つめられているような気持ちに何度も陥ったのです」

10

そのとき氷室は、直感的にこの話題を打ち切ったほうがよいと思った。

QAZの幻影にふり回されると、肝心の問題から目をそらされてしまいそうだったからだ。肝心の問題とは、もちろん魔王殿から現れた手首の謎だ。

その謎解きを、QAZが竹之内美果の口を借りて妨害にかかってきているような錯覚に陥った。氷室らしからぬ心の乱れだった。

魔界ツアー当日昼に、ふとオフィスの窓から比叡山方向を見たときに目に飛び込んできた反射光――それが、鴨川対岸の雑居ビル五階の非常階段に立っていた黒いフードの人物が使っていた双眼鏡かカメラのレンズに太陽光が反射したものだったとしたら、そして六月の雷雨の夜にも同じ方向から誰かに見られているという感覚に襲われたのも、稲光が望遠鏡に反射したものだとしたら、明らかに氷室は監視されていたことになる。

（あの黒いフードの人物がQAZで、そのQAZが鹿堂妃楚香の仕掛け人だったとしたら……しかも高島平団地の事件の仕掛け人でもあったら……）

氷室はわからなくなってきた。ＱＡＺの幻影が、あまりにも大きくのしかかってきた。だからそれを必死にふり切ろうとした。

「美果さん、話を元に戻しましょう。あなたは耳塚において、お父さんから命令されたとおりに猿の手首が出てくる予言をしましたが、さらに人の手首が出てくるという予言も追加した。それについて、きょう午前中の事情聴取で、こんな説明をされたそうですね。お父さんの予言命令の裏に、もうひとつの恐ろしい可能性が浮かび上がってきたために、とっさに予言の追加を行ない、失神したと」

「はい」

「そのとき、お母さんの手首が出てくるのではないかと、直感的に思ったのですか」

「自分でもうまく説明できませんけれど、猿の手首といっしょに、母の手首がダブって見えてきたのです」

「それは、お母さんはいずれお父さんに殺されるかもしれないという予想が心の中にあったからではないんですか」

「かもしれません。母が左の手首に熱湯をかけられるのを見ていましたから、そのショックがいつまでも消えないんです」

「その事件が、いまから五年前ですね」

「そうです」

「その後、お母さんと会ったことは」

「ありません」

「警察からお聞きかもしれませんが、あなたのお母さん、壬生浩枝さんは米子市のスーパーでことし三月二十八日まで働いておられました。しかし、翌日からの消息が完全にぷっつり途切れてしまっているのです。三月末以降、札幌かそれ以外の場所で、お母さんを見かけたことはありませんか」

「ありません」

「しかし現実問題として、あなたの予言した場所から――いえ、そうではないですね。竹之内社長が指定した場所から――猿のぬいぐるみのほかに、あなたのお母さんの左手首が出てきました。ところがお父さんは、ついさきほどの取り調べで、場所は自分が決めたが、埋めたのは伊刈さんにやらせたと主張しているようです。そうなると、お父さんだけでなく、伊刈さんもお母さんの殺害に関わっていたのでしょうか」

「それはないと思います。伊刈さんはそういう人ではありません」

「しかし、もしもですよ……いいですか、ここは仮定の問題として聞いてください。もしもお母さんが、いまだにあなたを取り戻そうとしてお父さんに接触し、あるいは暴力団の最高幹部に接触した場合、いまや鹿堂妃楚香というドル箱スターになったあなたを奪還しようとするお母さんは、組長の逆鱗《げきりん》に触れて抹殺のターゲットとなった可能性はあります。そして、お父さんが組長から、お母さんの殺害命令を受けた可能性も否定できません。その場合、お父さんは命令を実行すると思いますか」

「思います」

美果の答えに迷いはなかった。

「では、自分自身の手で殺すと思いますか」

「いえ、誰かにやらせると思います」

「それが伊刈さんだったという可能性は」

「………」

それまで淀《よど》みなく質問に答えていた美果が、答えに迷った。

「それはないと信じたいです」

「だとすれば、なぜ伊刈さんはお母さんの手首を魔王殿に埋めたんでしょう。まさか、中身をまったく知らずに埋めたはずはないと思うんです。それに、仮にあなたが人の手首が出てくるという追加予言をとっさにしなくても、魔王殿という場所は予言されることになっている。どちらにしても注目される場所に、なぜお母さんの手首は埋められたんでしょう」

「私の勝手な想像をお話ししていいですか」

美果は、決心したように言った。

「誰が母を直接殺したのかはわかりません。でも、伊刈さんはその犯罪を世の中に知らせるために、ぬいぐるみの手首だけが包まれるはずのところに、母が殺された証拠品をまぜたのだと思います。そうすることによって、偽りの鹿堂妃楚香プロジェクトを終わらせようとしたんだと思います。父の呪縛、組長の呪縛、鹿堂妃楚香という虚像の呪縛――そういったものすべてから私を解き放つために……たとえ自分が逮捕されることになったとしても……」

「なぜ、そんな犠牲を伊刈氏が払うんですか」

「私を愛してくれているからです。私がその愛に応《こた》えられないのをわかっていながら」

そう答える美果の瞳《ひとみ》は潤んでいた。

「では、最後にもうひとつ質問をさせてください」

涙ぐむ美果を見つめて、氷室は言った。

「ツアー出発前のミーティングで、あなたは会議室にいる七人のうち誰かが三日以内に死ぬという予言をしましたね。あれは誰を頭に思い浮かべて言ったんですか」

「マネージャーの伊刈さんです」

美果は、ためらいなく答えた。しかし、その答えは氷室にとって意外だった。おそらく彼女は「父です」と言うだろうと予測していたからだった。

「それは、伊刈さんが誰かに殺されることを前提としたものなんですか。それとも……」

「わかりません」

「それは予言なんですか。それとも予測なんですか」

「伊刈さんも氷室先生と同じような言葉で私にきいてきました。さっきの予言は予測ですか、願望ですか、それとも警告ですか、って」

「どう答えたんです」

「それのぜんぶ、と」

美果は唇を震わせながら、一気にまくし立てた。

「伊刈さんは私を愛しています。私が彼を愛せないのをわかっていて、それでもいいっていうんです。だけどその態度が、なんだか……なんだか不安なんです。意味もなく死を覚悟しているように思えて」

美果は氷室を頼るように見つめて、新たな涙をこぼした。

「彼が自殺をするとでも？」

「はい。だから、もしもへんなことを考えているんだったら、絶対やめてね、絶対に死なないでね、と伝えるつもりで、あの言葉を口にしました」

11

嵐山といえば京都の代表的観光地である。なかでも桂川に架かる渡月橋《とげつきょう》は、京都をはじめて訪れた人ならば、絶対に見逃せないポイントとなっている。だから日中は、渡月橋から天龍寺《てんりゅうじ》、野宮《ののみや》神社、大河内《おおこうち》山荘にかけてのルートは大勢の観光客でにぎわい、橋のたもとにはつねに何台もの人力車が待機していた。

ところが、このエリアには夜のにぎわいはない。嵐山花灯路《あらしやまはなとうろ》と呼ばれる十二月に十日間だけ催されるライトアップ期間を除けば、嵐山の観光地は日没と同時に驚くべき速さで人が引いていく。メインストリートの南側に軒を連ねる土産物店や飲食店は一斉に雨戸を閉め、明かりもつぎつぎと消えていき、とくに冬場は夜の七時ともなれば、昼間のにぎわいが嘘のように、あたりは闇に沈んで静まり返る。

ここから嵯峨野方面へ進み、さらにその奥へ入れば東の鳥辺野《とりべの》、北の蓮台野《れんだいの》と並んで、平安京の三大葬送地のひとつである化野《あだしの》エリアが控えている。京都が世界有数の観光地となった現在でさえ、夜のとばりが降りると、妖怪《ようかい》たちが徘徊《はいかい》する百鬼夜行の世界を連想させる不気味さに包まれてしまうのだ。

竹之内彬が死体遺棄容疑で逮捕され、娘の美果が鹿堂妃楚香の仮想キャラと訣別《けつべつ》した土曜日の夜も、週末とはいえ、季節はずれの寒さも手伝って、午後八時を十分ほど回ったころの渡月橋周辺には、ほとんど人の姿がなくなっていた。

しかし、たったひとつの人影が、渡月橋の北側の欄干につかまりながら、よろよろと西から東へと足をもつれさせながら歩いていた。

ほかに通行人はおらず、渡月橋を渡る車も一台もない。夜間に入って赤の点滅に変わった交差点の信号だけが、あたりの闇を断続的に血の色に染めていた。

渡月橋の背景に控える山々は、市街地よりも一足早く紅葉を散らし、昨夜の雪化粧をいまだ残し、粉をまぶした白い姿を薄闇の中にぼんやりと浮かび上がらせている。保津峡の渓谷から流れてきた桂川の水が、静かな音を立てて橋の下をくぐり抜けてゆく。

どこまでも静かな夜——

その中を、欄干につかまりながら、ひとりの男がいまにも倒れそうな前傾姿勢で歩いていた。ネクタイを締めた背広姿に防寒コートを羽織ったその男は、欄干に埋め込まれた淡いブルーの照明だけでは、酔いつぶれて必死に家に戻ろうとするサラリーマンという姿にしか見えなかっただろう。

実際、天龍寺方面から渡月橋へと夜のジョギングでやってきた陸上部所属の男子高校生の目にも、橋の上にいる男の様子は、酔っぱらいのそれとしか映らなかった。からまれたらイヤだなと思ったが、高校生はいつものジョギングコースを変えるつもりはなかった。

天龍寺の前を走り、快調なリズムで美空ひばり座に隣接する交番の前を走りすぎた。交番の中は明るかったが、警察官の姿はなかった。

そこを過ぎて百メートルほど行くと、赤信号が点滅する交差点を渡って渡月橋に差しかかる。高校生は幅の狭い歩行者用通路を通って、渡月橋の真ん中あたりに見える酔っぱらいらしき人影にどんどん近づいていった。

だが間近まできて、高校生は急に走る速度をゆるめた。

信じられない光景を目にしたからだった。それが現実の出来事だとは思えず、なにかの見間違いではないかと立ち止まった。

しかし、錯覚ではなかった。前方にいるのは酔っぱらいなどではなかった。

「あう……あう……あう……」

男は、消え入りそうなうめき声を上げながら、左手を欄干に這《は》わせ、右手を宙に泳がせていた。右、左、右、左、と順番に出す足も、もはや前進しているというよりは、倒れそうになる身体を反射的に支える動作でしかなくなっていた。

「あう……あう……あう……」

高校生が近づいてきた気配を察したのか、男はうつむきかげんにしていた顔を上げた。

「わ……わ……わ……」

こんどは、高校生のほうが声を出す番だった。

「わあああああ！」

一気に悲鳴をほとばしらせた。快調なリズムで走ってきた両脚に急ブレーキがかかった。

前方の男は、両方の目に一本ずつ火箸《ひばし》を突き刺されていた。そのために完全に閉じることのできないまぶたのあいだから、赤い血が糸を引いて頬へと流れ落ちていた。

「く、く……くるな、くるな」

高校生は、かすれ声で言った。

逃げ出したいが、いったん止まった足が金縛りにあって動けない。

両目に火箸を刺した男には、なにも見えていなかった。自分でその火箸を引き抜こうとする思考回路さえも絶たれた様子だった。だが、高校生の悲鳴には反応した。

それまで身体を支えていた左手を欄干から離し、両手を前に突き出して、声のしたほうへ進もうとした。男の両手が、棒立ちになっている高校生の顔にふれた。

「やめろおお」

裏返った声を出して、高校生は身体をひねった。

つぎの瞬間、支えるものがなくなった男は、そのまま車道へ顔から突っ込んだ。両目に突き刺さっていた二本の火箸が、金属音を立てて路面にぶつかり、その衝撃で先端が脳の奥深くまで食い込んだ。

男は、完全に意識を失った。

いったい誰にそんな残酷な目にあわされたのか、それを人に告げることもできぬまま、伊刈修司は渡月橋の上で痙攣《けいれん》をくり返しながら、三十二歳の生涯に幕を下ろしていった。

鹿堂妃楚香の「予言」は当たった。竹之内美果の「警告」も当たった。しかし、それは自殺という形ではなかった——

第六章　聖橋博士の推理

1

魔界ツアーからまもなく二週間になろうとする十二月八日、木曜日、午後六時——三条京阪《さんじょうけいはん》の駅からほど近い、鴨川べりからもさほど離れていないこぢんまりとした大衆中華料理店「一宝軒《いっぽうけん》」で、京都史蹟《しせき》観光促進協会理事の一柳次郎は、餃子《ギョーザ》をつまみにビールを飲んでいた。

外は凍えるような寒さだったが、そんな季節でも、一柳は冷えたビールを好んで飲んだ。とくに機嫌のいいときは。

脱いだオーバーとマフラーを隣の椅子に引っかけた一柳は、冬物ジャケットの襟もとに、例によってループタイを覗《のぞ》かせていた。そして彼の視線は、この日発売されたばかりの週刊誌に注がれていた。

今週号の目玉は「京都魔界伝説の女」。グラビア八ページに本文三十一ページを使った大特集だった。もちろん、「美しすぎる超能力者」鹿堂妃楚香の予言が「的中」した事件のことである。グラビアページでは鹿堂妃楚香の美貌《びぼう》をクローズアップするとともに、じつは超能力を持たない超能力者を演じた竹之内美果の波乱に富んだ生涯を、入手できる限りの写真で構成してあった。

その写真の中には、小中高の同級生たちから入手した、当時から群を抜いた美少女ぶりを発揮していた美果の姿や、さらには「永遠の恋人」岩城準のそれも含まれていた。

とくに準は、アメリカのフードビジネス界で大成功を収めた岩城正和の三男であることが強調して取り上げられ、父親が欧米に開店した店舗の写真や、バンクーバーで売れないバンドのメンバーとして明け暮れるぐうたら息子の放蕩三昧《ほうとうざんまい》までが「証拠写真」として掲載されていた。

「マスコミの餌食《えじき》になったら、とことん暴かれるねえ」

小声でつぶやきながら餃子を頬張る一柳だったが、グラビアの中ほどでページを繰る手を止め、ある写真に目をクギづけにした。そして「おー」と感激の声を洩《も》らした。

それは京都駅中央口の広場で出発前の挨拶《あいさつ》をしている鹿堂妃楚香の写真で、隣には自分の姿がハッキリと写っていた。

「これはこれは……家宝ですね」

一柳次郎はうれしそうに笑ってビールを飲んだ。そして本文記事に進んだ。

冒頭の見出しは「鹿堂妃楚香は暴力団組長の愛人だった」という刺激的なもので、鞍馬山の奥の院魔王殿から女性の手首が発見された事件は、鹿堂妃楚香と札幌の暴力団組長との愛人関係を抜きにしては語れないという大前提のもと、事件の展開をつぎのようにまとめていた。


京都府警はまず死体遺棄の疑いで、壬生浩枝の元夫である竹之内彬を逮捕したが、その夜に、こんどは鹿堂妃楚香のマネージャーである伊刈修司が、嵐山の渡月橋で何者かに火箸で両目を刺されて死亡するという猟奇的な事件が起き、捜査の手は伊刈自身も所属していた札幌の暴力団へと伸びていった。

京都府警からの応援要請を受けた北海道警が当該組長の八木橋弦矢・五十五歳を逮捕、壬生浩枝と伊刈修司の殺害を命じた疑いを徹底追及したが、八木橋組長は自らの関与を完全に否定。竹之内彬が娘を取り返しにくる元妻に腹を立てており、その殺害を伊刈に命じたという噂は聞いていたが、あくまで「夫婦の問題」としてノータッチだったと主張した。

その代わりに、鹿堂妃楚香こと竹之内美果が自分の愛人であったことだけは認めた。

問題の手首に凍結の痕跡《こんせき》が見られたことから、壬生浩枝が氷点下に至る北海道の山中で殺されたのちに、その手首を切り取られて、組長に殺害の証拠品として提示されたという京都府警の見方に北海道警も賛同し、その線で八木橋組長を追及したが、浩枝の殺害を命じた事実もないのだから、ましてその左手首を切り落として見せにこいなどと命じるはずもないとして、警察側の論理を一蹴《いっしゅう》した。

警察側も、具体的な殺害場所の見当がついているわけでもなく、たとえ場所が特定できても、道内の山々はすでに雪に覆われてしまっているために、壬生浩枝の遺体捜索活動は来年の雪解けを待つしかないという状況だった。

そのため八木橋組長は送検されることなく釈放された。

だが竹之内社長のほうは、容疑否認のまま身柄を検察庁に送られた。

壬生浩枝殺しの実行犯である可能性が大いに疑われている伊刈修司の惨死《ざんし》については、組の関係者による真相の口封じであるという見方で捜査陣は一致していたが、火箸を使って眼球を刺すという手法が論議の的だった。

それは暴力団の手口かどうか疑わしいという見方もあれば、八木橋組長はきわめて残忍な性格で、これまでも裏切り者に対して凄惨《せいさん》なリンチを加えていたという評判がささやかれており、むしろ伊刈の死に方は八木橋組長の関与を裏付けるものだという見方もあった。

そして当の鹿堂妃楚香こと竹之内美果自身は、直接母親の殺害に関わっていないとして、京都警察病院を退院した。だが、マスコミの取材攻勢を逃れるためと、八木橋組長から圧力をかけられるのを恐れて、十年前の恋人・岩城準とともに、どこかに身を潜めているようだが、その居場所は不明である、と記事はまとめてあった。

「いやいや、いやいや。とにもかくにも、とてつもない事件でした」

特集記事を読み終えた一柳次郎は週刊誌を閉じ、独り言を洩らした。そして、心の中で、つづきをつぶやいた。

(まさか魔界ツアーが、ほんとうの魔界につながっていたとはねえ。しかし、これだけの大特集を組みながら、記事はあのことにぜんぜんふれていませんね。我々関係者以外にも、ツアー参加メンバーはみな聞いていたはずなのに、あれがなんだったんだろうと不思議に思わなかったんですかね。ただの呪文《じゅもん》だと思っていたんですかね)

そして一柳は声に出して、三度くり返した。

「QAZ、QAZ、QAZ……」

それから、しょうがないなという顔で首を振った。

(鬼門封じの猿をおもちゃにするもんだから、この都に鬼が入ってきてしまったでは

ないですか、ＱＡＺという鬼が……。知りませんよ、ほんとうに）

一柳はビールをぐいとあおった。そして、店の奥に向かって声をかけた。

「おばさん、もやし炒《いた》めひとつね」

すると奥から、なじみの女房の声が返ってきた。

「一柳はん、ウチはもやし炒め、やめてしもたんどす。かんにんしとくれやす」

「え、なんで？」

「へえ、ちょっといろいろおまして……」

六十は越えていると思われる割烹着《かっぽうぎ》姿の女房は、一柳のところへ近寄り、店の奥にいる主人をチラッと見てから小声でささやいた。

「じつはこの夏、怖いお方に脅されましてん」

女房は、人差指で右の頰に斜めの線を引いた。

「もやし炒めのようなものを、店で金を取って出すとはなにごとかと」

「へーえ。私はかまいませんがね。金を出しても美味《うま》いものは美味い。おたくのもやし炒めなら、千円出してもいい」

「そうゆうてくれはるのは一柳さんだけどす」

女房は、クラシックな「どす」という語尾をいまだに使っていた。

「こんどきたときにまだもやし炒めを出していたら承知せんぞと、それはそれは恐ろしい顔で怒鳴られまして……ウチら寿命が縮まる思いしたんどす」

「それでやめてしまったんですか」

「へえ。なんせ、コレがない人で」

店の女房は左の小指を立てた。

「堅気《かたぎ》のお人とはちがいまっしゃろ。せやから恐ろしゅうて」

「しかし奥さん。小指がないだけで、相手をヤクザと決めつけるのは早計かもしれませんよ」

「そうどすやろか」

「私の知ってる京都府警の警部さんにも、小指のない人がいますよ」

「いやぁ……ほんまどすか」

女房は、信じられないという顔で一柳の立てた小指を見つめた。

「そしたら、あのお方も警察の人どしたんやろか」

「それは知りませんが、とくにマル暴関係の刑事は、ヤクザに溶け込まなければいけないので、見るからにそれ風《ふう》という人は多いですよ。ただし私の知ってる刑事さんは、一見インテリ風だけど小指がないんです。インテリヤクザという感じですね」

「いやっ、そのお客さんもそうどした」

女房は胸の前で両手を握り合わせ、真剣なまなざしになった。

「銀縁眼鏡をかけてはって、シュッとして、最初は大学の先生やわ、思うたんですけど」

「銀縁眼鏡？」

一柳が、ほほう、というふうに唇を丸めた。

「こりゃ、ますますその人はヤクザではなく警察の人かもしれませんよ。だから、そんな脅しに乗らずに、堂々ともやし炒めを再開してみたらよろしい。いざとなったら、開き直ってタンカを切ってみなさい。奥さんのように、ふだんは昔ながらの京言葉を話される方が、突然その筋の姐《あね》さんのように変身したら、相手も驚きますよ」

「なにゆうといやす」

女房はパタパタと手を振った。

「私も主人も『ビビリ』ですよって、そんな恐ろしいことでけしまへん」

「とにかく、私がいくら頼んでも、もやし炒めは作れないわけですな」

「えろ、すんまへん」

「では、こんどくるときまでに、もやし炒めを復活させていないと、タダではすみませんよ」

「そんな、一柳さん。いけずやわあ」

「あはははは」

困った顔の女房を見て、一柳は大笑いした。

「じゃあ仕方ない、レバニラ炒めに変えましょう」

「おおきに」

「それとビールをもう一本」

「へえ、おおきに」

「きょうはなんだか愉快になってきましたよ。たくさんビールが飲めそうです」

一柳は、ニコニコして言った。

「うん、妙に愉快です……じつに愉快です」

そしてふたたび週刊誌を広げ、鹿堂妃楚香といっしょに写っている自分の写真を眺めて、さきほどの言葉をくり返した。

「これは家宝ですね」

2

「歳は取りたくないもんです。風呂《ふろ》に入るときは、これがやっかいでね」

銭湯の脱衣所に置かれた籐《とう》の丸椅子に腰を下ろすと、聖橋甲一郎はズボンを脱いだあとの左脚を指差した。聖橋はズボンの下に、いわゆる股引《ももひき》を穿《は》いていたが、その左《ひだり》膝《ひざ》には黒いサポーターを二枚重ねでつけていた。

「これはアスリート用のサポーターでありましてね、かなり膝を締めつけるんです。それをいつも二枚重ねでつけてまして、そうやって膝の腱《けん》を固定しないとね、膝が悲鳴を上げるんです。これがまあ、私の唯一の弱点です」

「じゃあ、お風呂も気をつけないと」

と、そばに立つ氷室が言った。

「浴室まで手をお貸ししましょうか」

「いや、天下の氷室先生に介護をおねがいしては申し訳ない。そろそろと歩けば大丈夫です」

聖橋は笑いながら、かなりきつく膝を締め上げている二枚重ねのサポーターをはずし、一息ついたところで脱衣場の天井から壁を見回した。

「しかし、立派な銭湯があったもんですなあ。京都にはいろいろユニークな銭湯がたくさんあると聞いておりましたが、ここはすごい」

聖橋が見上げる脱衣場の格子《こうし》天井には牛若丸に剣術を授ける真っ赤な天狗《てんぐ》を配した彫刻がほどこされ、透かし彫りの欄間《らんま》やマジョルカタイルを貼った壁などは、見る人を一気に時の流れを遡《さかのぼ》らせ、昭和を通り越して大正ロマンの世界にまで運んだ。

船岡《ふなおか》温泉——

温泉ではないが、その内装の個性的なことでは京都でも一、二を争う銭湯は、かつての平安京が造営されるときの基準点となった船岡山の南の麓《ふもと》にあり、大正末期に料理旅館「舟岡楼《ふなおかろう》」の浴室として造られたことにはじまる。

掛時計も含めて、当時のままの内装は国の有形文化財に指定されており、それを目当てにやってくる外国人観光客も多かった。

「聖橋先生、あの天狗は、ひょっとすると鞍馬山の天狗ですか」

「そうでしょう」

氷室といっしょに天井を見上げて、聖橋が答えた。

「鞍馬天狗といえば、映画やテレビドラマの影響で、幕末に活躍した頭巾《ずきん》をかぶったヒーローというイメージが強い。まあ、いまの若い人は嵐寛寿郎《あらしかんじゅうろう》がやった『鞍馬天狗』なんて知らんだろうがね。だが、もともと鞍馬天狗は、鞍馬山で牛若丸に武芸を教えた天狗という伝説にのっとった存在だからね。この天井の彫刻のように、真っ赤な顔をして、鼻はとてつもなく長くなっている、典型的な天狗鼻の山伏でなきゃいけません。……それにしても」

籐の丸椅子に腰を下ろしたまま股引を引っぱって脱ぐと、サポーターに締めつけられていたために真っ赤になった膝をさすりながら、聖橋は小声で言った。

「鞍馬山といったら、アレを思い出さないわけにはいかないね、我々としては」

「そうですね」

頭上の真っ赤な天狗を見上げながら、氷室も「アレ」を思い出していた。

3

「ところで、話は変わりますがね、氷室さん」

氷室と並んで泡風呂に浸《つ》かった聖橋は、気持ちよさそうに目を閉じて語った。

「あなたは、生まれ変わりというものを信じておられるかな」

「生まれ変わり、ですか」

「そう。輪廻《りんね》転生といってもよろしい」

その瞬間、氷室は竹之内美果がQAZと出会った自殺サイトの名前を思い出した。「輪廻」だった。そして美果が、QAZとは聖橋先生のような人ではないかと想像していたことも思い出した。

「生まれ変わりというのは、ぼくは信じていませんね」

泡立つ湯面を眺めながら、氷室は答えた。

「人間は死んだら終わりだと思います。無になるだけだと思います。ただし、天国を信じることが、人に生きる希望を与えたり、死への恐れを軽減させたりする効果はあると思っています。ですから、ぼくのカウンセリングにくる相談者が死後の世界を信じていたら、それを頭ごなしに否定はしません」

「私はね、天国うんぬんよりも、生まれ変わりを信じているんだよ。自分が誰かの生まれ変わりであるか、ということもね。誰だかわかるかい」

「アインシュタイン博士ですか」

「あははは。顔で判断してもらっちゃ困るな。彼が亡くなったのは一九五五年。そのとき私は、すでに二十歳の学生だった。生きている期間がダブっては、生まれ変わりとは言えない」

「それはそうですね。では、誰なんです」

「秀吉だよ、豊臣秀吉。いや、羽柴秀吉といったほうがいいかな」

聖橋はゆっくりとまぶたを開けた。そして気泡の中に手を突っ込み、湯をすくって、それで顔を拭《ぬぐ》った。

「私は秀吉の生まれ変わりであると思っている。これはね、信じているというよりも、自分でそう決めたんだ」

「なにか理由があるんですか」

「もちろん、ある。私は戦国武将の中でも秀吉をとくに強く尊敬し、彼に憧《あこが》れる部分が非常に多いからだ。若いころから秀吉の伝記を読んでは、その偉大さに感動し、こういう立派な人になりたいと思ったものだよ。考えてもみなさい、氷室先生、魔界案内人に解説されるまでもなく、いまの京都の礎《いしずえ》を築いたのは秀吉だよ」

「たしかにそうですね」

「そういう意味で、私は尊敬する秀吉の生まれ変わりでありたいと思っている、ということなんだ。それともうひとつ、私が『生まれ変わり』という言葉を使ってまで秀吉に傾倒する理由がほかにある。ただしそっちの理由は、若いころは恥ずかしくて、なかなか人には言えなかった。けれどもこの歳になってしまえば、もう恥じることなく堂々と打ち明けられる。じつはね、私は秀吉と同じコンプレックスを持っていたのだ」

泡風呂の中で淡々と語る聖橋を、氷室は黙って見つめていた。

「そのコンプレックスとは、外見だった」

聖橋は、自虐的な笑いを浮かべた。

「見てのとおり、私は背が低い。身長百五十五センチだ。いまどきの若者の中に入ったらまるでこどもだが、私が若かったころの一般的な日本人男性の平均身長と較べても、百五十五センチというのは、やはり非常に低い部類に入っていた。女の子なら可愛らしくていいが、男でこの背丈は、強烈なコンプレックスになっていた。それと、この顔だよ」

聖橋は、自分の顔を指差した。

「いまでこそ、白髪頭との兼ねあいで、それこそアインシュタイン博士にそっくりなどと言われておるがね、自分でいうのもナンだが、日本人離れしたこの特徴的な顔が、それなりに見られる風貌《ふうぼう》になったのは、そうだな、五十を越えてからだよ。

ちなみにアインシュタイン博士の身長は、百七十六センチと伝えられておる。しかも若いころの彼はなかなかにハンサムだった。そこへいくとこの聖橋は、アインシュタインではなく、秀吉だった。チビで不細工だった。そして見事なまでに女にもてなかった。いまだに独身なのも、そのことが無縁ではない。

……というより、私の外見的なコンプレックスが原因で、ヨメのきてがなかったんだ。ただし、見た目の問題そのものではなく、そのことでいじけてしまった精神的な暗さが異性から敬遠されたんだな。人間の価値は外見ではなく内面にある——そう何度も自分に言い聞かせながら、やっぱりダメだった。外見の劣等感から内面も歪《ゆが》んでいた」

氷室は、そこまで自分の内面をさらけ出してきた聖橋を、驚きの目で見た。と同時に、おそらく自分は、ここまで素直に劣等感を人に語ったりはできないだろうと思った。まさしく、関西弁でいうところの「ええかっこしい」が自分の最大の欠点であり、舞に去られたのも、それが原因だとわかっていた。

聖橋の告白を聞きながら、そんな思いが一気に脳裏を走った。そして可愛らしいえくぼを浮かべた舞の笑顔が思い起こされた。

「そんな劣等感のかたまりであった私にとっての唯一の救いが、秀吉だった」

聖橋の声で、氷室は急いで舞の幻影を消した。

「私と同じように小柄であり——いや、この私よりもずっとずっと低くて、なんとその身長は百四十センチだったともいわれる秀吉は、顔の醜さから『猿』とからかわれていた。まだ木下藤吉郎《きのしたとうきちろう》と称していた下っ端のころはもちろん、羽柴秀吉時代でさえ、間違いなく彼は、その外見からイジメのターゲットになっていたと思う。私の抱えていた劣等感などとは較べものにならない屈辱に耐えていたに違いないんだよ。

その彼が、そうしたコンプレックスをはね飛ばして天下統一を果たし、自分を笑っていた人たちを見返した。そういう秀吉の生きざまに勇気を与えられたんだよ。そして自分も外見上のコンプレックスなどに負けることなく、学問の世界での天下統一を果たそうと心に決めた」

学問の世界での天下統一、という言い回しが自分で気に入ったのか、聖橋は満足そうにうなずいた。

「その反骨精神が、スーパーマルチ学者と世間が認めてくれる現在の聖橋甲一郎を誕生させた。そうなると不思議なもので、秀吉のような見てくれがアインシュタイン博士にたとえられるまでになった……。外見が変わったというよりも、人に与える印象が激変したからなんだろうな。それが自信というものの効果だよ」

「含蓄のあるお話です」

そう言いながらも、氷室は自分の劣等感をお返しに語ることができなかった。

「そうかね、ありがとう」

聖橋はまた目を閉じて、泡風呂の――ジェットバスというよりは、泡風呂という表現がぴったりの――ゆるやかな刺激に身を委《ゆだ》ねた。


しばらく沈黙がつづいた。

その沈黙は、まるで「さあ、氷室さん、つぎはあなたが自分の劣等感を語る番ですよ」と言っているように氷室には思えた。

魔界ツアーの事件発生から、こんどの週末で丸二週間が経過する。聖橋はその間、本拠地の東京に戻らず、弟子の迎奈津実といっしょにずっと京都に滞在していた。聞くところによると、彼は銀閣寺の近くに、別荘として小さな家を持っているのだという。

そうやってこの二週間、連日顔を合わせてきたのだから、そろそろおたがいに自分というものをさらけ出してみませんか、と聖橋が提案したのかもしれなかった。

それでも氷室は、では自分の番です、と打ち明け話をすることができなかった。

人生経験も豊かで、ずば抜けた博識の持ち主である聖橋甲一郎にだったら、自分の劣等感を打ち明けてもよいのではないかとも思ったし、聖橋以上に適切な聞き手もいないのではないかと感じたが、それでも氷室は、自分の殻を守った。劣等感を隠している殻を……。

「だいぶ温まってきましたな」

氷室がずっと黙っているので、聖橋のほうから、また口を開いた。

「あのガラスの向こうに露天があるようだから、ちょっと行ってみませんか」

4

船岡温泉の露天は、小さな岩風呂《いわぶろ》だった。

市街地にある銭湯だけに、広々とした空間ではなかったが、むしろその狭さが独特の雰囲気を醸し出していた。ほかに客はいなかった。

「うひゃひゃひゃひゃ、じゅうぶん身体を温めたつもりだが、外は寒い。こりゃ寒い。ハンパじゃないね、この寒さは」

滑らないようにと氷室に手を支えてもらいながら、吹きさらしの外に出た聖橋は、北山から吹き下ろしてくる冷たい風に素《す》っ頓狂《とんきょう》な声を出した。そして、露天の岩風呂に身を沈めてからも、しばらくは湯の中で「うるるる」と声を出して震えていた。

そして、ようやく落ち着いてから、聖橋は背中を丸めた姿勢で切り出した。

「ところで氷室さん、このままでいいと思っているかね」

「例の事件ですか」

「そうだよ。あれで一件落着でいいもんかね」

聖橋は、氷室に問いかけた。

「私はね、さっき脱衣場の天井にあった鞍馬天狗の彫刻に見下ろされて、なんだか叱られた気分になったよ。私の棲《す》む鞍馬山を穢《けが》した人間を、このまま放置しておいてよいのか、とね」

「それは誰のことなんでしょう」

「わからん、それは私にもわからん。ただ、伊刈修司にすべての責任を押しつけておしまい、というのは、どうも違う気がする」

「ぼくもそう思いますし、鴨下警部たちも同じだと思いますよ」

狭い空間から覗《のぞ》く冬の夜空には星はひとつも出ておらず、黒雲に覆われていた。その暗い闇を見上げながら、氷室は言った。

「京都府警も北海道警も、それに警視庁も、伊刈修司が殺されて幕引きになるとは少しも思っていないはずです」

「だろうね。私も及ばずながら京都府警の特別捜査顧問を命じられたからね、やはりこの事件の解決には責任を負っている。そこでちょっと整理してみようじゃないか。京都府警が立てている真相の筋書きってやつを」

寒さの震えが止まった聖橋の口調が滑らかになった。

「府警はこう考えている。五年前に壬生浩枝が娘の奪還のために札幌を訪れたときはまだしも、現在の美果は、鹿堂妃楚香という大金を生み出す超能力者に大変身していた。だから組長としては母親の奪還行動は無視できないものになり、浩枝の始末を竹之内に命じた。ここまでは、私はその推測どおりではないかと思う」

ちゃぽちゃぽと音を立てて湯をかき混ぜながら、聖橋はつづけた。

「竹之内は、さすがに世間的な立場もあるし、叩《たた》き上げのヤクザではないから心理的な抵抗もあって、自分では実行できずに、伊刈修司にその命令を下した。これも、そのまま認めるとしよう。その先の京都府警の推理構図はこうだ。伊刈は浩枝を北海道の山奥で殺し、いったんはそのまま放置したものの、八木橋組長から殺した証拠を見せろと言われ、浩枝の特徴を表わす火傷《やけど》の痕《あと》が残る左手首を切り取ってきた。さあ、ここからだよ、疑問がいろいろあるのは」

聖橋は、濡《ぬ》れてぺちゃんこになった白髪頭を片手でかき回した。

「当初、鑑識は魔界ツアーの夜に魔王殿から発見された手首を死後三、四日経過していると分析した。だが、細胞に凍結による損傷の痕跡《こんせき》が確認されたために、新たなアイデアが出てきた。それが、浩枝は十一月の時点ですでに氷点下となる北海道の山中で殺されたが、組長から殺害の明確な証拠を見せろと言われ、実行犯はふたたび山中にとって返し、凍結した死体から左手首を切り取って組長に提示した、という説だ。鴨下警部の案らしいが、果たしてこれが正解に近い形なのだろうか」

聖橋の表情は真剣そのものになった。

「壬生浩枝が消えたのは三月末だ。それから十一月半ばすぎまでのおよそ八ヵ月、彼女はどこでどうしていたのか」

「それを京都府警は八木橋一家による拉致《らち》監禁とみていますよね」

「長すぎる」

聖橋はキッパリと言った。

「なるほど、札幌有数の暴力団だから、人ひとりを外部に知られずに長期監禁するぐらいはわけのないことかもしれない。だが、そもそも手間とリスクを背負って、問題の多い女を長期間閉じ込めておく意味がない。そして第二の疑問は、殺害した浩枝の手首を魔王殿に埋めたのが伊刈だとして、なぜそんな行為に及んだのか、理由が明白でないことだ」

「美果は、伊刈が彼女を愛していたと証言しています」

「知ってるよ。だから、彼女を鹿堂妃楚香の呪縛《じゅばく》から解き放つために、父親の犯罪を魔界ツアーという場を借りておおっぴらにしようと考えたというのだろう？　しかし、それは伊刈にとっては自分の罪を告白する行為でもあるわけだ。そこまで人間は美しき犠牲的精神を払えるものだろうか。伊刈にとっては、無償の愛といったって報われるものがなさすぎる。だから、伊刈が、いずれおおっぴらになるのを承知で浩枝の手首を魔王殿に埋めたのは、鴨下警部が考えているような理由とは別の事情があると思うのだ」

「いずれにしても、伊刈は壬生浩枝殺害に関する重大な秘密を握っていたに違いありません。だからこそ、札幌からやってきた刺客に襲われた」

「きみはそう思うかね」

「違いますか」

「美果が我々の前で、この中の誰かが三日以内に死ぬと言ったのは、伊刈を念頭に置いていたそうだね」

「ええ」

「結果的に『鹿堂妃楚香の予言』が的中した形になっているが、私はね、伊刈があんな殺され方をして以来、なにかが根本的に間違っているという気分にずっと囚《とら》われてきた。そして昨日あたりになって、私の頭の中で急速にまとまってきた考えがあるのだ。聞いてくれるかね」

身を切るような夜気に包まれているにもかかわらず、聖橋は、露天風呂のぬくもりで玉の汗を顔に浮かべはじめていた。

「ここが京都だから言うわけじゃないが、安倍晴明が伝える陰陽道《おんみようどう》というものは、宇宙の真理を、そして人間世界の基本システムを的確に体系づけていると思うのだ。明快な二元論という形でね。善があれば、必ずそれと対《つい》になって悪があり、生があれば、必ずそれと対になって死がある。そのほかにも二元論で語れる要素はたくさんあるが、陰陽道の真髄《しんずい》というものは『善と悪』『生と死』この二組の対照にすべてが込められていると、私は確信する」

熱を込めて語りだした聖橋を、氷室はじっと見つめていた。

「伊刈修司という男にも、善の部分と悪の部分が共存していたのは間違いない。しかし、仮に彼が組長なり竹之内社長なりの指示を受けて壬生浩枝を殺した犯人であるならば、美果を愛しているからというだけの理由で、自らの悪の部分をさらけだすようなまねはしないと思うのだ。善の部分を演じている自分が、そんなことを許さないと思うのだ。

氷室さん、善とは馬鹿正直な神さまではないのだ。善とはお人好《ひとよ》しの意味ではない。人間の心にひそむ善とは合理的で論理的な思考回路であり、悪とは非合理的で非論理的な思考回路なのだ。だから善人が殺人を犯さないのは、人がいいからではなく、賢いからにすぎない」

「驚きましたね。思いもよらぬ善悪論です」

「ほう、そうかね。さすがの氷室想介先生も思い至らなかったかな」

聖橋はうれしそうに笑った。

「私はツアー出発前の会議で、隅っこに目立たぬよう座っていた伊刈を見て、彼はじつに賢い人間だと直感した。その意味での善人だと。だから、こう結論づけたのだ。彼が壬生浩枝を殺していれば、組長の指示や竹之内の指示の有無も含めて、どこまでも冷静にその事実を隠蔽《いんぺい》するだろう。逆に、彼が壬生浩枝を殺していなければ、正義感にかられ、美果を想う気持ちに後押しされて、真相を暴こうとするかもしれない。したがって、彼の不可解な行動を説明する前提はこれしかない――伊刈修司は壬生浩枝を殺していない」

「……………」

氷室はあっけにとられた。まったく自分の概念にはなかった善悪二元論からの論理的演繹《えんえき》だった。

5

「いいかね、氷室さん。ただし、その結論で話は終わらないんだ。問題は『伊刈修司は壬生浩枝を殺していない』という否定的結論から、どのような新しい肯定的結論を導くか、だ」

「壬生浩枝を殺したのは、やはり竹之内社長自身だったということですか」

「ちがう、ちがう」

白髪頭から湯をはね飛ばす勢いで、聖橋は首を左右に振った。

「『伊刈修司は壬生浩枝を殺していない』と仮定した場合、それを受け身で表現し直すとどうなるかね」

「『壬生浩枝は伊刈修司に殺されてはいない』となりますね」

「そうだね。しかし、その文章から『伊刈修司に』という部分を除いたらどうなる」

「壬生浩枝は……殺されてはいない」

口に出したとたん、氷室は温かい湯の中に浸かっているにもかかわらず、全身に鳥肌が立ったのを覚えた。

「さらにそれを言い換えると、どうなるかね」

まさか、という顔で氷室はつぶやいた。

「壬生浩枝は……生きている！」

「そうなんだよ」

聖橋の鋭い視線が、氷室の目を射貫《いぬ》いた。

「伊刈の不可解な行動は、じつは母親が殺されずに生きていることを美果に伝えたかったと考えれば筋が通ってくるんだ。あなたのお父さんから殺害を命じられたけれど、私はあなたのお母さんを殺しませんでした、と、美果に対して自らの善の部分を強調したかったんだ。そのために冷凍保存をしておいた手首を、ああいう形で世の中に出したんだ。だが、それに怒った人物に殺された」

「ちょっと待ってください」

氷室は湯の中から両手を出し、自分の左手首を右手で作った手刀で切り落とす真似をした。

「壬生浩枝が生きているということは、生きたまま手首を切り落とされたというんですか。先に死があったのではなく、先に手首の切断があったと」

「そうだよ」

「それでは死後切断という鑑定は出てきません」

と言ってから、氷室はすぐに気がついた。

「いや、二度切られれば、死後切断になるか」

「そうだよ。さして珍しいトリックでもない」

聖橋は、軽く肩をすぼめた。

「どのあたりからか知らないが、たとえば手首と肘《ひじ》とのあいだで切断された左腕を、少し時間を置いてから手首のところで切断すれば、第一の切断面は生前切断になるが、第二の切断面は死後切断になる」

「しかしですよ、それでは伊刈は少しも善人にはなりませんよ。ある意味、殺人犯であった場合以上に残酷な人間になるじゃありませんか」

「どうしてだね」

「壬生浩枝は生きたまま腕を切り落とされたんですよ。伊刈がその腕をさらにもう一度切り落とし、たしかに彼女を殺しましたと組長のところへ持っていったとしても、彼が残虐な行為を働いた事実に変わりはありません。そんなことをして、なぜ浩枝が死ななかったのかという疑問もあるし、たとえ彼女が生きながらえたとしても、伊刈には殺人未遂の罪が適用されます。それ以上に、生きながら浩枝の腕を切り落とした残虐な男というレッテルが貼られます」

「だから、第二の命題が出てくるわけだよ、氷室さん。第一の命題は『伊刈修司は壬生浩枝を殺していない』というものだった。第二の検討されるべき命題は『伊刈修司は壬生浩枝の手首を切り落としていない』というものだ」

「じゃあ、誰がやったんです」

「たったいま、きみがその正解を自分で演じてみせたじゃないか」

「え？」

「ほら、こういうふうに」

聖橋も湯から両手を出し、自分の左腕を右手でつくった手刀で切り落とす真似をした。氷室がやってみせたのよりは、もう少し肘寄りのポイントを切る形で。

氷室は呆然《ぼうぜん》としてその動作を見つめた。聖橋が言わんとするところが理解できたからだ。

「本人が……切った？」

「そうだよ。そう仮定すれば、伊刈修司にはなんの罪もないことになる。むしろ彼は、壬生浩枝が殺されたという偽装を行ない、彼女を組のそれ以上の追っ手から守った恩人というふうにならないかね」

「いや、でも」

氷室は、容易に納得しなかった。

「伊刈は医者じゃないんですよ。腕を切断した人間を助けられるはずがありません。救急車を呼べば、たちどころにその出来事がバレてしまうし」

「浩枝の周りには医者がいたじゃないか」

「え？」

「きみは鴨下警部から壬生浩枝のプロフィールを聞いているはずだよ。彼女には純江《すみえ》という妹がいて、下関の医者に嫁いでいると。しかも外科医だ」

「知っています。でも、姉妹《きようだい》仲は悪くて十年以上も音信不通だと」

「誰がそう言ったね。浩枝本人かい」

「いえ、純江が鴨下警部に」

「だろ？　妹として姉を守りたければ、その程度の嘘はつくよ。自ら腕を切り落として、私を殺した証拠を持っていきなさいと伊刈に命じた、その狂気に満ちた執念を見れば、とことん姉を守るしかないと思うんじゃないのかね」

「………」

「いや、もっと言えばだ、姉の浩枝のことはなにも知りません、という嘘を八カ月近くもつき通していれば、いまさら警察が事情を聴きにきたって、正直な話は打ち明けられなくなっているんだよ。嘘をついてきた時間の長さが、真実を語りにくくさせているんだ」

「八カ月近く？」

「そう。浩枝の手首切断は彼女が姿を消した三月末か、遅くとも四月はじめに行なわれた。私はそう思っている。……ちょっと待ってくれよ。度を超した長湯は身体に毒だからね。よっこらしょと」

湯の中に腰掛けられるような岩が設けてあるのを見つけると、聖橋は身体を浮かせて、そこに座った。

氷室もそれを真似た。

ふたりとも腹のあたりから上が寒気にさらされたが、どちらも寒さを感じていなかった。聖橋の場合は身体がじゅうぶんに温まったせいだったが、氷室の場合は、衝撃的な聖橋の推理に寒さを感じる神経が麻痺《まひ》していたからだった。

6

「組長の八木橋の『邪魔者は消せ』という意を受けた竹之内は、いつまでも娘の奪還にこだわる元妻の浩枝を殺すよりなくなった。これは竹之内が殺すと決めたというより、組長の決定に従わざるをえなかったのだと思う」

段差のある岩に氷室と並んで腰掛けた聖橋は、夜空を見上げた。いつのまにか黒雲に切れ目が生じ、その隙間から星が姿を覗《のぞ》かせていた。

「そこで竹之内が伊刈に実行を命じた。いや、ひょっとすると伊刈が積極的にその役を引き受けたのかもしれない。美果のために、最初から浩枝を救おうと思っていた場合はね。しかし、どうやって浩枝を救えばよいのか、具体的な方法はわからなかっただろう。ともかく伊刈は浩枝に会った」

「どこで」

「それは私にもわからない。浩枝が札幌に出てきたところをつかまえたのか、それとも伊刈のほうから浩枝のいる米子に行ったのか、そこは、生きている浩枝にきくしかない。だが、下関の外科医に嫁いだ妹のいる場所で会ったというのが、最も可能性が高そうだ。そこから先の展開は、私があれこれ推理をしても仕方がない。ただし、確実に言えることがいくつかある」

聖橋は、頭上に広がってきた星空から、湯気の立ち上る湯面へ視線を移した。

「第一に、浩枝の左手首は浩枝自身の右手によって切断された、ということだ。これは揺らぐことのない事実だと思う。たとえば、斧《おの》を使ってやったのだ。そのときの彼女は、感情的に相当高ぶった状態にあったはずだ。いくら妹の夫が外科医で、彼がそばにいたからといって、彼に麻酔注射をさせて、彼に切断させるといった展開ではなかったはずだ。医者には医者のモラルがあり、いかなる事情があれ、医師の手で切断はできない。

第二に、しかし最初から自分が助かるつもりでいたならば、浩枝は錯乱状態にありながらも、妹の夫がすぐさま手当てできる点を頭の片隅に置いた状態で、過激な行為に及んだものと思われる。

第三に、では外科医の立場からすればどうか。目の前で妻の姉が手首を切り落とした場合、どういう行動に出るだろうか。当然、止血処理はするだろう。しかし、いかに外科医といっても町の開業医程度だったら、切り落とされた腕をふたたびつなげる手術は無理だ」

「常識的には、切断された腕をできるだけよい状態で保存しつつ、救急車を要請しますね」

「だが、そうしていれば、こんな事件は起きていない。魔王殿から手首が出てきたりはしない。したがって、浩枝の義弟にあたる外科医は、大病院に送り込んで接合手術をするという常識的な対応をあきらめなければならない状況に追い込まれていた」

「伊刈にそうするなと脅されていたからですか」

「かもしれないが、むしろ浩枝の強硬な主張によるものじゃないかね。となれば、医者にとってできることは、浩枝が死なないように切断面の縫合《ほうごう》と輸血措置、それから感染症の防止や鎮痛剤の投与など、腕の再生を完全にあきらめたうえでの応急処置しかない。その程度ならば看護師の助けを借りてできるだろう。純江という妹がその資格を持っていればなお好都合だ。そして第四に」

湯をすくって肩先にかけてから、聖橋はつづけた。

「誰がその腕を『二度切り』して死後切断とみせかける知恵を伊刈に授けたのか、だ。戦国時代の首実検《くびじっけん》ならぬ『手首実検』として、組長や竹之内に見せるために切り落としたとしても、組長らには、その手首が死後切断であるかどうか調べようという発想は持たないだろう。あるいは、息のかかった医者に見せて、ほんとうに死体から切り取ったものかどうかを確認するところまではすまい。詰めた小指の先だけを見せられるのとは違って、切り取られた手首さえあれば、残りの本体も死んでいる――そう信じるのがふつうだよ。また伊刈にしても、死後切断でないことがバレてしまうといけないから、もういちど切らねば、なんてことを気にするほどの知恵は回らない」

「では、誰が」

「外科医だろう」

聖橋は断定的に言った。

「走り出した暴走列車は止められない。だったら、せめて脱線しないように、最低限の処置はほどこさねばならないと医者は考えた。……わかるかね、氷室さん」

「わかります。浩枝が暴走してすさまじい行動に出て、もう取り返しがつかない状況になってしまった以上は、彼女の意思を尊重し、死んだものとして進むよりない」

「そういうことだ。組長に見せたあと、その手首は不要になって棄てられる運命にあるわけだが、もしもその手首が警察によって発見されたら——そこまで考えが及ぶのは、医者か警察関係者か推理作家ぐらいなものさ」

「では、一度目の切断は浩枝で、二度目の切断は彼女の義弟の外科医がやったと」

「私はそう思うね。ただし、メスや医療用のノコギリなどを使用したのでは、医者の関与がバレるから、わざと大工道具のノコギリで切断した。そして、それを伊刈に渡した。もちろん、まずは浩枝の命を救うほうが先決だから、それらの施術を終えて一段落したのちに、二度目の切断が行なわれた。当然、そのころまでには、長めに切り取られた腕は『死んでいる』。よって、完全な死後切断が完了」

「……まいりましたね」

氷室は頭を抱え込んだ。

「そんなすさまじい展開は、想像したこともありませんでした」

「私のこの推理が成り立つ大前提は、氷室さん、わかるね。浩枝が自分の手首を切り落とすという衝撃的な行動に出なければ、浩枝の妹夫婦までが、異常な目的のために暴走することはなかった。ある種の勢いというものが、こうした状況を成立させたのだ。それにしても、本人に隠れる意思があって協力者がいれば、殺人犯が死体を隠すよりも、死んだふりをして姿を消しているほうが、ずっとかんたんだよ」

死体を隠すよりも、死んだふりをして姿を消しているほうがずっとかんたんという逆転の発想に、氷室はうなった。

「では、なぜ伊刈は、組長か竹之内に見せた手首を始末せずに、ずっと冷凍保存をしていたのでしょうか」

「自己保身のための証拠が必要だからだよ」

聖橋は間髪を容《い》れずに答えた。

「手首を棄ててしまえば、万一、自分が警察に逮捕されるような事態になったとき、いまの筋書きを証明するものがなにもない。だが、手首が残っていれば、たとえそれが死後切断された形であっても、現実に起きた衝撃的なストーリーを裏付ける証拠となる。それに、浩枝がどこまでも死んだつもりで逃げ回ろうとしても、彼女は妹夫婦の庇護《ひご》なしには『死人として』生きられないから、外科医を警察に追及してもらえば、真実は明らかになる。そうなったときのための証拠として、伊刈は自分の判断でとっておいたのだと思う」

「どこに保存していたんです？」

「伊刈はふだんどこに住んでいるんだね」

「東京都内です。インサイド・バンブーが都心に事務所を構えており、竹之内も美果も事務所の近くの高級マンション住まいです。伊刈もその近所の賃貸マンションに」

「彼の死後、当然、警察はその部屋を調べているだろう」

「ええ。でも、とくに今回の事件に関わるようなものは……あ」

氷室が、ハタと思いあたった表情になった。

「冷蔵庫のフリーザーを調べたのか、ということですか」

「いいや、そんなところにしまってはいないね。そう断言できる理由は三つある」

聖橋博士は三本の指を立てた。

「第一に、いかに伊刈が無神経でも、食べ物を保存する冷蔵庫に人の手首は入れまい。それから、仮に手首の切断がことしの三月末から四月のはじめであれば、通常の冷凍庫の温度では半年以上のあいだに細胞の変質が進んでしまうよ。したがって、魔王殿から発見された手首が死後三、四日と判定されることはない。ちなみに、その部屋に最低でもマイナス六十度をキープできるような専用の超低温フリーザーが置いてあったかね」

「そういう話は聞いていません」

「だろうね。そんなものがあったら、さすがにマヌケな鴨下警部にしても、北海道の大雪山あたりで死体が凍ったという発想から、いちはやく抜け出していただろうからね」

聖橋は鴨下への敵意を隠さずに、肩を揺すって笑った。

「そして、手首が伊刈の住まいに保存されていなかったと確信する第三の理由は、そこが東京であるからだ」

「というと？」

「もう過去の話になってしまったかね、氷室さん。……ああ、そうか、きみは京都住まいか。だからすぐにピンとこないのだな。ダメだねえ、関西の人間は。あん？　関東人の苦労など、しょせん他人事《ひとごと》なんだろう。推理の甘さに、そうした深層心理が見えるようだよ」

聖橋は、氷室を咎《とが》める目で睨《にら》んだ。

「大震災によって福島の原発がすべて使えなくなり、それでどうなったね」

「そうか……。電力不足」

「だよ。誰もが口を揃えて節電、節電と呪文《じゅもん》のように唱え、いまにも電力がストップするかもしれないと警告されていた当時の首都圏で、冷凍した人間の手首を冷凍庫に入れて安心していられる人間がいるかね」

「とすると……」

「手首の保管場所は東京電力・東北電力の管内ではない。暴力団事務所のある北海道か、さもなければ反対方向の九州や中国・四国あたり、そのどちらかだ」

聖橋は確信をもった口調で言い切った。

「そこに伊刈は格安の家賃で部屋を借りた。人が住むわけじゃない、手首を眠らせておくだけの部屋だから狭くてもかまわなかった。そして、そこに超低温フリーザーを持ち込んだ。

この発想を得て、私はすぐに調べたのだが、マイナス六十度を保証する家庭用超低温フリーザーは十万円を切った価格で購入できる。個人ユーザーの多くは釣りマニアだよ。自分の釣った魚をいつまでも新鮮に保ちたいために、冷蔵庫に備え付けの冷凍庫ではなく、こうしたものを購入する。レンタルもある。だから、こういった製品を購入したりレンタルしても、釣りが趣味だといえば怪しまれない。

竹之内なり組長なりに見せるあいだだけ、ドライアイスなどを詰めたボックスを利用する必要があっただろうが、あとはその超低温フリーザーの中に入れれば、手首はゆうに一年は時間の流れを止めていられる。そして魔界ツアーの実施直前に、そこから手首を取り出し、竹之内から渡された猿のぬいぐるみの手首といっしょにして魔王殿に埋めたのだ。

その埋める作業じたいは竹之内公認だから、少しのあいだ意味不明の行動時間があっても社長からは咎められない。それを考えたら、手首の保管場所は北海道ではなかっただろう。まさか、飛行機では運べないからね。そうかといって、浜岡《はまおか》原発の停止をきっかけにして原発の再稼働が軒並みできなくなった状況では、日本列島のどこでいつ電力不足が起きても不思議ではない状況になってしまった。だから伊刈は、たとえば大阪や京都に保管していたら、夏を前にしてあわてて別の場所に移動していた可能性もある。となれば、移動するのに都合がよい新幹線が使えるルート上にあり、電力事情に比較的余裕のある中国電力管内――具体的には広島か岡山あたりが、壬生浩枝の手首の最終保管場所だったという推理はどうだろうかね」

「………」

氷室は長いため息をついた。

べつに事件の解決を競争していたわけではないが、同じ警察組織の特別捜査顧問としては、このスーパーマルチ学者に完敗した、と思った。

「それにしても鴨下さんはしょうがない人だねえ」

ふたたび湯の中に深く身を沈めながら、聖橋は嘲《あざけ》るように言った。

「あの人は、なんのために小指を失ったのだ。え？　その経験から、ひとつも学習していないじゃないか。小指の先を失ってもなお自分は生きているという事実から、壬生浩枝は手首を失っても生きているという発想に、誰よりも早く到達しなければいけなかったのに。そうじゃないかね」

「とにかく聖橋博士」

氷室は、額に噴き出た汗を拭《ぬぐ》って言った。

「ぼくたちは、浩枝の妹夫妻が住む下関に行かなければなりませんね」

「うん。私もしばらくあっちには行っていなかったから、鴨下警部が連れていってくれたらうれしいね。もう、ふぐは旬《しゅん》に入っているだろうからねえ。向こうに行ったら氷室さん、ふぐにひれ酒といこうよ。私がご馳走《ちそう》するから」

聖橋甲一郎は、おどけたアインシュタイン博士のような表情で、舌をぺろっと出した。

第七章　左手首の真実

1

十二月十一日、日曜日、夜十一時十五分すぎ——

壬生浩枝の四歳下の妹・松崎《まつざき》純江は、暗澹《あんたん》とした表情で新幹線「のぞみ600号」の窓から流れる夜の街並みを眺めていた。

純江の乗った新幹線は、さきほど西明石《にしあかし》駅を高速で通過し、あと十分ほどで最後の途中停車駅である新神戸《しんこうべ》駅に到着する。そして二十三時三十九分に終点の新大阪駅へ。

これが本日最終の新幹線で、それより東に行く列車はもうない。新大阪からは日付が変わって翌十二日の真夜中〇時四分に出るJR京都線の新快速が、京都へ〇時二十九分に運んでくれる。だが、一行はその電車は使わず、新大阪駅からは駅前で待機している大阪府警のワゴン車に乗って、京都府警まで送り届けられる手はずになっていた。

「一行」とは総勢七人。そのうち六人が、三人掛けのシートを向かいあわせにして座っていた。窓際に純江と姉の浩枝、真ん中の席には純江の夫で外科医院長の松崎潔《きよし》と鴨下警部、通路側の席には氷室想介と田丸警部がそれぞれ向かいあっていた。そして通路を隔てた二人掛けの席の通路側に聖橋甲一郎。その隣は空席だった。

小倉《こくら》から新幹線に乗り込んでまもなく、聖橋は目を閉じ、ステッキに両手を載せて眠りに陥っていた。六人のほうも、三人掛けシートを対面にしても会話はまったくなかった。

一行がJRの下関からいったん反対方向の山陽本線に乗ったのが二十時五十九分。新関門《しんかんもん》トンネルで九州に渡ってから、小倉駅で最終の新幹線に乗り換え、Uターンする形で東へ向かった。距離的には無駄をするようでも、「のぞみ」が停まらない新下関から新幹線に乗るよりも時間的に断然早いだけでなく、そもそも新下関に停車する新幹線はとっくに終わっていた。

小倉を出たのが二十一時二十八分。新大阪までは二時間十分ほどだったが、純江にとっては、その二倍にも三倍にも感じられる長さだった。

一行のあいだにまったく会話が交わされないことも気分的に重苦しくなる理由のひとつだったが、けさから起こったさまざまな出来事があまりにもめまぐるしすぎて、純江は精神的に疲れ果てていた。しかも、京都に着いてから予想される今後の展開を考えると、ますます胸が締めつけられて苦しくなった。

午前十時すぎまでは、いつもと同じ日曜日だった。

日曜は休診日なので、夫の潔は寝坊をする。十時はまだベッドで爆睡中のことが多く、この朝もそうだった。純江はふだんと変わらず七時前には起きていた。

ふたりのあいだにこどもはいない。だが大事な扶養者がいた。扶養家族として役所に届けることができない身内が一名……。姉の壬生浩枝である。

毎朝起きると、バスで停留所五つ離れたアパートにかくまっている浩枝に様子伺いのメールを入れるのが、純江の最近の習慣になっていた。ちなみに、その携帯は純江名義で新たに購入したものだった。それまで浩枝は携帯というものを持ったことがなく、メールの仕方も一から教えなければならなかった。

そのアパートは鉄骨二階建てで全八戸のこぢんまりしたものだったが、夫・潔の母が生きていたころから所有していたもので、姑《しゅうとめ》が亡くなったあとはひとり息子である夫の所有名義に移ったが、実質的な大家は純江が務めていた。ただしアパートの清掃管理は人材派遣会社からくる通いの女性に任せており、純江は病院の経理事務の仕事に集中していた。

自分が大家なので、姉をかくまううえにおいては、いくらでも嘘がつけた。ちょうど一階の角部屋に空きが出た六月の中旬から、純江は姉を「阿川千代子《あがわちよこ》」の名前で入居させた。それは二ヵ月半にわたって自分の病院に入院させて治療をつづけていた左腕の状態が安定し、肘《ひじ》から先に取り付ける義手も完成していた時期だったので、ちょうどよかった。

偽名として選んだ「阿川」とは、浩枝と純江が生まれ育った島戸の集落へ行く最寄り駅の名前であり、千代子はふたりの母の名前だった。その名前にすると決めたのは浩枝自身だった。

アパートのほかの住人には、左手をなるべく見せないようにして、本の校正の仕事をしているために在宅することが多いという説明にしていた。それでも完全な引きこもりでは不自然なので、浩枝はかんたんな買い物は自分で済ませるようにしていた。もちろん、生活費は純江のところから出ていた。

魔王殿の事件に先立つ三週間ほど前、鹿堂妃楚香の背景を内定していた鴨下警部が、はじめて純江のもとに、美果の母・浩枝の消息をたずねてきたときは、姉とは仲があまりよくなくて交流はまったくないことにしていたが、それは浩枝をかくまうための誇張した嘘だった。しかし、まんざら百パーセントの作りごとというわけでもなかった。

たしかに姉と妹は、三月末の「あの事件」に巻き込まれるまでは、ほとんど交流を絶っていた。それは姉・浩枝の性格に起因するものだった。

ひと言で言えば、妹の純江は陽だが、姉の浩枝は陰だった。

陰気なだけでなく、浩枝が人の悪口をひんぱんに言うところが、妹の純江には耐えられなかった。それは少女時代からそうだった。東京で結婚してからも、夫の竹之内の悪口を言い、さらにはたったひとりの子である美果のことも悪しざまに罵《ののし》ることがあった。それだけでなく、美果に肉体的な虐待を働いた気配もあった。

もしかすると、それは母親として娘の美少女ぶりに嫉妬《しっと》しているからではないかと、純江は感じていた。叔母《おば》として、美果が哀れに思えてならなかった。あんなに可愛らしい子が、なぜ母親に愛してもらえないのかと。

だが、へたに口出しをすると浩枝の性格からいって激しく逆上するはずで、よけい美果に迷惑をかける結果になるので控えた。そして純江は、姉一家の問題には口をはさまなくなった。

十年前、浩枝が竹之内と別れ、美果は父親についていったと聞かされたとき、純江はある意味ホッとしたものだった。その後、竹之内が借金返済のために札幌の暴力団に身を投じたことが判明したが、それでも母親についていくよりはよかったと思ったほどだった。

しかし五年前、孤独な生活に耐えかねたのか、浩枝は美果を取り返すために札幌へ出かけていった。そして、ひどい火傷《やけど》を左手の甲に負って帰ってきた。その治療を頼みにきたのが、ひさびさに姉と顔を合わせたきっかけだった。

夫の松崎から治療を受けている最中、浩枝は竹之内に対する呪いの言葉を吐きつづけていた。純江はそれを聞いて背筋が寒くなった。

火傷の治療が一段落すると、またすぐに姉妹は疎遠《そえん》になった。

三年前、美果が「美しすぎる超能力者・鹿堂妃楚香」として世に出てきたとき、純江は叔母として姪《めい》の変身に驚いた。そして、美果がマスコミに出れば出るほど、また姉を刺激するのではないかと心配だった。

その不安が的中した。想像もしなかった恐ろしい形で……。忘れもしない、大震災からまもなく二十日が経とうとする三月二十九日から三十日へと日付が変わった深夜の出来事だった――

2

新幹線で妹の純江の正面に座っても、浩枝としてはまともに妹の顔を見たくなかった。どうせ六人のあいだに会話が弾まないのだったら、なにも警察の人は、わざわざ座席を向かいあわせにしてくれなくたってよかったのに、と思った。

小倉駅から乗り込んだとき、座席の回転を指示したのは田丸警部で、浩枝の座る席を指定したのも田丸だった。

おそらくそれは、浩枝が左腕にはめている義手が、他人の目にふれにくい窓側にくるようにとの配慮だったのだろうが、ありがた迷惑というものだった。

窓ガラスは夜の闇に染まって鏡の役割を果たし、明るい車内を映し出していた。おかげで義手をはめた左腕のほうが、窓の鏡に映っていた。ダウンベストを着て、その下はセーターだったが、セーターの左袖《ひだりそで》は右よりも少しふくらんでいる。そして長袖で隠しても、手の甲ははっきりと本物でないことがわかった。田丸のありがた迷惑な配慮のおかげで、浩枝は窓の鏡で、わざわざそれを見せつけられなければならなかった。

外出時にこの義手をはめるようになってから、まもなく半年になる。自分でも義手を装着した姿にはすっかり慣れてしまっていたし、周囲もそうだった。「魔王殿から出た左手首」で世の中が大騒ぎになっても、「阿川千代子」が義手であることを知っている近隣の人たちから、それと関連づけてみられることはなかった。見つかったのは「手首」であり、実際の浩枝が失ったのは「肘から先の腕」だったからだ。

ときどき無神経な人から「どうなさったの」とたずねられたりもしたが、その際は、妹夫婦と打ち合わせしてあったとおり「交通事故で」と答えていた。

ただ、困ったのは「幻の感覚」にときおり襲われることだった。

左手の甲に猛烈な火傷を負って以来、浩枝はその皮膚が突っぱるような感覚にいつまでも悩まされていた。とくに寒い時期になるとそれがひどかった。だから、無意識のうちに手の甲をこすって温めたものだった。皮膚が温まると、その不快な引き攣《つ》れ感は消えるからだった。

ところが左手を失って義手になっても、いまだにその感覚が甦《よみがえ》るのだ。しかも、実際に左手があったときよりも感じる頻度は増しており、寒くなくても突っ張り感が襲ってきた。たぶん神経が記憶していて、それが気候を選ばず再生されるのだろう。

厄介で奇妙な現象だった。

それにしても先月末、娘の美果自身が「人の手首」が出てくると予言し、その予言どおりの場所から「自分の手首」が出てきたという大事件を妹から聞かされたときには、気絶しそうになるほど驚いた。

三月末に失った左手が——とっくの昔に白骨になっているはずで、永遠に目にすることはないと思っていた自分の左手首が、まったく自分の知らない山の中から発見されたとは。しかも、その場所を超能力者を演じる娘によって予言されていたとは……。

そして、「すでに殺されてしまった人」として、鹿堂妃楚香の実母・壬生浩枝の名前がテレビ、新聞、週刊誌で連日登場するのを「阿川千代子」は呆然《ぼうぜん》として見つめていた。

（こんなはずでは……なかった……）

魔王殿の猟奇的事件の発覚以来、浩枝はずっとそう思ってきた。

（これでは、すべてが……台無しになる）


いまから八カ月以上も前の三月二十八日に、スーパーの同僚に向かって札幌に行くかもしれないと告げたのは、その前の日に見たテレビが影響していた。

いちだんと美しくなった娘が、鹿堂妃楚香として大震災後の日本の未来を予知するというふれこみでゲスト出演していた。鹿堂妃楚香となった娘を見るのは、もちろんそれがはじめてではなかったが、日に日に輝きを増していく美果の姿を見て、浩枝は、いまの自分の惨めな姿をそれに重ねてみざるをえなかった。

（なぜ母親の私といるときは、あれほど暗い引っ込み思案な子だったのに、タレントのような形でテレビに出てからというもの、こんなに輝いているんだろう。そして、どうして母親の自分だけが、こんなふうに孤独な暮らしをしているんだろう。私は美果にたずねたい。そんなにお母さんのことがきらい？　と……）

居ても立ってもいられなくなった。美果を取り戻すためではなく、とにかく無性に会いたくなった。

でも、そんな自分に向かって「やめておけ」とブレーキをかけるものがあった。左手の甲に無惨に残った火傷の痕《あと》だった。こんど美果に近づこうとしたら、もっとひどい目に遭わされるぞと、過去の記憶が物語っていた。

それでも浩枝は、行動に出ずにはいられなくなった。そのころ、日本列島ぜんたいが大震災と原発事故のショックを引きずっていて、これまでにない不安定なムードに覆われていた。そうした雰囲気に呑《の》み込まれて、どこか冷静な判断力を欠いていたせいかもしれなかった。いまのうちに、できることをなんでもしておかないと、人間というものはいつ死ぬかわからない、明日は保証されていない、という焦りに駆り立てられていたのは事実だった。

スーパーの仕事を終えた二十八日の夜遅く、浩枝は五年ぶりに札幌の暴力団事務所に電話を入れた。

美果と竹之内がタレント活動のために東京に拠点を移したのは知っていたが、竹之内の昔の携帯番号は、もう通じなくなっていた。だから札幌の組に連絡を入れた。そのほうが、東京のプロダクションの番号を調べて連絡をとるよりは、向こうの受け止め方が違うと思っていた。

その場では連絡先は教えてもらえなかったが、一時間もしないうちに竹之内から、アパートの固定電話に連絡がきた。

翌、三月二十九日の夜八時に、まずは竹之内が会おうという話になった。

竹之内のほうからすんなりと面会を了承したのは意外だった。だが、彼には美果と会わせる気がないのは予想どおりだった。

竹之内が待ち合わせの場所に指定したのは京都だった。京都という場所を、浩枝はそれほど唐突には思わなかった。

壬生という苗字《みょうじ》からもわかるように、父方の先祖は京都の出だった。京都に住んだ経験はなかったが、どこかで自分のルーツだという気がしていた。それに京都は、夫婦がこんな悲惨な対立を迎える日がくるとも知らずに結婚したときの、新婚旅行の地でもあったのだ。

その京都へ竹之内は東京から、浩枝は米子からくるわけだから、待ち合わせ場所は京都駅にするのが普通だった。しかし竹之内が指定したのは、JR嵯峨野線の嵯峨嵐《さがあらし》山《やま》駅の改札だった。

京都駅から十五分前後のところにあり、駅名からもわかるとおり、嵯峨野・嵐山観光の拠点となる駅だった。保津峡の景観を楽しむ嵯峨野トロッコ列車も、この嵯峨嵐山駅と隣接したトロッコ嵯峨駅が起点となっている。

（これは竹之内が気持ちを変えた証拠？　それとも私を油断させるための作戦？）

そのときの浩枝には、竹之内の意図がまだ読めなかった。

3

三月二十九日の浩枝は、朝から緊張でそわそわしていた。

竹之内との待ち合わせは夜八時だったが、朝八時半にはアパートを出て、伯備《はくび》線の九時二十三分発、特急「やくも10号」に乗り込んだ。

その特急は中国山地の分水嶺《ぶんすいれい》を越えて岡山県の倉敷《くらしき》に出て、そこから山陽本線に合流して約二時間十数分で終点の岡山に着く。岡山着はまだ昼前だったが、浩枝は昼食などとらず、そのまま新幹線に乗り換えて京都へ向かった。

京都に着いたのは昼の十二時五十一分。待ち合わせまでは、まだあと七時間もあった。少しだけ空腹を感じたので、浩枝は駅の地下名店街にあるそば屋に入った。京都にきたからといって、贅沢《ぜいたく》な京料理を楽しむようなゆとりは、精神的にも経済的にもなかった。

そばを食べ終えてレジで代金を支払うために財布から札を取り出しているとき、係の女の子が左手の火傷痕《やけど》を興味深げに見つめているのに気がついた。

浩枝は意地悪い目で睨《にら》みつけて言った。

「私の手、なんか、おかしい？」

「あ……いえ……失礼しました」

レジの女の子は、真っ赤になって目をそらせた。

そのときの浩枝は、わずか半日後に、ひどい火傷の痕を残した手首が「消える」とは予想もしていなかった。


早めに京都にきたのはよかったが、昼食をとったあと、約束の八時までの長い時間をどうすごせばよいのか、浩枝はわからなくなった。新婚旅行以来、二十九年ぶりの京都だったが、いまさら観光気分ではないし、京都の地理にもほとんど不案内だった。だから浩枝は、駅に隣接したデパートに入った。

そして地下の食料品コーナーを意味もなくぶらぶらしているとき、名産品の販売をしている女性店員の姿を見て、ハッとなった。五年ぶりに危険な夫と会う緊張で、勤務先のスーパーを無断欠勤していることをすっかり忘れていたのだ。

そのときの浩枝は、まだ携帯を持っていなかったから、店長に連絡するためには公衆電話のところまで行かなければならない。だが、電話をかける気が起こらなかった。

美果のことで夫と交渉をするという大事な局面を前にして、日常的なトラブルで神経をつかいたくなかった。だから、連絡を入れるのをやめた。

（まあいいわ。明日、おわびの電話を入れれば）

その機会が永遠にこないとは、浩枝は予想もしていなかった。


けっきょく浩枝は、そのデパートで七時すぎまで時間をつぶした。ウインドーショッピングをするでもなく、休憩用の椅子を見つけて、そこでときおり左手の甲をこすりながら、ボーッとしていたのだ。店員の目を惹《ひ》くといけないので、一時間おきにフロアを移動した。

考えてみれば、もうその段階で精神的なバランスを失っていたのかもしれなかった。五時間以上も、デパートの一角でじっと物思いにふけっていたのだから。

（竹之内と会って、私はなにを言えばいいのだろう。美果と会わせて、と頼むだけでいいのか。それとも……やっぱり、もう一回頼んでみるのがいいのだろうか。美果を返して、と）

休憩スペースの椅子に腰掛けた浩枝は、左手の甲をじっと見つめた。五年前に夫のした残虐な仕打ちの痕《あと》を……。

（どうか、竹之内が変わっていてほしい）

祈るのは、そのことだけだった。

(美果が鹿堂妃楚香として、あんなに大成功を収めたのだから、竹之内のところにはずいぶんお金があるはず。借金に追われて夜逃げしたあの人が美果からパワーをもらってお金持ちになっていれば、きっと五年前とは違う人間になっているはず)

浩枝はそこに期待した。待ち合わせの場所に、新婚旅行で訪れた嵯峨野・嵐山の玄関口となる駅を指定したのも、きっと竹之内が変わったからだと思いたかった。

そして浩枝は、七時半すぎに、京都駅のＪR嵯峨野線ホームへ向かった。

ホーム手前に売店があったので、鹿堂妃楚香の記事が載っている週刊誌でも買おうと思ったが、新聞の見出しも週刊誌の表紙も、十一日に起きた大震災と、その後につづく原発事故のことばかりだった。

けっきょくなにも買わずに電車に乗った。十九時三十九分発のもので、嵯峨嵐山駅の到着は十九時五十一分である。ひょっとすると、同じ電車に竹之内が乗っているかもしれないと思い、勤め帰りの乗客で混雑する車内を見回したが、それらしき人間はいなかった。

4

嵯峨嵐山駅の改札口はたったひとつで、二階の跨線橋《こせんきょう》に出るようになっていた。浩枝は、改札口を出た真ん前の通路で、元夫の姿を捜したが、まだ、いなかった。

やがて、駅の正確な時計が約束の午後八時を指した。しかし、竹之内は現れない。

時刻表を見ると、午後八時台に京都駅からくる電車は、三分、十八分、二十一分、三十六分、五十六分と書いてあった。反対方向の園部《そのべ》・亀岡《かめおか》方面からくる可能性はまずないだろう。

八時三分到着の電車から吐き出された乗客が、エスカレーターや階段を上って改札口にやってきた。浩枝は目を皿にして竹之内の姿を捜し求めたが、やはり見つからなかった。

そのつぎの八時十八分の列車を待つまでのあいだが長かった。三月末の京都はまだ寒かった。階段の下から跨線橋の通路へと吹き上がってくる夜風に、浩枝は震えた。気温が低いと、火傷の引き攣《つ》れが突っぱるような感じになる。それはずっと治ることのない症状だった。

浩枝は足踏みをしながら両手をこすり合わせた。

（もしかしたら、すっぽかされた？）

そんな気がしてきた。五年ぶりに突然連絡したにもかかわらず、竹之内がすんなり翌日の対面を承諾するなんて、事がうまく運びすぎだとは思っていたのだ。

（それとも、急用ができたのかしら）

しかし連絡を取ろうにも携帯は持っていないし、近くに公衆電話があったとしても、浩枝は竹之内の連絡先を知らなかった。

ゆうべの電話も、組に教えた浩枝の自宅番号に竹之内がかけてきただけだ。そのときに竹之内は自分の連絡先を言わなかったし、あまりにもあっさりと待ち合わせ時刻と場所を指定してきたので、浩枝のほうも彼の新しい携帯番号をききそびれた。

八時十八分の列車から降りてきた乗客の群れの中にも、つぎの二十一分で降りた乗客の中にも竹之内の姿を見つけられなかったとき、浩枝は確信した。最初から彼はくる気がなかったのだ、と。

（こっちは時間とお金をかけて米子からきたのに！）

猛烈に腹が立った。が、そのとき――

「浩枝さん、ですね」

改札口から出ていく乗客の流れの最後尾にいた、背広にコートを羽織った若い男が、浩枝の姿を見て声をかけてきた。まったく見知らぬ顔だった。

「え……はい……私がそうですけど」

浩枝が問い返した。

「竹之内の会社の方ですか」

「そうです。遅れまして大変申し訳ありません。携帯をお持ちでないので、連絡も差し上げられず、少し焦りました。私はいま鹿堂妃楚香の……というか、美果さんのマネージャーをやっております伊刈修司と申します」

若い男は律儀な口調で遅れた詫《わ》びと自己紹介を述べると、手にした黒のスポーツバッグを通路に置き、背広の内ポケットから名刺入れを取り出した。

浩枝は、火傷の痕を見られないように注意しながら両手で名刺を受け取った。

《株式会社インサイド・バンブー制作部　伊刈修司》と印刷された名刺を見てから、浩枝は、背の高い相手を見上げた。

なかなかの男前だった。背広にきちんとネクタイを締めているせいか、竹之内の背後にある組織を連想させるような雰囲気はまったくない。浩枝は警戒心をゆるめた。

「あの、竹之内は？」

「社長はこられなくなりました」

ああ、やっぱり、と思ったが、マネージャーなら、むしろ竹之内よりも気軽に美果の近況を詳しく聞けるかもしれないと気づき、浩枝は落胆しかかった気持ちを立て直した。

「竹之内がこられないことを伝えに、わざわざ京都までこられたんですか？　東京から」

「あ……いえ……まあ……」

なぜか、伊刈は口ごもった。

「それとも、あなたが代理でなにか言伝《ことづて》を預かってきたの？　そうよね？　竹之内がこられないということを言うだけのために京都までこないものね」

「そう……です……ね」

「立ち話じゃナンですから、どこかお茶でも飲めるお店を探して、少しお話をさせていただけませんか」

すると伊刈は、足もとに置いたスポーツバッグを持ち上げて言った。

「お母さん」

「お母さん？」

「美果さんのお母さんだから、そう呼ばせてください」

「………」

突然の呼び方に、浩枝は戸惑った。

お母さん――いったい、そう呼ばれなくなってからどれくらいの年月が経っているのだろう。美果に去られてしまった十年ではきかない。なぜなら、ある時期から美果は、ほんとうに母親をきらって、口も利かなくなってしまったからだ。

（お母さん……そう……私は美果のお母さんだったんだ）

急にそのことを意識して、胸が熱くなった。そして、自分がいまなにを望んでいるのか、ようやくわかった。

（美果から「お母さん」と呼ばれたい）

それだけでよかったのだ。

「ありがとう、伊刈さん」

おもわず瞳《ひとみ》を潤ませ、浩枝は礼を言った。

「私、そんなふうに呼ばれたのは十何年ぶりよ」

ところが、伊刈は浩枝の感動の涙を一気に乾かすようなことを口走った。

「お母さん、私といっしょに警察に行ってもらえませんか」

「なぜ？」

「そうでないと、私はあなたを殺さなければいけないからです」

5

三人掛けの真ん中の席に座った鴨下警部は、斜め右に壬生浩枝と向かいあう形になっていた。

露骨に視線を注ぐわけにはいかないが、相手が窓越しに夜景を眺めているのを捉《とら》えて、チラチラとその様子を窺《うかが》っていた。

（なんてこった。生きていたとはな……）

きょう、心の中で何度くり返したかわからないセリフを、鴨下はまたつぶやいた。

先月二十六日の夕刻、壬生浩枝に対する死体遺棄容疑で逮捕された竹之内彬は、その後、身柄送検されたあとも、代用監獄として引きつづき京都府警本部内の留置場に留め置かれていた。

すでに最初の勾留《こうりゅう》期限である十日間を過ぎていたが、裁判所がさらに十日間の延長を認めたため、京都地検の指揮下に入った鴨下は、司法警察員として引きつづき竹之内彬の取り調べを行なっていた。

そんなところへ、予想もしない話が舞い込んできた。

よりによって聖橋から、鴨下が自信を持って打ち立てた推理が根本的に誤っている可能性を指摘されたのだ。十二月八日の夜、まず聖橋が船岡温泉で氷室に語り、そのあとのことだった。

（手首を切り落とされた女が、まだ生きているだって？　冗談だろ）

氷室といっしょに京都府警にやってきた聖橋から聞かされても、鴨下はすぐにはその仮説を受け容《い》れられなかった。

しかし、翌九日に捜査会議で聖橋説を検討した結果、じゅうぶんにありうる話だという結論になり、九日の夕刻から十日にかけて、山口県警下関署の協力を得て、浩枝の妹・純江が嫁いだ松崎外科医院の内偵を行なった。

浩枝らしき人物の出入りは確認できなかったが、十日の夕刻、食料品が入っていると思われるレジ袋を提《さ》げた純江が病院を出るところを下関署員が目撃し、そのまま尾行に入った。

純江は近くの停留所からバスに乗り、五つ先の停留所で降りると、こぢんまりした木造アパートの一階の角部屋に入っていった。いっしょに夕食でもとっているのか、なかなか出てこず、ようやく外に出てきたのは三時間も経ってからだった。

部屋の住人はけっきょく外に顔を出さなかったが、表札には「阿川」と出ていた。

その情報を得て、鴨下は直感した。

「阿川とは、浩枝の実家がある島戸の最寄り駅だ。それを偽名に使っているのかもしれない」

翌十二月十一日が日曜日なので、そこで一気に松崎純江と夫の外科医院長・松崎潔を追及しようという段取りになった。鴨下は田丸だけでなく、氷室と聖橋にも特別捜査顧問という立場での下関同行を依頼した。

四人が京都駅を出発したのは、日の出とほぼ同時の、早朝六時五十六分だった。

「聖橋さんの推理に脱帽するときが近づいたかもしれません」

東京からやってきた新幹線に乗り込む直前、鴨下は自分の吐いた息で銀縁眼鏡のレンズを曇らせながら言った。

「あなたの推理がなにからなにまで的中している確率が高くなってきたのは、認めざるをえないですね」

レンズが曇っているせいで、鴨下の目の表情はわからない。そこで聖橋がおかしそうな笑みを浮かべてきいた。

「恐れ入ったかね。それともくやしいかね」

「当然、後者のほうに決まっています」

ぶっきらぼうに吐き捨てると、鴨下はステッキをつく聖橋の介助もせずに、一番列車の「のぞみ」にさっさと乗り込んだ。

聖橋は笑って田丸と氷室をふり返り、ぺろっと舌を出してから、あとにつづいた。

下関市内にある松崎外科医院に着いたのは朝十時を回ったころだった。下関署員三名もそこへ合流していた。人海戦術の迫力を出す演出だった。

その狙いどおり、総勢七名で突然押しかけてきた捜査陣に、純江は顔面蒼白《そうはく》になった。一ヵ月以上も前に、鴨下が浩枝の行方をたずねに訪れたときとは、まったく反応が違っていた。

純江が泡を食った顔で夫を起こしにいった様子を見て、鴨下と田丸は顔を見合わせた。聖橋の推理が的中した、と確信して……。

いかにも寝起きという顔で、カーディガンを羽織って出てきた院長の松崎は、年齢は五十一だが髪はだいぶ白くなっていて、六十を越えているといっても信じられる風《ふう》貌《ぼう》だった。

その松崎は、はじめのうちこそシラを切っていたが、鴨下警部が内偵で突き止めたアパートに住んでいる「阿川」とは誰のことかと問いつめると、あきらめたように浩枝をかくまっていることを白状した。

松崎外科医院を訪れていた一行とは別に、アパートの前で張り込んでいた下関署員が連絡を受け、「阿川」の表札が出ている部屋のチャイムを鳴らした。

中から出てきたのは、左腕に義手をつけ、くたびれきった顔をした女だった──

6

妻の純江と田丸警部にはさまれ、鴨下警部の正面に座った外科医院長の松崎潔は、どこで自分は判断を間違えたのだろうかと、頭の中で何度も「あの晩」の出来事を反芻《はんすう》していた。

(やはり、すぐ警察に連絡をすべきだったのだ。そして応急措置だけにして、救急車を呼ぶのが正しかった。再接合の望みがなくても、そうするべきだったのだ)

と、八ヵ月半も前の出来事を他人事《ひとごと》のようにふり返ってみた場合は、そんなふうに冷静な反省もできる。だが、あの血しぶきが飛び散る大混乱の中で、なにが正しくて、なにが正しくないかを判断するのは不可能だった。

(あのとき私は無我夢中だった。頭にあったのは、義姉《ねえ》さんが失血死をしないこと。それしかなかった)

松崎は、斜め向かいの窓際に座る同い年の義姉を見つめた。

(そして応急手術を終えたあと、冷静な判断をしたつもりが、少しも冷静ではなかったのだろう。もうここまできたら、義姉さんは死んだことにするよりない。この世から消えてしまったことにするよりないと、誰よりも強く、この私が確信してしまった。

そしてあんな異常なことをやってしまったのだ。たしかにあの行動は、医者としてのモラルを逸脱していると言われてもやむをえない。しかし一ヵ月、二ヵ月、三ヵ月と時が過ぎていけばいくほど、いまさら真実を言い出しにくくなってしまった）

けれども、と、松崎は唇を嚙《か》んだ。

（生きている人間を死んだことにするなんて、そんなごまかしが長続きするはずがなかった。最初からそれはわかっていたんだ。いつかこういう日がくると……。こんどのような形で手首が見つからなくても、「本体」の存在がバレてしまうのは時間の問題だった。不自然な無理を、何年もつづけられるわけがないのだから）

いったい、自分はどんな罪に問われるのだろうかと、松崎は考えた。

けさ鴨下警部らが乗り込んできたときの様子は、まるで重大犯人をかくまっていた共犯者を摘発するかの勢いだった。だが、自分の存在を消滅させたいという義姉の必死の頼みに応じたことじたいは、罪に問われる行為ではないはずだった。

左腕の切断は浩枝が自ら行ない、医師としての自分が手を貸しているわけではない。それどころか止血、縫合、その後の治療というふうに、明確に救命行為を行なっている。

問題になるとすれば、再接合の可能性がないにしても、設備の整った病院への搬送をしなかった点、事件として警察に通報しなかった点、そして死後切断を装うという発想を伊刈に教え、浩枝が肘《ひじ》の近くで切り落とした腕を松崎自らがノコギリを用いて、さらに短く切ったことだった。そこは異常だったと認めるしかない。

（あのときの義姉さんの興奮状態が自分にも乗り移って、正常な判断力が失われていた）

だが、その行為にしても「死体損壊」の罪にはならない。死体ではないのだから。

窓際の浩枝に目をやると、流れる街明かりを眺めるのをやめて、ゆっくりと目を閉じたところだった。

（義姉さんは、いまなにを思っているのだろう）

左腕にはめた義手を無意識にこすっている浩枝を見ながら、松崎は彼女の心の中がどうなっているのかを考えた。

深夜とはいえ、車窓から見える街明かりが徐々に増えてきた。新幹線は、関西の大都市圏へと近づきつつあった。

7

「私が社長から受けた指示を正直に申し上げます」

事務室にいる駅員に聞かれないよう、改札口から離れた場所へ移動してから、伊刈は緊張した面持ちで浩枝に言った。

「嵯峨嵐山でお母さんと合流したら、少し時間をつぶし、十時ぐらいになったら、京都駅からきた亀岡方面行きに乗って、すぐつぎの保津峡駅で降りるように指示されました」

「そこに、なにがあるの」

「なにもありません」

「なにもない？」

「だから、そこで降りるのです。JRの保津峡駅は峡谷のど真ん中にあって、駅の周りに人家はまったくありません。しかも無人駅です。昼間はハイカーや釣り人が利用しますけど、夜になると三、四キロほど離れた水尾《みずお》の集落へ戻る人がたまに降りる程度です。それも迎えの車が必ずきているわけで、客待ちのタクシーなど一切ありません。だから車の手段がなければ、舗装はしてありますが山沿いの道を延々と何キロも歩いて帰るしかない。そんなところです。あそこは魔界だよ、と社長が言ってました」

すでに結論を先に言われていたため、伊刈の話が進むにつれて、浩枝の顔から血の気が引いていった。

「その真っ暗な保津峡駅の先に、美果さんが待っている旅館があるというふうに、お母さんにお話しする予定になっていました。浩枝は京都のことはほとんどなにも知らないだろうから、そういう嘘も通用するだろうと、社長がそう言いました」

「竹之内が、そんなことを言ったの」

「はい。いまお話ししたように、保津峡駅の周りには旅館ひとつ、店一軒ありません。その暗がりで私はあなたを殺し、山に棄てる手はずになっているのです。川に棄てたら、渡月橋の堰《せき》で引っかかりますから」

伊刈の口調は、完全に下見を済ませたそれだった。いや、もしかすると下見をしたのは竹之内のほうかもしれなかった。

新婚旅行のときには保津峡見物はしなかったが、嵯峨野と嵐山をふたりで存分に楽しんだ。その思い出の地に隣接した場所を、竹之内は別れた妻の処刑の地に選んだのだ。浩枝はショックで身体の震えを止められなくなった。

伊刈の衝撃の告白は、さらにつづいた。

「そして、私がほんとうにあなたを殺したかどうかを証明するために、殺してからあなたの左手首を切り落として社長に見せることになっています。火傷《やけど》の痕《あと》が残っている左手首を」

「なんですって……」

反射的に、浩枝は左手の甲を見た。

「ここにその道具があります」

伊刈はスポーツバッグのファスナーを開いてみせた。刃先にカバーを付けた、小ぶりだがズッシリと重そうな手斧《ちょうな》が入っていた。

浩枝は卒倒しそうだった。

「でも、なぜあなたは私にぜんぶしゃべってしまうの」

「殺せないからです」

伊刈は即答した。

「私は美果さんを愛しています。包み隠さず打ち明けますが、美果さんのほうは、私に個人的な思い入れはありません。報われない一方通行の恋です。でも、愛する人のお母さんを殺せるほど、私は鬼ではありません」

「だったら、このまま帰って」

「いえ、社長は言いました。浩枝を殺さずに帰ってきたら、こんどはおまえの命がないぞと」

伊刈の顔も青ざめていた。

「わかりますか、お母さん。なぜ社長がそこまでの決断をしたのか」

「それほど私が憎いのね、あの人は」

「憎いという感情問題ではありません。お母さんが邪魔だからです」

「なんの邪魔なのよ」

「鹿堂妃楚香の未来にとってです。美果さんではなく、鹿堂妃楚香の未来計画にとって、あなたの存在が危険だと感じたからです」

「竹之内は、そんなふうに私のことを見ているのね！」

「社長ではありません。組長です。組長の八木橋弦矢です。もうごぞんじでしょうけれど、美果さんは札幌に連れてこられてすぐに、組長の女になりました。いまはそれに加えて稼ぎ頭です。組にとっての金の卵です。ですから、いまだに美果さんにこだわるお母さんは邪魔者であり、組の敵なのです」

「私が、ヤクザの敵？」

「そうです。ですから、お母さんの殺害は組長が決めました。そして、竹之内社長に命令を下したのです。社長ご自身の気持ちはわかりません。でも、ショックを受けられたのではないかと思います。だから、とても自分で実行する勇気などなく、私に命令したのです。たぶん社長も、私に言ったのと同じ脅しを組長から言われていると思います。浩枝を殺さなかったら、おまえを殺すぞ、と」

「………」

浩枝の頭がぐるぐると回りはじめた。デパートで五時間以上も考え込んでいたときの異常な精神状態が、ふたたび舞い戻ってきた。

「ですから、お母さんを殺さずに私が帰ったら、間違いなく私は処刑されるでしょうし、社長自身も危ないと思います。組長の息のかかった鉄砲玉が、つねに何人も東京に送り込まれていますから。だけど、人を殺すことをなんとも思っていない彼らではなく、私にあなたを殺す役を任せたのは、私に社長への絶対的な忠誠を誓わせたかったからだと思います。いつまでも美果のそばにいたいなら、命令を聞け、と。そして私なら、万一捕まっても美果さんのために自分ひとりで罪を背負うはずだと思われているのです」

「でもあなたは、警察にいっしょに行きましょうって、言ったわよね。竹之内の命令に逆らうつもりなの？」

「そうです。もう、美果さんの可哀想な立場を見ていられなくなったからです。たぶん、来年ぐらいには鹿堂妃楚香は新興宗教の教祖にさせられます。そんなロボットになった美果さんを、私は見たくない。だから決心したのです。お母さんに、私を警察に突き出してもらおうと。警察にすべてを話して、鹿堂妃楚香のプロジェクトを止めようと。そう決めたのです」

伊刈はしっかりした口調で覚悟を語った。

「まだ具体的になっていませんけれど、秋ぐらいに、ここ京都で鹿堂妃楚香の魔界ツアーというイベントをやろうという企画が大阪のテレビ局から持ち込まれています。

それは二時間のテレビ特番としても放送される内容で、局のほうで決めた題名は『京都魔界伝説の女』だそうです。でも、シャレになりません。美果さん本人が、片足を魔界に踏み込んでいるような状況なのですから。これ以上、あの超能力者キャラにのめり込んだら、美果さんは素顔の自分を完全に失って、精神的にも鹿堂妃楚香から抜け出せなくなってしまいます。それぐらい、鹿堂妃楚香は巨大な化け物になりつつあるんです」

「……」

「お母さんは、娘さんがまったく別の人格になってもいいと思いますか。あなたがお腹を痛めて生んだ子が、嘘で塗り固められた架空の存在にのっとられていいと思いますか！」

「美果は……」

ようやく浩枝は顔を上げ、かすれた声でたずねた。

「私が殺されようとしているのを知ってるの」

「いいえ」

「でも、殺されたら、きっと知るわね」

「感づかれるとは思います。美果さんは超能力者ではありませんが、カンの鋭さはすごいものがあります」

「わかったわ」

浩枝は、唾《つば》を呑《の》み込んでから言った。

「あなたにそこまでの覚悟ができているなら、私についてきて」

「警察に行きますね」

「違うわ。あそこの窓口へ行って、いまからでも小倉行きの最終の新幹線にまにあうかどうか、駅員にきいてきてちょうだい」

「小倉？　小倉って、九州の小倉ですか」

「そうよ。そして小倉からバックして下関に戻る山陽本線の最終に乗り継げるかどうかも、いっしょにきいて」

「下関に行くんですか」

「ええ」

「そこになにがあるんですか」

「いいから、早くきいてきてちょうだい！」

浩枝の金切り声が、連絡通路に響いた。

8

阿川千代子こと壬生浩枝の生存が確認され、浩枝本人からすべてのいきさつを聞き出したとき、鴨下は、魔王殿の謎が解明できた安堵《あんど》を感じるよりも、むしろ呆然《ぼうぜん》となった。

（左手首の主は生きていた？　かんべんしてくれよ。生きててくれてちゃ困るんだよ！）

みんなの前で声に出しては絶対に言えない、捜査官としてあるまじき発言である。だが、それが鴨下の本音だった。

浩枝が生きていたということは、奥の院魔王殿から掘り出された左手首は「生きている人間の一部」であって、「死体の一部」ではなくなる。したがって、死体遺棄容疑の「死体」が、そもそも存在していなかったことになってしまうのだ。

（つまり、竹之内の逮捕容疑が成立しなくなった！）

鴨下は、予想外の展開に愕然《がくぜん》とした。

（死体遺棄の罪だけじゃない。ほかの容疑に切り替えることもできない。死体損壊の罪も問えない。殺人罪も殺人未遂罪も無理だ。あの左手首は自分で切断したと、浩枝が認めたからだ。こんなバカな話があるか。このまま竹之内を釈放する羽目になるなんて）

浩枝が発作的な行動に出たのは、元夫による冷酷な殺害指令を聞いて逆上したからだった。だから浩枝は、取り乱して自分の左腕を切り落としてしまった。

その原因を作った男を、無罪放免とするなど、鴨下のプライドが許さなかった。八木橋組長を証拠不十分で釈放せざるをえなかったのにつづいて、竹之内まで無罪放免となっては、京都府警というより、鴨下自身の面目が丸つぶれだった。

なんとかならないかと、鴨下は必死に頭を働かせた。


竹之内追及の手段として、わずかに望みがあるのは、伊刈が嵐山で両方の眼球を刺され、それが原因で死亡した事件だった。あれは、組を裏切った伊刈への見せしめだった。だからこそ、あんな残虐な方法で処刑された。

そのとき竹之内は、京都府警に逮捕された直後だった。したがって、彼が直接手を下すのは物理的に不可能だ。だが京都府警に出向く前に、伊刈の始末を組の者に指示していた可能性は大いに考えられた。

事実、死亡した伊刈が所持していた携帯には、死のおよそ三十分前の午後七時半に公衆電話からの着信があった。さらにその四時間前、午後三時半にも公衆電話からの着信があった。

公衆電話の利用が激減している現在、これは明らかに番号通知の痕跡《こんせき》を残さずに、しかし発信者を相手に察知させる一種の「暗号」とも解釈できた。その電話の主が伊刈を誘い出して、残酷な方法で裏切りの報復に出た。

伊刈が死亡した渡月橋の五キロほど上流には、渓谷の無人駅・保津峡がある。そのそばには別の路線でトロッコ保津峡駅もあるが、たぬきの置物が並んで観光気分を醸し出しているトロッコ列車の駅と違い、JRの保津峡駅は、渓谷を曲がりくねって流れる保津川の上に架かる日本でも珍しい橋上《きょうじょう》駅であり、昼間は絶景を楽しめる場所だが、夜は「魔界」と呼んでも差し支えない雰囲気に包まれる。

そこでの処刑命令を裏切った伊刈を追及するには、その下流にある渡月橋は、それなりに意味のある場所だった。

奥の院魔王殿から発見された手首が壬生浩枝のものと確定したとき、殺害の指令を出した組長の八木橋弦矢と竹之内彬にとって、それは「死体の手首」だった。つまり、自分たちの仕掛けた殺人が、おもわぬ形で世の中にさらされてしまった形になったのだ。

そのひどい裏切りをした伊刈が警察に逮捕されたら、すべてをしゃべるのは確実だった。浩枝が生きているとは知らない組長と竹之内にしてみれば、自分たちが殺人事件の主犯格で逮捕されるか否かの大ピンチだった。

（そういう流れからすれば、伊刈を殺したのも、組長や竹之内の指示によるものであるのは間違いない。そこをなんとか衝《つ》くしかないのだが……。問題は、竹之内にいつ、どんな形で知らせるかだ。あんたの別れた奥さんは生きているんだよ、という事実を……）

竹之内を伊刈修司殺害の黒幕として再逮捕できるか否かは、その知らせ方いかんにかかっている、と鴨下は覚悟を決めた。

9

二十時四十九分に嵯峨嵐山駅を出る京都行きの上り電車に、浩枝と伊刈はギリギリで乗り込んだ。京都駅着が二十一時五分。連絡通路を走って新幹線乗り場へと急ぎ、二十一時十三分に京都を出る最終の博多《はかた》行きにまにあった。

全長十八キロに及ぶ新関門トンネルをくぐって九州に渡り、二十三時四十分に小倉着。日付が変わって三月三十日、午前〇時〇四分に小倉を出発する最終の上り山陽本線に乗り、こんどは在来線の関門トンネルを通り抜けて、また本州に戻り、十四分後の〇時十八分、ふたりは静まり返った下関駅に着いた。

「浩枝さん」

ひとけのない下関のホームに降り立った伊刈は、もう「お母さん」ではなく、相手を名前で呼んでいた。

新幹線の車中で聞かされた衝撃的な計画に、伊刈は打ちのめされていた。もはや浩枝は「お母さん」と呼べる存在ではなく、怨念《おんねん》に取り憑《つ》かれたひとりの女という目でしか見られなくなった。

「ほんとうに、やるんですか」

「やるわよ」

伊刈が提げているスポーツバッグに目を向けて、浩枝は言った。

「予定どおり、あなたは私の左手を持ち帰りなさい。そして、竹之内に見せてやりなさい」

10

新神戸を出た新幹線は、まもなく終点の新大阪に到着する——車内アナウンスがそう告げると、車内のあちこちで乗客が降りる支度をはじめてざわついた雰囲気になった。

二人掛けの席を独占して熟睡していた聖橋甲一郎も、目を覚まして大あくびをした。そして通路の向こうの六人に目をやった。通路側に座る田丸警部と氷室と目が合った。

「どうなるんでしょうなあ」

どちらに言うともなく、聖橋がつぶやいた。

「どうなりますかな」

と、応じる田丸の目は、当事者がいる前で、答えられるわけがないでしょう、と語っていた。そして田丸は、「ちょっと失敬、トイレへ」と言い残してデッキのほうへ行った。

すると氷室も、なにか話したそうな聖橋に「すみません、ぼくも」と断って席を立った。その後ろ姿を、鴨下がずっと見送っていた。

デッキに行くと、田丸警部は洗面台の前に立っていた。

「あれ、トイレはいっぱいですか」

洗面台の鏡に映っている田丸に氷室が問いかけると、田丸も鏡の中で目を合わせて答えた。

「いや、おれはべつにションベンをしたくて立ったわけじゃないから」

「ぼくもそうなんですけど」

と氷室が答えると、鏡の中でニヤッと笑ってから、田丸はふり返った。

「だろうと思ったよ。さっきからなんとなく話をしたそうな様子でおれを見ていたからな」

「以心伝心ですね」

「で、話はなんだい」

「このあと鴨下警部は、どうするつもりだと思いますか」

「どうするつもり、とは？」

「あの人は、竹之内社長を無罪放免することに、非常な抵抗があるんでしょう？」

「そのとおりだね。彼の気持ちはわかるよ。口には出さんが、おれにはわかる。なんで生きてたんだ、死んでてくれなきゃ迷惑だ、ってところだろう」

田丸は、さすがに鴨下の心理をズバリ読んでいた。

「浩枝さんが生きていたために、鴨下の戦略は根底から狂った。仮に竹之内が伊刈に殺人指令を出したメモや録音などの物証が見つかったとしても、その殺人じたいが実行されなかったんだから、殺人教唆《きょうさ》を理由に殺人罪の共犯に問うことはできない。もちろん、逮捕の理由としてきた死体遺棄罪はもろ不成立。なんせ手首は本人が自分で切ったうえに、ごていねいにお医者さまが二度目の切断を行なったというんだから、どうにもならない。その二度目の切断に関してだって、松岡院長に対してさえ死体損壊罪が適用できない、というオマケつきだ」

田丸は太い眉毛《まゆげ》を親指で掻《か》いた。

「鴨下としては、誰かを逮捕して気分を収めたいところだろうが、なんの罪も犯していない壬生浩枝をかくまっていたからといって、松崎夫妻らが、犯人隠匿《いんとく》罪になるわけでもない。生きてる人間を死人に見せかけた罪でも作らんことにはな」

「このあと京都府警に全員を連れていって調書をとるんでしょうけど、鴨下さんは竹之内社長に対して、浩枝さんの生存をどのタイミングで、どういうふうに伝えるんでしょう」

「おれはまだ聞かされていないが、やり方は容易に想像できるね。いきなり浩枝さんを引き合わせてショックを受けさせ、すべてを自白させるつもりだろう。組長の指示を受けたのか、それとも自分で決めたのかという点も含めて、壬生浩枝を殺すために伊刈修司に指示を出したという事実を吐かせる」

「でも、ショックのあまり自白したとしても、警部がおっしゃるように、それだけではなんの罪にも問えないわけでしょう？」

「その勢いをかって、伊刈殺害を本件にもっていくつもりさ」

田丸は、鴨下の手の内は見通せているという顔で言った。

「伊刈が両目に火箸《ひばし》を突き刺されるという残虐な処刑をくらったとき、竹之内は京都府警に逮捕されていた。だが、その前に殺害指令を出すのはじゅうぶん可能だったし、こっちは実際に殺人が起きているんだから、教唆犯《きょうさはん》として殺人罪の共犯に問えるという理屈だ。そして伊刈を殺す動機は、まさに壬生浩枝『殺害』の共犯者だったからだ。

だから彼の口封じが必要だった。そこまで吐かせれば、魔王殿の謎は完全に解き明かされたことになり、鴨下も満足だろう。彼はそこに賭《か》けている」

そう言ってから、田丸は氷室の瞳《ひとみ》を覗《のぞ》き込むようにしてきいた。

「で、なにかきみの言いたいことは？」

「いまさらこんなことを言ったら、混乱するばかりだと思うのですが……」

「かまわんよ。きみの言うことを頭ごなしに笑ったり否定したりするおれじゃないことは百も承知だろ？」

「ええ。ですから警部にお話しするんですけど……鴨下警部が予定されている竹之内社長の攻略法を変えてもらえないでしょうか」

「ほう？　なぜだね」

「ぼくは八日の夜、船岡温泉で聖橋博士から『壬生浩枝は生きている』という、予想もしなかった観点からの指摘を受けて愕然《がくぜん》としました。言われてみると、なんでそういう逆転の発想を考えてみなかったのだろうかと」

「いや、まったくおれも同感だよ。そういう着想は、まずプロの捜査員が抱いてみるべきだったのに、とね。鴨下も同じだっただろう。とくにあいつは、自分から聖橋博士を京都府警の特別捜査顧問に依頼しておきながら気が合わないんだからな。だいぶ複雑な心境だったようだ。……で？」

「たしかに聖橋博士の予想はほとんど的中していました。でも、ひとつだけ大きなところで違っているかもしれないという気がしてきたんです」

「どこが」

問いかける田丸の耳に、氷室は小声でささやいた。

わずか十秒ほどの言葉だったが、田丸の表情がみるみるうちに変わっていった。そして、氷室が耳元から離れると、その顔をまじまじと見つめてつぶやいた。

「そんな……そんなことってあるのか」

11

終点が近づき、ざわつきはじめた車内にあって、松崎純江はまだ目を閉じている姉の顔をじっと見つめていた。

あの夜の出来事は八カ月経っても片時も忘れられなかったが、今回の警察の出動によって、真っ赤な鮮血に彩られた惨劇の光景が、ふたたび脳裏に生々しく甦《よみがえ》ってきた。何度も、何度も、くり返し、くり返し——

三月三十日の午前一時半ごろ、姉の浩枝はなんの予告もなしに現れた。しかも、純江にとってはまったく見ず知らずの若い男を連れて。

姉だけだと思って、パジャマの上からガウンを引っかけただけの格好で玄関の鍵《かぎ》を開けた純江は、そばに男がいるのを見て、そして姉の異様な眼差《まなざ》しに気づいて恐怖に襲われ、二階で寝ている夫を大声で起こした。

驚いた松崎が、やはりパジャマ姿で玄関先まで駆け下りてくると、上がり框《がまち》に立つふたりに向かって、浩枝は一気にまくし立てた。竹之内がここにいる伊刈という男を使って、自分を殺しにかかってきたことを。

純江はショックで金縛りにあったように動けなかった。とくに、その実行犯を命じられた若い男がそばにいることが恐怖だった。

竹之内の殺害計画を浩枝に打ち明け、警察へ突き出してほしいと申し出てきたというこの男を、ほんとうに信じてよいのか——純江の判断はノーだった。早く一一〇番しなければ、と、そればかりを考えていた。

だが真の恐ろしさは男にではなく、浩枝そのものにあった。そのことに、純江はすぐには気がつかなかった。

「私はね、ほんとうは、この人にこれで殺されるはずだったんですって」

浩枝は、伊刈が片手に提げているスポーツバッグのファスナーを自分で開けて、中からずっしりとした量感のある手斧《ちょうな》を取りだした。長さは短いが刃先は大きく、重そうだった。

浩枝は、刃先にかぶせてある革の安全カバーをはずした。

純江は、小さな悲鳴を上げた。

「お義姉《ねえ》さん」

松崎があわてて言った。

「そんな物騒なものを持ってちゃいけません。こっちに貸しなさい」

松崎がなだめようとした、そのときだった。浩枝が伊刈をふり向き、怒鳴った。

「そんなに竹之内が私の手首を見たけりゃ、見せてあげるわよ」

土間にひざまずくと、浩枝は沓脱《くつぬ》ぎ用の石に左手を載せると、肘《ひじ》の近くのところへ、服の上から手斧をふり下ろした。

純江が絶叫を張り上げた。いや、顔だけだった。顔だけが叫んでいて、声は出なかった。

松崎も、目の前で起きたことが受け容《い》れられず、凍りついていた。

伊刈は両手の拳《こぶし》を握りしめて、それを見ていた。

洋服の袖《そで》は完全には切れなかった。しかし、その中身は斧《おの》の一振りで切断された。

浩枝は斧をほうり投げ、右手で左手首をつかんで引き抜いた。わずかに切れ残っていた布地が引きちぎれ、左腕の肘から先が、洋服の袖をつけたままの姿で浩枝の右手に握られた。

さらに浩枝は、歯を食いしばって猛烈な激痛に耐え、左腕を持ったまま、よろよろと立ち上がった。大量の血液が、浩枝の左肘《ひだりひじ》から土間に流れ落ちた。

玄関脇の下駄箱の上には水盤《すいばん》が置かれ、そこに遅咲きの白い水仙《すいせん》が生けてあった。それが浩枝の目に留まった。

浩枝以外の全員が棒立ちになっている中で、彼女は切断した自らの左腕を右手で頭上高く振りかぶり、切断面を下にして勢いよく水盤の底めがけて叩《たた》きつけた。

玄関の天井に、壁に血しぶきが飛び散り、へし折られて倒れた水仙の白い花びらが血に染まった。

水盤の底に沈めてあった剣山《けんざん》の針に突き立てられた左腕が、五本の指を花のように広げて咲いた。そして、剣山の針の刺激によるものなのか、五本の指がバラバラに動いた。

こんどこそ純江は悲鳴を放ち、同時に浩枝は土間に横倒しになった。

その悲鳴が終わると、剣山の上で直立していた下腕部がバランスを崩して倒れ、下駄箱の上でいちど弾んでから、土間に転がり落ちた。

「きみ、突っ立ってないで手伝え！」

我に返った松崎が素足で土間に駆け下り、血まみれの浩枝を抱きかかえながら、棒立ちになっている伊刈に叫んだ。

「大至急、手術室に運ぶんだ」

夫と伊刈が浩枝を抱えて家の廊下を突っ切り、屋内で繋《つな》がっている病院棟へ運んでいったあとも、純江は、上がり框に立ち尽くしたまま、土間に転がっている姉の左下腕を呆然《ぼうぜん》と眺めていた。震えが止まらなかった。

いまでこそ医療現場の仕事はほとんどしていないが、純江自身も看護師の資格を持っていた。若いころ松崎と知りあったのも勤務先の総合病院だった。だから素人のように、血を見ただけで失神するということはない。

それに当時の勤務先は救急指定病院だったから、あらかじめ準備を整えてから臨む手術だけでなく、事故現場から救急車で運び込まれた修羅場の縫合手術にも、看護師として何度も立ち会っている。ちぎれた腕を見ただけで気を失うということもない。

だが、今回は話が別だった。

頭の中が真っ白になって、いま目の前で起きたことがどうしても理解できなかった。

「純江!」

夫の声が奥から聞こえた。

「なにやってんだ、早く手伝え。腕を拾って持ってこい!」

その声で、純江は金縛りから解けた。

土間に駆け下りて、姉の腕を拾った。

剣山に突き立てられた切断面は、悲惨な状態になっていた。

（これは……つながらない）

直感的にそう思った。

「早くこい！」

病棟のほうから、また夫が大声で呼ぶ。

「はい！」

腕を抱えて、手術室へ走った。

はだけたガウンの中に着ていたパジャマが、みるみるうちに姉の血で赤く染まった。

姉はすでに手術台に乗せられていた。松崎が着ているパジャマも、血で真っ赤に染まっていた。初対面の男は、手術台の脇で呆然と立ち尽くしていた。

「腕はそこへ置け」

浩枝の左腕の付け根を服の上から強く縛って、とりあえず出血を抑える措置をしながら、松崎は手術台のそばにある銀色の膿盆《のうぼん》をアゴで示した。

「それから、豊《ゆたか》を呼ぶんだ。電話で叩き起こして、起きなかったら呼びに行ってこい」

豊というのは、松崎の弟でやはり外科医師だった。この外科医院を兄といっしょに経営しており、走っていけば二分とかからない距離に住んでいた。

「救急車は」

純江は当然の質問をした。

すると、痛みで失神していたかと思われた浩枝が、手術台の上から叫んだ。

「救急車は呼ばないで！　潔さんが助けられなかったら、それでいい」

「なにを言ってるの、姉さん」

「私だって死にたくない」

天井を見つめたまま、浩枝は叫んだ。

「でも、竹之内がそんなに私を殺したいなら、殺されてやる。この世の中から消えてやる。そこにいる伊刈さんに、腕は持って帰ってもらう」

「だめよ、そんなこと」

「腕はつながないで！」

浩枝はわめいた。

「絶対につながせない！」

いきなり浩枝は身体をひねり、左肘直下の切断面にかぶりついた。

「姉さん！」「義姉さん！」

純江と潔が止めるまもなく、浩枝は切断面の肉を大量に食いちぎった。

そして、あおむけの姿勢に戻ると、ペッとそれを宙に吐き捨てた。

肉片は手術台の真上に飛んで、それから浩枝自身の顔に落ちた。

「腕は、絶対、つながせない」

唇の周りも歯も真っ赤に染め、肉片をまぶたの上にへばりつかせて浩枝はつぶやいた。

「腕は、竹之内のところへ、持っていかせる」

「わかったから、義姉さん、落ち着け。純江、とにかく豊に電話をしろ。それから鎮静剤だ」

大声でそう指示してから、純江を手招きして呼び寄せ、その耳元にささやいた。

「豊が十分以内にこれなかったら、救急車を呼ぶ。十分以内にきたら、その後のことは手術が終わってから考える。どっちにしても、この腕はもうつながらない」

12

夫の弟はすぐに電話に出て、彼もパジャマ姿のまま五分で飛んできた。

再接合さえあきらめるなら、設備の整った病院にふたりの外科医がいれば、浩枝の命を救うことそのものは、それほど難しい問題ではなかった。

輸血も必要だったが、必要な分ぐらいの保存血はあった。純江の血液型も適合したが、手術の助手として立ち働かねばならないため、輸血される側に回る余裕はなかった。

手術中は、夫も夫の弟も、そして純江も、いま自分たちが置かれた特殊な状況を頭からふり払い、プロフェッショナルとしての仕事に没頭した。

伊刈修司は、その様子を離れたところで、ただ呆然と見つめていた。

縫合手術が終わり、浩枝を空いている個室に移したあと、純江たちは全員が放心状態だった。

いつのまにか、外は白みかけていた。

純江が気がつくと、夫の潔が外科手術用のノコギリ《ボーン・ソー》ではなく、日曜大工用のノコギリを持ち出して、切り落とされた姉の左下腕部を、さらに手首のところで短く切っていた。

「私には斧《おの》など使えない」

妻や弟の視線を背にした松崎は、ノコギリを挽《ひ》きながら誰に聞かせるともなくつぶやいた。

「だが、ノコギリならば、あくまで外科手術の一環だと自分に言い聞かせられる」

もはや純江は、夫の行為を咎《とが》める気力を失っていた。弟の豊も、無言で兄のすることを見つめていた。

人間の骨を切断するために作られたボーン・ソーを使ったほうが作業は楽だったが、それでは万一、手首が警察に見つかった場合に、医療関係者の関与が疑われてしまう。だから松崎は、通常のノコギリを選んだ。そして、なぜそのような再切断をする必要があるのかという理由を、伊刈に淡々と説明していた。

松崎にとって、一時のパニック状態は、医者として縫合手術を行なっているうちに完全に収まっていたらしい。純江は、そう見ていた。しかし、いくら落ち着きを取り戻したからといって、細かいところまで気が回る夫を、純江は不気味とさえ感じはじめていた。

「これを持ち帰りなさい」

松崎は、伊刈に向かって静かに言った。

「医療用のクーラーボックスを貸すわけにはいかないから、いま、家内に食品用のクーラーボックスと氷を用意させる。医療用ほど保冷力はないので、竹之内さんに見せるという用が済むまでは、氷の詰め替えを怠らないように。それから、すべてが終わったらクーラーボックスは処分し、手首は絶対に人目につかない形で処分しなさい」

そして松崎は、自分に非難がましい視線を向けている妻と弟に向き直って言った。

「一般道徳に基づいた最善の行動は、警察に連絡をすることだ。それぐらい私にわからないではない。しかし、義姉《ねえ》さんが自らの腕を切り落とした思いを、私は無駄にしたくないのだ。義姉さんは、自分の生命を救ってくれ、美果ちゃんのことも考えてくれている伊刈さんに、こういう形で感謝を示した。そうでなければ、いまごろ義姉さんは、この人に殺されていた」

伊刈を見て、それから、もはや新鮮な状態で保存する必要がなくなった浩枝の手首に目を向けて、松崎はつづけた。

「義姉さんが自分の腕を切り落とさなければ、私だって警察に行けとふたりに勧めたよ。だけど、いまさら警察を呼んだところでどうなる。浩枝さんの腕は、ただ無駄に切り落とされただけに終わるんだぞ。伊刈さん、あんたもそう思うだろう」

松崎に問いかけられ、伊刈は青い顔でうなずいた。

「あんたがいったんは警察に自首する覚悟を決めていたなら、浩枝さんがなにを言おうと、初志貫徹して警察に行くべきだった。それを浩枝さんの突拍子もないアイデアに乗せられたのは、自分のどこかに、やっぱり警察につかまりたくないという気持ちがあったからだよ。違うか」

相手が暴力団組織に関係した人間であるにもかかわらず、松崎は容赦なく伊刈を責めた。

「もちろん、あんたが義姉さんを殺さなかった点は感謝している。だが、こういう結果を招いたことに対するあんたの責任がゼロだとは言わせない」

「わかってます」

伊刈は短く言った。

「義姉さんは、可哀想な人だ」

もはや元の持ち主の身体には戻れない手首を見て、松崎は言った。

「いままで義姉さんの孤独な気持ちをわかってあげられなかったことを、私は悔やんでいる。だからこそ、いま、身内としてできることは、義姉さんの気持ちを汲《く》んで、その意に従うことだと思う。切り取られたこの手首を見て、浩枝さんは殺されたのだと理解したときに、竹之内さんがどんな思いにとらわれるのか――少しでも人間としての心が残っていれば、義姉さんと一度は夫婦でもあった竹之内さんは苦しむはずだ。そういう苦しみを与えることが、義姉さんを殺そうとした人間に対する復讐《ふくしゅう》でもあると思う。その復讐を、私はさせてあげたいんだ。……わかるか、純江」

松崎は、浩枝の妹である妻に向き直った。

「義姉さんは自ら腕を切り落としてまで、竹之内さんに自分が死んだ証拠を見せつけたかった、冷酷非道な命令を下した竹之内さんに見せつけたかった。おそらく竹之内さんは、この手首の姿形を一生忘れないだろう。それが義姉さんにとっては最高の復讐となるんだ。義姉さんの無念の思いを、悔しさを晴らしてやろうじゃないか。そのためには、義姉さんは死んでいなければならないんだ。実際には生きていても」

「で、兄貴……」

着替えるひまもなく外科手術を手伝った弟の豊が、血まみれのパジャマ姿で口を開いた。

「これから、どうする」

「まずは全員、シャワーを浴びることだ。着替えはおれのを貸す。そして、このあと手術室と玄関の掃除をいっしょに手伝ってほしい」

「いや、そういう細かいことをきいているんじゃないんだ。このあと浩枝さんをどうするつもりなのか、とたずねているんだ」

「とりあえず個室に移しておいたが、ほかのスタッフがくる前に、義姉さんは我が家の奥の部屋に移す。そして左腕の状態が安定するまでは、我々三人だけで予後の治療にあたる。ほかのスタッフには口外無用だ。豊も、今夜の出来事は嫁さんどまりにしてくれ」

「無理だよ、兄さん、それは」

豊が首を左右に振った。

「実際に生きている人間を、死者として隠そうなんて無茶だ」

「無茶なのはわかってる」

松崎は、決して感情的にならず、静かに答えた。

「米子のほうで義姉さんの失踪《しっそう》に気づいて騒ぎになるのは、そう先の話ではない。早ければ、きょうのうちにそうなるだろう。誰かが捜索願を出せば、ただひとりの身寄りである純江のところに警察がたずねてくるのは間違いない。そのときは、姉妹仲が悪くておたがいに音信不通になっていたと言えばいい。実際それに近い状況だったし、ここへくるのにも、事前に電話連絡一本あったわけじゃない。我々は壬生浩枝という女性とはつきあいがない。そう思い込め」

「でも……」

と、純江も反論しかけたが、それを松崎は片手で制した。

「いまから大切な心構えを話すから、伊刈さんも聞いてくれ。まず第一に、我々がやっている行為は犯罪ではない、非常識ではあるが非合法ではないという点を全員が肝《きも》に銘じて、妙な罪悪感を背負わないでほしい。第二に、その非常識な行動は、浩枝さんの切実な気持ちを手助けしてあげるためのものだという点を、自分の頭にたたき込んでほしい。とくに純江にとっては、これは肉親としての情愛だ」

松崎は「情愛」というところを強調した。

「そして第三に伊刈さん、あんたは我々とは、これを最後に一切接触しないことを約束してもらいたい。もちろん、義姉さんに対してもだ。壬生浩枝はあんたに殺されてこの世にはいないんだから」

「わかりました」

硬い表情でうなずく伊刈に、松崎はさらにつけ加えた。

「それから、この内幕を絶対に美果に話してはならない」

「それも、わかりました」

「そして最後に」

松崎は三人の顔を交互に見て言った。

「万一、義姉さんの存在が隠しきれなくなったときは、今夜の行動は、義姉さんが精神的に取り乱した末に起きた自傷事故であり、対外的な体裁を考えて、内々で処理したことにする。わかるな。医師としてその事実を隠蔽《いんぺい》してきたのは、世間体が悪いと思ったからだ。たんに、それだけだ。少なくとも、元夫に殺されようとした事件が原因とはしない。

義姉さんが、あの鹿堂妃楚香の母であるという情報さえ洩《も》れないようにしておけば、マスコミが大騒ぎするようなビッグニュースにはならない。そこが義姉さんにとっても、我々にとっても、伊刈さんにとっても、それから美果ちゃんにとっても、いちばん重要だ。

これは私から浩枝さんにハッキリ約束させよう。壬生浩枝が殺されてこの世から消滅したことになっているあいだはもちろん、もし生存を隠しきれなくなっても、美果ちゃんに二度と接触してはならない、と。親子の縁は、本日をもって完全に切ったことにしてもらう。したがって、札幌の組にとっても、もう壬生浩枝は邪魔者ではない。だからこそ」

松崎は、もういちど伊刈に念を押した。

「殺人の証拠としての手首の使命が終わったら、それを絶対に見つからない形で処理をしてほしい」

13

（あのとき、伊刈という男は、夫の念押しに力強くうなずいた）

終点の新大阪へ向けて、新幹線が徐々に減速してきたのを車窓の流れに感じながら、純江は納得のいかない思いにとらわれていた。

（でも、けっきょく彼のほうから約束を破ってしまった。いちばん、世間から騒がれるような格好で。おかげで、こんな形で姉さんの存在がおおっぴらになってしまった。そして伊刈自身も、自分で恐れていたとおり、殺されてしまった）

いまだに目を閉じている姉を真正面から見つめて、純江は心で深いため息をついた。

(いまはまだ、手首の真相は警察の人しか知らない。竹之内さんも美果ちゃんも知らない。姉さんがこうやって生きていることを……。でも、マスコミに伝わるのは時間の問題。そうなったら、姉さんは精神的に耐えられるのだろうか。それに松崎だって、豊さんだって、この私だって、世間からどんな非難を浴びるかしれない。そのときが目の前に迫っている。それに私たちは耐えられるだろうか。

伊刈が生きていたら、問いつめてやりたい。なぜあなたは主人との約束を破って、よけいなことをしたの、と。用が済んだら棄てなさいと松崎があれほど念を押したにもかかわらず、どうしてあなたは姉さんの手首を保存していたの。

美果を愛していて、いまの美果の立場に同情して、手首の真実を明らかにするためにやった、って言いたかったんだろうけど……それが美果を本来の美果に戻す方法だって言いたかったんだろうけど……でも、あなたはぜんぜんわかってなかったのよ。おかげで、みんなの人生がめちゃめちゃになるってことを)

そこまで考えたとき、ポン、と手を叩《たた》かれた。隣に座る夫の松崎だった。

「降りるぞ」

気がつくと、新幹線は新大阪駅のホームに滑り込んでいた。

そんなことさえ、純江の頭には情報として入っていなかった。降りる客だけのために明かりが灯《とも》されているホームは、ガランとして寒々しかった。

いかにも冬の終着駅だった。

「義姉《ねえ》さん」

松崎が、まだ目を閉じたままでいる浩枝に呼びかけた。

「着きましたよ。新大阪です」

浩枝はゆっくりと目を開け、「はい」と小さく答えた。

「おい、マル」

浩枝らを伴って新幹線からホームに降り、出迎えの大阪府警捜査員と挨拶《あいさつ》を交わして彼らに三人をまず預けてから、鴨下は田丸のそばへつかつかと歩み寄り、銀縁眼鏡のレンズから冷たい視線を光らせて言った。

「さっきは氷室想介とデッキでなにを話していた」

「え？」

「とぼけるな、マル。あのタイミングでふたりそろってトイレに向かうなんて、それが連れションだったと、このおれが信じると思うか」

「あとで話すよ、あとで」

「どうせ、ロクでもないことを考えているんだろう」

新幹線から吐き出されて、それぞれの終電乗り継ぎへと足早に急ぐ乗客の流れにあって、鴨下と田丸だけが止まっていた。

「言っとくけどマル、これは京都府警の事件だからな」

「わかってる」

「おれの事件なんだからな」

「わかってるよ、カモちゃん。だからこそ……」

白い息を鴨下の顔に吐きかけて、田丸は言った。

「おまえに冷静に聞いてほしいことがあるんだ。府警に着いたら話す」

「あの人たちは、なにを話しているんでしょうなあ」

少し離れたところで、聖橋がいぶかしげな顔で氷室にたずねた。

「どうも私の見立てたところでは、あのふたりは親友だというが、そうでもなさそうだし」

「いえ、間違いなく親友ですよ」

深刻な表情で会話を交わしている田丸と鴨下を見て、氷室は言った。

「絶対に、あのふたりは親友です」

第八章　無限大の復讐

1

十二月十二日、月曜日、午前五時——

まもなく冬至を迎える京都では、闇の時間帯がまだまだつづく。日の出時刻は、およそ二時間も先である。そして未明の京都盆地は、「京の底冷え」という名にふさわしい、骨の髄まで染みいるような寒さに見舞われていた。

鬼門封じの猿を屋根に飾った赤山禅院から一キロほど北東に行った左京区上高野《かみたかの》八幡町《はちまんちょう》は、すぐ東に比叡山を背負っているだけあって、寒さもまた格別だった。

ここではまだ川幅の狭い高野川は、西の下流に進めば出町柳のところで貴船川や鞍馬川の水を集めてきた賀茂川と合流して鴨川となり、逆に東の上流方向へ六百メートルも遡《さかのぼ》れば、宝ヶ池駅で鞍馬線と分岐した叡山本線の終点である八瀬比叡山口《やせひえいざんぐち》に到達する。その先にはケーブル八瀬駅があって、一気に比叡山の山肌を山頂まで駆け上がる。

そんなロケーションの一角に、古びた木造の平屋建て一軒家があった。東隣は寺院で、背後はすぐ山、そしてひとかたまりの竹林が冬の夜風にゆったりと揺れていた。

「あそこが美果さんに当座の隠れ家として住んでもらっている場所です」

周辺の道幅が狭いため、ミニパトではないが捜査用の軽自動車を選んで運転してきた鴨下が、少し離れたところに建っている一軒家を指差した。

玄関先に、ぼんやりとしたオレンジ色の明かりが灯っていた。その明かりひとつで、平屋建てのシルエットが闇に浮き上がっていた。夜明け前の午前五時では、このあたりでは誰も歩いていないし、車の通行もなかった。

「美果さんは警察病院にはもういないと知ったマスコミの連中は、東京に戻ったんじゃないかと思っているようですが、じつはまだ京都から離れていなかったのです。でも、まさかこんな場所にいるとは思わんでしょう」

「美果のお友だちは？」

助手席の壬生浩枝がきいた。

軽自動車に乗っているのは、彼女と鴨下のふたりだけだった。

「岩城準君ですか。彼は、いったんカナダに帰国してもらいました。もう少し状況が落ち着いてからでないと、彼も騒動に巻き込まれますからね」

「では美果はいま、どうやって食べているんでしょうか」

「お母さんらしい質問ですね」

鴨下の口から出た「お母さん」という言葉に、浩枝はピクンと身を縮めた。

「だって、お腹を痛めて生んだ子ですもの」

「その点はご心配なさらないでください。ウチの女性職員が毎日定期的に訪れて、食糧の差し入れをしたり、かんたんな食事を作ってあげたりしています」

「でも、なぜこんなところに」

「もちろん、マスコミ対策や暴力団の報復を警戒してのこともありますが、この静かな環境でカウンセリングをしてもらっているのです」

「カウンセリング？」

「ええ。セラピーといったほうがいいのかな。さっきまでいっしょだった精神分析医《サイコセラピスト》の氷室想介先生に、定期的にここでＰＴＳＤの治療を行なってもらっています」

「ＰＴ……？」

「いろいろと心が傷ついておられますのでね」

「かわいそうに」

浩枝は涙ぐんだ。

「竹之内のために、どんなに恐ろしい思いをしたでしょう」

「さて、いいですか、浩枝さん。あなたの役割をもういちど確認させてもらいます。下関からおいでいただいて、一睡もしないうちにこんなご協力をおねがいして心苦しいのですが」

「いいえ、かまいません」

浩枝は、毅然《きぜん》とした態度で言った。

「あの子を助けられるなら、そして竹之内に報いを受けさせられるなら、どんなことでもいたします。寝ていないなんて関係ありません。ぜんぜん眠くありませんから」

「ありがとうございます。お母さんがそういうふうにしっかりしてくださると助かります。では最終確認です」

運転席に座る鴨下は、ハンドルに片手をのせ、助手席のほうへ身をよじって竹之内美果の母を見つめた。

「竹之内社長は、夜が明けて遅くとも午前九時までには釈放せざるをえません。まだ彼にたずねたいことは山ほどありますし、延長された勾留《こうりゅう》期限にもまだ余裕があります。しかし、あなたの生存によって逮捕容疑である死体遺棄罪が成立しないとわかったからには、これ以上、警察の施設に留めておくことはできないのです。そして、いったん釈放してしまえば、強制的な取り調べもできなくなる。ですから、これからの三、四時間が勝負なんです。残り時間はほんのわずかです」

「わかっております」

「美果さんは、なにも知らずに寝ています。父親の指令で殺されたと思ったお母さんが、じつはまだ生きていたとは知るよしもありません」

　鴨下の言葉に、浩枝は黙ってうなずいた。

「しかし、その一方で、美果さんは、あなたに対して心を閉ざしてしまわれているようです」

「ええ……悲しいことですけれど」

「その状態では、間接的にあなたの生存を聞いても、かえって混乱するばかりだと思うのです。ですから我々としては、思い切った方法に踏み切ることにしました。あなたがいきなり訪問して、お母さんは生きていたのよ、と話しかけるのです」

「そんなことをして、ほんとうにだいじょうぶでしょうか。寝ているあの子を叩《たた》き起こして、誰かと思って出てみたら、死んだはずの母親だったら、どんなにショックを受けるか」

「たしかに一瞬は、幽霊が出たと思うかもしれません。けれども、すぐにこう言ってください。警察の人といっしょにきたのよ、と。そのひと言が、美果さんに冷静さを取り戻させるはずです。幽霊が『警察』なんて言うわけありませんから。必要なら携帯で私を呼び出してもいいです。すでにご説明したように、あなたにお貸しした携帯電話には、私の携帯の短縮番号が登録してあり、1を押してから通話ボタン。このツータッチで私を呼び出せます」

「はい」

浩枝は、ダウンベストのポケットから黒い携帯を取り出して見つめた。それは、鴨下が京都府警の備品として貸与したものだった。

「大変な事態になったら、いつでも私を呼び出してください。でも、最初は私抜きで、美果さんと接してほしいのです。あなたが真心を込めて訴えれば、すぐにわかるはずです。幽霊ではなく、本物のお母さんなのだと。そして、美果さんも苦しかったけれど、お母さんも苦しかったのよと、泣いてもいいから、すべての気持ちを率直に吐き出してください。そこで生まれた母と娘の心の絆《きずな》が、竹之内社長を陥落させる最後の切り札となるのです。

正直申し上げて、私は当初、あなたを幽霊役に仕立てて竹之内社長を脅して自白させる作戦を考えていました。それよりも、反目しあっていた母と娘が和解して、ふたり揃って父親に真実の告白を求めるほうがずっと効果的なのです」

鴨下は、表情をまったく変えずに淡々とつづけた。

「ほんとうなら、こんな作戦はお日様が出てからやるべきです。最初に美果さんの受ける衝撃を考えればね。しかし、時間に追われている以上はやむをえない。あなたの誠意が、きっと美果さんに通じると思えばこその賭《か》けです。おねがいします」

「承知しました」

浩枝は深呼吸をひとつした。

ダウンベストの下に着ているセーターの左腕は、肘《ひじ》から先が余ってだらっと垂れ下がっていた。京都府警を出発する前に、浩枝の意思で義手をとりはずし、妹に預けてきたのだ。

「じゃ、行ってきます」

浩枝は身体をひねり、右手で左側の助手席ドアを開けた。そして、門灯だけが灯っているうら寂しい雰囲気漂う一軒家へ向かって、寒くて暗い夜道を歩いていった。

その後ろ姿を、鴨下はフロントガラス越しにじっと見送っていた。それから、おもむろに耳にイヤホンを差し込んだ。

浩枝は知らないが、彼女に渡した京都府警の携帯電話には盗聴マイクがついていた。

「車を出たようだ。いよいよだな」

田丸が小声でささやいた。

「ええ」

氷室も、息だけの声で答えた。

ふたりともイヤホンを耳に差していた。

2

その一軒家にはインタホンといった設備はなく、古くさいブザーしかなかった。

それを浩枝が鳴らしても、すぐには反応がなかった。もう一回、こんどは少し長めに鳴らすと、家の奥で明かりが点《つ》いたのが見えた。さらに磨《す》りガラスをはめ込んだ玄関の格子戸も明るくなった。

やがて磨りガラス越しに、美果のシルエットが映った。

「どなた……ですか？」

室内から聞こえてきた娘の声に、怯《おび》えた色合いが混じっているのを察した浩枝は、とっさに嘘をついた。

「純江です」

「すみえ……さん？」

「そうよ。忘れた？　美果ちゃん。下関の純江です。松崎純江」

「おばさん？　純江おばさん？」

「そうよ。ほんとにひさしぶりね。ごめんなさい、こんな時間に突然たずねてきて」

浩枝は、妹と自分の声がそっくりで、かつては電話口でよく間違えられたことを思い出しながらつづけた。

「あなたのお母さんのことで、とっても大事な話があるの。開けてくれる？」

「はい」

返事とともに、カランコロン、とサンダルの鳴る音がした。

サンダルを突っかけた美果のシルエットが玄関の格子戸に近づくと、着ているスウェットのピンクが磨りガラスに映り、ぼやけてはいたが顔の輪郭までわかるようになった。

十年ぶりに顔を合わせる娘との対面を前に、浩枝は身を固くした。

旧式な格子戸は、ねじ式の鍵《かぎ》で閉められていた。その鍵を内側から外すために、ピンク色のシルエットが少し身をかがめた。そしてキュッ、キュッとネジを回していく音が聞こえる。

だが、その音が途中でやんで、美果のシルエットが身を起こした。

「ねえ、おばさん」

磨りガラスで拡散した美果の顔が、真正面を向いた。

「なんでここがわかったの？」

「いま、警察の人につれてきてもらったのよ。京都府警の鴨下警部さん」

「ああ、その人なら私も会ったことがある」

「そうですってね。いまもちょっと離れたところにいらっしゃるんだけど、まずおかお母さん、と言いかけて、浩枝はあわててその言葉を引っ込めた。

……」

「叔母《おば》のあなたが一対一で話してきなさいと警部さんに言われたの」

「わかったわ。じゃ、開けます」

ふたたび美果のシルエットが身をかがめ、キュッ、キュッ、キュッとネジを回す音がつづいた。

ガラガラと音を立てて格子戸が引き開けられた。ふたりが顔を合わせた。

浩枝の顔を見た瞬間、美果の顔に強烈な恐怖の表情が浮かんだ。

言葉はなにも出なかった。

浩枝は美果を押しのけるようにして、玄関に入った。そして、後ろ手に格子戸を閉めた。

「私が誰だかわかるわね」

「み……み……」

美果の唇が目に見えて痙攣《けいれん》した。

「みぶ……ひろえ……さ……ん」

「なに、その言い方は」

浩枝の眉《まゆ》が吊《つ》り上がった。

「壬生浩枝さんとはなによ。私はあなたを生んだお母さんよ。どうして『お母さん』って呼べないの？」

「イヤ！」

「どうして、いやなの」

「あなたなんて、お母さんじゃない」

「まあ、そうかもしれないわね。だって、私は幽霊だから」

浩枝は、唇の端を吊り上げて笑った。狂気の笑みだった。

「ほーら、見てごらん、美果」

浩枝はブラブラになった左腕の袖《そで》をふり回した。

「あたしの左腕は、とれちゃった。ないのよ、腕が。な〜んにもないの」

「…………」

「そして腕をもがれたあたしは、暗いくら〜い山奥で、冷たくなって死んでいた。でも、いつまで経っても誰も見つけてくれないから、こうやって自分で出てきたわ。えへっ、えへへへ」

浩枝は笑いだした。

「えへへへへへ。だいぶ腐っているから、臭いでしょ、お母さん。お腹の中なんて、ウジ虫でいっぱいよ。ウジ虫のげっぷが出てきそうだわ。しょうがないわね、死んでから半年以上も経っているんだから。だけどあなたは、お母さんが死んでも悲しくなかったみたいね。こうやって化けて出てきても、少しもうれしくなさそうですものね」

「近寄らないで!」

「どうして冷たくするの? 幽霊になったお母さんはきらい?」

「こないでってば!」

後じさりしようとした拍子にサンダルが脱げ、バランスを失って美果はあおむけに土間に倒れ込んだ。その姿勢のまま、美果は叫んだ。

「幽霊でもないのに、私の頭をおかしくさせようとして、そういうことをしてるんでしょ! そっちのほうが、本物の幽霊よりよっぽど恐ろしいわ。そんなことをする女を、どうして母親だと思えるのよ」

「ああ、そう」

薄笑いを浮かべていた浩枝が、表情を変えた。

「驚かないのね、あたしの顔を見ても」

「最初は本気で驚いたわ。だけど幽霊だと思ったからじゃない。ひと目見た瞬間、頭がおかしくなってるのがわかったから」

「生意気を言わないでちょうだい」

浩枝は、倒れている娘を冷たい表情で見下ろした。

「誰のおかげで、鹿堂妃楚香になれたと思ってるの。お母さんがあなたを美人に生んであげたからでしょう。あたしがお腹を痛めて生まなかったら、美果も鹿堂妃楚香もこの世にいなかったんだよ」

「そのほうがよかったわよ。私なんて、生まれてこなかったほうがマシよ。鹿堂妃楚香もこの世に現れなかったほうがマシよ」

美果は泣いていた。

「こんな思いをする人生だったら、生まれてこなければよかった。しかも小さいときから、あんたにどれぐらい虐待されたか……それを忘れたと思ってるの？」

「まだ覚えてるのかい。小さいときのことを」

「決まってるじゃない。鬼！」

美果は、精一杯の声で怒鳴った。

「あんたなんか母親じゃない。鬼よ」

「ああ、そう。鬼だというなら、鬼らしくしてあげましょうかねえ」

浩枝は、ダウンベストの下に隠しておいたものを右手で抜き取った。

そして、倒れ込んでいる娘の前にひざまずいた。

「生まれてこなきゃよかったというなら、死なせてあげましょ。ただし、うんとうんと苦しんでから死んでもらいたいわ。だから伊刈のときよりも、少~し浅めに刺してあげるからね。あんたの目ん玉に、これを」

浩枝の右手には二本の火箸《ひばし》が握られていた。

標的となった美果の両目が、ショックで大きく見開かれた。そこから恐怖の涙がこぼれ出してきた。

「そうそう、そうやっておめめを大きく開いてなさい。刺しやすいから」

浩枝は、にっこり笑った。

「前の火箸はね、伊刈さんの目ン玉に突き刺したまま置いてきたから、また新しいのを買ったんだよ。あんたのためにね。おニューの火箸はよく刺さると思うよ。痛いと思うよ」

「伊刈さんを殺したのも、あんたなのね」

「『あんた』じゃなくて、一度くらい『お母さん』と呼んでみたらどうなんだい」

「やだ!」

「この……クソ娘が」

浩枝は、不気味な笑顔から一転して鬼の形相になった。

「どこまで可愛くない子なんだ」

「それより、どうして伊刈さんを殺したの」

美果はわめいた。

「あんないい人を、どうして殺したのよ！」

「たしかにいい人さ。あたしの命を救ってくれた恩人だよ。お父さんからあたしを殺せと言われたけど殺せない、警察に突き出してくれ、と頼んできたんだから。ほんとにいい人だよ」

「だから、なんで！」

「約束を破ったからだ」

浩枝の声がドスの利いたものに変わった。

「あたしは死んだままじゃないと、あんたの前にもお父さんの前にも化けて出られないんだよ。死んでいないと、突然幽霊となって現れて、あんたたちの頭をおかしくできないんだよ。なのに、あのバカが約束を破って、棄てたはずの私の腕をあんな形で出すから、生きていたのがバレたじゃないか！　ええい、くやしい！　八カ月の苦労が水の泡だ」

「そんなこと、考えてたの？　幽霊になるなんて」

「そうだよ、美果。殺すというから殺してもらったのさ。あたしの左手を持ち帰った伊刈は、それをお父さんに見せてたはずだから、お父さんはあたしが死んだと思い込んでる。あんただって、いずれそのことを知る。だから、しばらくじっと隠れてから、どこかで化けて出てやろうと思った。お父さんとあんたの前にね」

「信じられない……。幽霊になるために何カ月も隠れていたの？」

「幽霊になるために、じゃない。あんたとお父さんにひどいショックを与えて、頭をおかしくさせてやるチャンスがくるのを待つためだよ。それなのに、伊刈がよけいなことをしたから、警察がきちまったじゃないか。いまさら警察署でお父さんと会ったって、面白くもなんともないんだよ。あたしが生きているのを知ってから、おまえと会ったって、ぜんぜん意味がないんだよ。雨がしとしと降る晩に、おまえの家の窓ガラスにでも貼りついて、左手のないあたしを見せてやろうと思ったのに」

「………」

「そんな計画が伊刈のおかげで、ぜんぶおじゃんになった。だから頭にきてぶっ殺したんだよ。ところが、ここにきて警察が急に面白いことを言い出した。お父さんに会わせて驚かすよりも、あんたをこの家にかくまっているから、先に娘さんと一対一で会ってほしいと……」

鬼になった浩枝の顔に、また笑いが浮かんだ。

「お母さん、うれしかったよ。神さまは見捨てていないと思ったよ。だから喜んで返事をしたのさ。ぜひ、美果と会わせてください、と。これでおまえの脳味噌《のうみそ》を恐怖でかき回すことができると思った。そして、目ン玉を突き刺すこともできると思った」

浩枝の右手の中で、二本の火箸がこすれあって、寒気がするような金属音を立てた。

「あはは、バカだねえ、警察って。でも、ありがたいねえ、警察って。もうダメかと思った土壇場で、お母さんの望みを叶《かな》えてくれるなんて」

冷え切った玄関先の土間にひざまずき、倒れた娘にのしかかるようにしてしゃべる浩枝の口からは、白い煙が出つづけている。それは冷たい空気にふれた息というよりも、霊媒師《れいばいし》が吐き出すといわれる霊気《エクトプラズム》のように、美果には思えた。

地獄の光景だった。

3

「さあ、その大きなおめめに火箸を突き刺す前に、ひとつだけ教えてもらいたいことがある」

火箸の先端を娘の眼球に向けて、母親は言った。

「あんたは魔王殿から人の手首が出てくると予言したそうじゃないか。あんたは伊刈がそこにあたしの手首を埋めたのを知っていたのかい」

「知らない」

「じゃあ、なんでそういう予言をした」

「見えたから」

「なにが」

「あんたがお父さんに殺されて、手首を切り取られる姿が見えたから」

「嘘をつくんじゃない！」

「ほんとうよ。猿の手首の予言をしているうちに、そういう光景が見えたんだってば」

「いつまでも鹿堂妃楚香こいてんじゃないよ！」

浩枝は火箸を床に置くと、娘の頬を右手で平手打ちにした。

だが、美果は自分の心理を正直に語っていた。ただ、無意識下の思考メカニズムに自分で気づいていないだけだった。

父・彬は、美果が十年前の恋人のもとに走るのを警戒して、大切な猿のぬいぐるみを娘の部屋から盗み出し、その左手首を切って、それを伊刈に魔王殿に埋めさせ、美果にその出現を予言させるという心理的プレッシャーの演出を仕掛けてきた。

だが、氷室が竹之内本人に追及したように、なぜぬいぐるみの「左手首」という部分にこだわったのか、というところが重要だった。それは、元妻の浩枝が伊刈によって殺されたと信じ込んでいる竹之内が、殺害証明として浩枝の左手首を伊刈に求めたことに起因していた。

それと同じように、岩城準を処刑するときは、猿の左手首は……。またおまえにやらせるぞという、伊刈だけにわかるメッセージであったのだ、猿の左手首は……。

ところが美果は、本来なら父とマネージャーにしかわからない暗号を直感的に読み取った。猿の左手首と、火傷《やけど》を負った母の左手首の共通点に気づいたのだ。だから母の左手首が、猿のぬいぐるみの左手首といっしょに出てくると口走った。

それは美果自身も意識する間もないほどの、大脳の高速演算だった。

「さあ、もうお母さんはじらさないよ。おまえは終わりだよ」

浩枝は、ついに娘を「おまえ」呼ばわりした。そして、土間に置いた火箸のうち、まず一本だけ拾い上げた。

「美果、きょうをかぎりに、美人だともてはやされる幸せな人生はおしまいだよ。最後の望みを叶えてあげるから言ってごらん。お母さん、やさしいから、おまえの頼みならなんでも聞いてあげるよ。どっちの目ン玉から刺してほしいか言いなさい。好きなほうから刺してあげるから。左かい、それとも右かい」

「そんなことをしたら警察につかまるのよ！」

「ああ、結構だわよ。お母さんはね、警察につかまったってかまわない。死刑になったっていいの。もう逃げるつもりはない。隠れる意味もなくなった。おまえに復讐《ふくしゅう》できればそれでいい。せっかく生んで育ててやった母親を鬼だと罵《ののし》るような鬼娘の一生をダメにすれば、それで満足だわ。おまえがそうなれば、お父さんだってショックでおかしくなるだろうし」

　母親から強烈な憎悪をぶつけられ、美果は震えた。実の母からここまで憎まれていたのかと、心臓が止まりそうなほど強いショックを受けた。

「美果、あたしがこの左手をどんな思いで切り落としたか、おまえにわかるかい？　おまえのお父さんがあたしを殺すように命令したと知って、どれだけ悲しかったか、どれだけくやしかったかわかるかい。それを聞いたときに、あたしは決めたんだよ。ふたりとも呪い殺してやるって。ごらんよ、美果、ほら、ごらんよ」

　肘《ひじ》から先のない浩枝の左腕が、余ったセーターの生地とともに大きく上下に振られた。

「自分でこの腕を切り落としたときのあたしが、完全にぶっ飛んでいたなんて判断をするやつがいたら、それはあたしの憎しみの深さを知らない愚か者だよ。あたしが自分の腕を切り落としたときの気持ちを教えてやろうか」

浩枝は、美果の顔に自分の顔を近づけた。

「お父さんも憎かったけれど、なによりもおまえが憎くてさ……憎くて、憎くてさ……そうなんだよ、憎くて、憎くて、憎くて、憎くて、憎くて……それでおまえの首を切り落とすつもりで、自分の腕に斧《おの》を叩《たた》きつけたんだ。あのときのあたしの手首には、おまえの顔が生えていたんだよ。それがあたしには見えていた。だから切り落とすことができたのさ！」

「……………」

美果は自分の首を両手で守り、頭を激しく左右に振った。

聞かされたことすべてを全否定したくて。しかし、母の発した言葉は消えなかった。

「あたしはおまえの生首を切り落とした気分になった。そして純江んところの玄関先に花が生けてあったから、剣山におまえの首を突き刺したのさ」

「やめてよ、そんな言い方」

「いいや、やめないね。その瞬間から、あたしは幽霊になった。そしてこんどは、本物のおまえの前に化けて出てきてやろうと思った」

「どうかしてるよ、おかしいよ、そんなの！」

「おかしくたって、あたしをそんな気持ちにさせるまで、おまえたちがあたしを追い込んだんじゃないか！　それがわかってるのか！　おまえとお父さんがあたしを幽霊にさせたんだ。ここにいるあたしは人間じゃない。幽霊なんだ。あたしはもう幽霊になっているんだ。そのことをよく覚えておけっ！」

「もう、やだあーっ！」

美果が悲鳴を上げた。そのとき――

「そこまでだ！」

格子戸を引き開け鴨下警部が突入した。両手に拳銃《けんじゅう》を構えていた。

鴨下だけではなかった。室内からも田丸警部が、氷室想介が飛び出してきた。そして氷室が美果の前に覆い被《かぶ》さった。

「美果！」

氷室たちに一歩遅れて、奥から飛び出してきた若い男がいた。

カナダに帰国したと説明されていた岩城準だった。

「火箸《ひばし》を捨てろ、壬生浩枝！」

鴨下が怒鳴った。

「捨てないと撃つぞ！」

「おまえたち……」

土間にひざまずいたまま、浩枝が驚愕《きょうがく》の表情を浮かべて田丸と氷室を、ついで背後の鴨下をふり返った。

「あたしをだましたね」

「あの魔界案内人のおっさんがいたら、こう言うだろう。ここは赤山禅院のそば、都からみれば表鬼門にあたります、とな」

銃口を浩枝に向けたまま、鴨下は言った。

「都に鬼を入れるわけにはいかないんだよ。たしかに、あんたは鬼だ！」

氷室に引き起こされた美果は、駆け寄ってきた準の胸にすがって泣いた。

「こわかった……ジュン……こわかった……死ぬかと思った」

カラン、と金属音がした。

壬生浩枝の右手から火箸が落ち、土間に残されたもう一本にぶつかった音だった。

4

「いやあ、丸一日半以上寝ていなくても、まるで眠くないよ。アドレナリンが出まくりだったからな」

その日の夕刻、冬の西陽が傾きはじめたころ、京都四条大橋の上に立った田丸警部は、鴨川を吹き渡ってくる寒風をものともせず、輝く西陽に目を向けた。

「しかし、こんども氷室想介だ。聖橋博士も優秀だったが、最後はやっぱり氷室想介が事件の真相へおれたちを導いてくれた」

「そんなことはありませんよ」

マフラーをなびかせて、氷室もオレンジ色に輝く落日を眺めた。

「壬生浩枝が生きているのではないか、そして自分で自分の腕を切り落としたのではないかという逆転の発想を聖橋博士が提示してくださったからこそ、ここまでこられたんです」

「いやいや、下関まで行っても、氷室想介が重大なことに気がつかなければ、また我々はミスコースをしていたに違いない。新幹線で新大阪へ着く直前に、きみにささやかれたあのひと言は、脳天に電流を流されたようなショックだった。伊刈修司は、壬生浩枝に殺されたと考えてはダメでしょうか、と言われたときにはな」

田丸は、タバコの煙と間違えそうなくらい大量の白いため息をついた。

「壬生浩枝は当然殺されている、という発想をずっと引きずっていたせいか、彼女の生存が確認できたあともなお、彼女が伊刈修司を襲った犯人だとは考えたこともなかったよ。第一、浩枝は伊刈に感謝するべき立場でこそあれ、殺す動機なんかぜんぜんないんだから」

「最初はぼくもそう考えていました。下関で純江夫妻が病院で起こった一部始終を告白したときには、ひとつのパズルが完成したという気分に浸《ひた》っていましたからね」

氷室は言った。

「伊刈修司は竹之内美果を愛していた。そこへもってきて美果の母親を殺害せよという組トップからの命令を竹之内社長経由で受けた。でも伊刈には、美果の母親を殺すことなどできない。そこで浩枝にすべてを打ち明け、自分を警察に突き出してくれと言った。

しかし自分に対する夫の殺害指示を知った浩枝は、異常な決断をしたわけです。それほど竹之内が私を殺したいなら、私の腕を持っていきなさい、と。ただし自分は生き残りたい。そのため、外科医に嫁いだ妹のところまでわざわざ行って、お医者さんの前で大ケガをしてみせた。……だけど、これは段取りがよすぎます」

「段取りが……ねえ。たしかによすぎるな」

「このあたりから、ぼくはなんとなく浩枝の行動にうさん臭いものを感じたんです。それを異常のひと言で片づけるのはかんたんですが、激しい執念と同時に、恐ろしい計算があるように思えてならなかったんです。……警部、橋の上で立ち止まってると寒いから、歩きながら話しませんか」

氷室は八坂神社のほうを示して、田丸をうながした。

古都を行き交う人々のファッションは、魔界ツアーが行なわれた紅葉シーズンのころとはガラリと様変わりして、完全に冬の装いになっていた。四条大橋の東詰《ひがしづめ》にある南座は年末恒例の「吉例顔見世《きちれいかおみせ》興行　東西合同大歌舞伎」公演の最中で、歌舞伎役者の名前が勘亭《かんてい》流の書体で書かれた巨大な「まねき看板」が入口にずらりと掲げられていた。

京都年末の風物詩である。

同じ時期の東京や大阪はクリスマス一色となるが、京都では街全体がクリスマスムードを醸し出すことはなく、あくまで個別の店舗のデコレーションに過ぎないという感じで、むしろ古都は正月に向かって走りはじめていた。

祇園《ぎおん》のエリアに入ると、師走《しわす》という名前のとおり、人々の歩き方にもなんとなくあわただしさを感じるものがあった。

「鹿堂妃楚香の予言により、鞍馬山の魔王殿から人の手首が発見され、それが大々的に報道されたのが先月の二十六日です」

氷室と田丸は、祇園で最も有名なお茶屋である一力亭《いちりきてい》の角を右に曲がって花見小路《はなみこうじ》に入った。花見小路の四条より南では電線をすべて地下に埋設してあるため電柱が一本も立っておらず、空中にはまったく電線が張られていない。そのため、電気がなかった時代の古都の石畳が美しく再現されていた。

そこを南へ歩きながら、氷室は語りつづけた。

「美果が自分で語っているように、父親から猿の手首の出現を予言しろと強要され、そのとおりの予言を耳塚で行なっているときに、直感的に、猿というよりも母の手首が出てくるのではないかと思った。事実、魔王殿のそばから掘り出された手首は、彼女の母親のものであることがDNA鑑定で確定的となり、死体遺棄の容疑で竹之内彬を逮捕したのが、その日の夕刻です。さらに美果のマネージャー伊刈修司が連絡不能になったあげくに、むごたらしい死に方をしたのが同日の午後八時すぎ。これによって、魔界ツアーの予言を発端にした一連の事件が、マスコミにおいて最大級の扱いで報道されることになったわけです」

「そりゃもうマスコミ的には、これ以上ない大事件だよ」

「しかし、あそこまで大騒動になったら、壬生浩枝は母親として、ただちに名乗り出るのが当然じゃありませんか。私は生きています、と」

早足で歩く氷室は、そぞろ歩きの観光客を追い抜くときだけ声をひそめて語りつづけた。

「ほんとうに娘の身を案じる母親であれば、『お母さんは生きているのよ、美果ちゃん。伊刈さんがお父さんの計画を教えてくれたから死なずに済んでいたのよ』と、一刻も早く真相を知らせなければ、と思うはずなんです。美果は、母親が父親によって殺されたと思い込んでいるんですから」

「そのとおり」

「ところが浩枝は手首が見つかったあとも、ぼくたちが下関に乗り込んだ昨日、十二月十一日まで、依然として『阿川千代子』として隠れつづけていました。聖橋博士が壬生浩枝生存説を打ち出してくれなければ、まだまだ殺されたふりをつづけていたはずです。ここが非常に不自然なんです」

紅殻格子《べんがらごうし》に虫籠窓《むしこまど》、駒寄《こまよ》せに犬矢来《いぬやらい》といった京町家特有の風情ある並びを、氷室と田丸は南へと下っていく。

「まして浩枝にとっては命の恩人であるはずの伊刈が殺されたんですから、ここまでくれば警察に届けるよりないと考えるのが常識です。なのに浩枝はそうしなかった。そこにぼくは釈然としないものを感じていました。そこで浩枝の立場に立って、魔界ツアー直後の出来事を考えてみようと思ったんです」

寒さをしのぐために早歩きとなった氷室たちは、左手に祇園甲部歌舞練場《こうぶかぶれんじょう》を見る位置まできた。春にはここで華麗なる「都をどり」が開催される。

そして花見小路は臨済宗《りんざいしゅう》建仁寺《けんにんじ》派の総本山・建仁寺に突き当たった。

「ここの境内を突っ切っていきましょう」

氷室の指示に、田丸はうなずいた。

どこへ向かうと最初に決めていたわけではなかったが、暗黙のうちに、ふたりは共通の行き先を頭に思い描いていた。ここまできたら、あそこしかない、と。

魔界ツアーの第一スポットで、小野篁が冥界《めいかい》へ降りていった井戸のある六道珍皇寺である。それは建仁寺のすぐ南東に位置していた。

5

「自分の手首が奥の院魔王殿という場所から出てきたときに、その手首の主である本人はどう思っただろうか。どう感じるのが正常な反応だろうか——ぼくは浩枝の立場に自分を置いてシミュレーションしてみたんです」

すでに時刻は四時を回り、建仁寺の冬場の拝観時刻は過ぎていた。閉門まではまだ時間があったので境内には入れたが、人影もほとんどなく静かだった。

自然と氷室の声も小さくなった。

「ぼくだったら、『なぜ』とまずそう思います。切断から数日以内に棄てられるはずの自分の手首を、なぜ伊刈マネージャーは八カ月ものあいだ持っていたのか。浩枝は非常に驚いたと思います」

銅板葺《ぶ》きの屋根が印象的な方丈《ほうじょう》、そして建設から二百五十年近い歴史を持つ法堂《はっとう》を眺めながら、氷室たちは建仁寺の境内を先へ進んだ。

「そして、松崎院長と純江をまじえて、三人でその理由を考えたと思います」

「警察発表は、手首は女性のもので死後三、四日を経過しているという内容だったから、そりゃ八カ月も前に自分で切り落とした当人も、院長たちもびっくりするよな。なんでそれが死後三、四日なのかと」

「細胞に凍結の跡がみられるということは発表していなかったと思いますが、それでも外科医である松崎は、時間をおかずに事情が推察できたと思います。手首は冷凍されていた。しかも通常の冷凍庫ではなく、超低温フリーザーで、と。伊刈がそこまでするからには、なにか重大な意図をもってやったとしか考えられなかったはずです」

「うん、プロの医者なら、そこまでは考えられるだろう」

「聖橋博士は、衝撃的な壬生浩枝生存説を提示したとき、伊刈が浩枝の手首を長期間保存していた理由について、こういう解釈をしていました。手首を棄ててしまえば、万一、伊刈が警察に逮捕されるような事態になったとき、真実のストーリーを証明するものが何もない。だが、手首が残っていれば、たとえそれが死後切断された形であっても、壬生浩枝生存の物語を裏付ける重要な証拠となる、と。つまり、伊刈は自分を守るために浩枝の腕を保存していた、と。

　ぼくは聖橋さんの独創的な推理に打ちのめされていましたから、なんの疑問もなしにその解釈を受け容《い》れましたが、でも、よく考えたら人の手首を冷凍保存して持っておくなど、まともな神経の人間にはできない行為だと思うのです。たとえ専用の超低温フリーザーを使ったにしても」

「おぞましいよな。まして計画停電なんかされた日には……考えたくもないね」

「ことしの夏以降、日本全国、いつどこで電力不足に陥ってもおかしくない状況でした。とくに東京を拠点にしていた伊刈なら、こんなときに手首の冷凍保存なんていうリスクは背負いたくないはずです」

「それでも彼はやった」

「そうなんです。それでも伊刈は、浩枝の左手首を冷凍保存していました。これはよほどの理由があったからだと思うのです」

　建仁寺境内の法堂を通り過ぎて三門《さんもん》まできたところで、氷室は立ち止まった。

「よくよく考えてみれば、伊刈にとって、自分が壬生浩枝を殺していないことを証明するためだけなら、不気味な冷凍手首をいつまでも持っている必要はないんです」

「そうだよ。実際に浩枝は生きているんだからな。松崎外科医院で起きた修羅場を、伊刈はぜんぶ見ていたわけだから、その詳細を警察に話してしまえば、松崎院長もとぼけるわけにいかず、隠れていた壬生浩枝は引きずり出されただろう」

「そうです。伊刈だって、その理屈はわかっていたと思うんです。浩枝が生きていることと、自分が殺人犯ではないことを証明するには、下関で目撃した一部始終を警察に話せばそれでじゅうぶんだ、と。にもかかわらず、手首を冷凍保存していたなら、それは別の理由があったからなんです。

その別の理由において、伊刈は八ヵ月間保存していた手首を、魔界ツアーでの竹之内演出に便乗して出した。それはどういう理由だったのか――すでに浩枝が、娘を殺そうとするときにしゃべっていましたけれど、昨日、下関にいるときまでは、ぼくにはわかりませんでした。なぜ、伊刈は手首を保存していたのか。だけど、帰りの新幹線で気づいたことがあったんです。それは、彼女のこういう動作です」

氷室は、自分の左手の甲を、右手でこすってみせた。

6

「彼女のその動作は、自ら切断してすでにない手の甲の感覚が、あたかもあるような幻覚にとらわれて無意識にやっているものだと思いました」

「よくあるらしいな、そういうことは」

三門の下で立ち止まっていた氷室と田丸は、またゆっくりと歩き出した。

「もしも日常生活でそういう現象に悩まされたら、どうするでしょうか。隠れ家であるアパートの一室にいるときは、人目がないから義手をはずしていたと思うのですが、義手を装着していたときと同じ動作はできません。幻の手首をマッサージするのは無理です。その代わりに、切断されたあたりを温めれば、その不快な幻覚が消えると思ったのかもしれない。では、切断した腕を温めるにはどうするか」

「そこで思い浮かんだわけだ。火鉢というクラシックな暖房器具が」

「ええ。炭火による遠赤外線には、ストレスを和らげる効果があるとも言われています。昔の人が火鉢に手をかざす習慣があったのは、身体を温めるだけでなく、炭火には癒《いや》しの効果もあるのを無意識のうちに知っていたからでしょう。ならば浩枝は、神経の違和感を和らげるために火鉢を使ったのかもしれない。新幹線の中で、浩枝がしきりに義手をこする動作をしているのを目にしたとき、そう思ったんです」

「そのとおりだったことは、さっき確認された。もともと松崎家にあったものを浩枝のアパートに持ち込んだと、純江が証言した」

「そしてつぎの瞬間、伊刈は両目に火箸《ひばし》を突き刺されて死んだことを思い出したんです」

「いやあ、その連想にはびっくりだ」

「相手が浩枝であれば、伊刈も油断はしたでしょう。だけど、背の高い彼にないしょ話をするふりなどして屈《かが》ませた瞬間を狙えば、これほど効果的な攻撃はありません。力もたいしていりませんから。そして、つづけざまに両目を刺された彼は、脳の損傷により、なにが起きたのかわからなかったんでしょう、刺さった火箸を抜き取ろうという神経回路も働かなかった」

「襲った現場は、渡月橋の右岸のたもとだそうだよ。浩枝はもう観念したように、ぜんぶしゃべった」

田丸が補足する。

「浩枝は先月二十六日の昼、魔王殿の騒ぎを妹から知らされると、パニック状態になった。そして妹から金を借りると、京都へすっ飛んでいった。純江たちは心配したが、彼女たちは病院のことがあるから下関を離れられない。しかし妹も松崎も、それは美果に会いにいくためだと思い込んでいた」

「浩枝の手首が見つかったということは、美果にとっては母親の死を意味する。じつはそうではないと説明しにいくのは母親の気持ちとして当然だと、純江たちは思ったわけですね」

「そして、ここまできたら、自分たちが浩枝をかくまうことに加担したのがバレても仕方ないと、松崎も覚悟を決めたそうだ。まさか浩枝が、伊刈に会いにいったとは夢にも思わなかったと証言している。というのも、伊刈とは一切縁を切るという取り決めをしていたからだ。ところが浩枝は、腕を切る覚悟で伊刈といっしょに京都から下関に向かったときに、彼の携帯番号を聞いていた」

「伊刈の死の少し前にあった、公衆電話からの着信が浩枝からの連絡だったんですね」

「そうだ。待ち合わせの場所は皮肉にも、浩枝が竹之内と新婚旅行で訪れた渡月橋だったが、そこは浩枝が指定した。しかしその選択は、自分の身を守るためだったという。人気観光地で会えば、伊刈に殺されることはあるまいと。つまり最初は、浩枝は伊刈に殺されることを心配していた。だから護身用に火箸を持参していたという。ほんとうにはじめから護身用のつもりだったのか、本人の言い分だけではわからないがね」

　ふたりは建仁寺の勅使門《ちょくしもん》から八坂通《やさかどおり》に出た。そこを少し東に進んでから、NTT西日本の角を南へ折れ、いったん松原通《まつばらどおり》まで出てから東へ百メートルほど進んだ。そこに六道珍皇寺の入口が、北へ戻る形で開けていた。

「火箸が護身用だという弁明が疑わしいのは……」

　氷室がつづけた。

「そもそも浩枝が泡を食って京都まで飛んでいき、組の追っ手を恐れて行方をくらませていた伊刈に連絡をとった理由が、とんでもないものだったからだ。本人が美果の前でつい口走ったように、幽霊として復讐《ふくしゅう》をする計画が、あんたのせいでパーになったじゃないかと咎《とが》めるためだったのだ」

田丸は、あきれたというふうに首を振った。

「なんという屈折した発想だろう。そして、なんという恐ろしい執念と怨念《おんねん》だろう。おれも刑事を長いあいだやってきたけれど、これには心底打ちのめされたよ」

「浩枝のその発言で、伊刈がなぜ浩枝の手首を冷凍保存しつづけていたのか、そして、なぜ魔界ツアーを利用して真実を表に出したのか、ハッキリとわかりましたね」

「うん。伊刈は『美果さん、お母さんは生きていたんですよ』などという感動的な結末を用意するために手首をとっておいたんじゃない。また、自分の保身のためでもない。浩枝の異常な人格を察知したからだ。彼女を死者にしたままではいけないと悟ったからだ」

田丸は険しい顔になってつづけた。

「伊刈は、自分の腕を切り落とすという凄《すさ》まじい行動に出た浩枝を見て、なんと恐ろしい女だろうと思ったに違いない。そして、とりあえずはその手首を持ち帰り、竹之内に殺害の証拠品として見せて浩枝の死を納得させた。しかし彼は、そのころまでには感づいていたのだ、浩枝の恐ろしい復讐計画を。だから用済みの手首を棄てずにとっておいた。浩枝が死者として美果の前に現れて、娘の精神を破壊するという作戦を妨害するために」

「一方、浩枝にしてみれば、竹之内は妻の死を知っているはずだけれど、美果が『母が父に殺された』ことを知っているかどうかわからない。そういう状態でした。しかし、美果が間違いなく母の死を知っていないと、幽霊としての復讐は効果がない」

「だから浩枝は、化けて出るタイミングを窺《うかが》っていたわけだよ。なんとも奇妙な表現だがな、『化けて出るタイミングを窺っていた』というのは」

「そんなとき、鹿堂妃楚香になりきった美果が、魔界ツアーで猿の手首と遭遇するという予言を行ないました。それは竹之内が娘に対して、岩城準と別れろと恫喝《どうかつ》するための演出だったんですが、そんな作戦だと知らない浩枝にしてみれば、竹之内が美果に母親の死を暗示したように思えたんですね。手首というキーワードで」

「それで幽霊作戦ができる時期にきた、と思ったわけだ」

「で、伊刈は伊刈で、これ以上ぐずぐずしていると、いつ美果の前に浩枝が幽霊となって出るかわからないので、ネタばらしのときがきたと判断しました。美果にこっそりと打ち明け話をしたって、彼女は混乱するばかりで信じてもらえないだろうから、マスコミが飛びつく事件にして、警察の出動に期待するよりなかったんです。けっきょく……」

氷室が総括した。

「浩枝と美果は、母と娘の関係であってはいけないのに、その絆《きずな》を背負わされた宿命のふたりだったんですね」

それ以上、氷室と田丸が口に出して事件をなぞることはなかった。いつのまにか松原通に出て六道珍皇寺の入口にきたからでもあったが、すでに、すべては浩枝の口から語られていたからである。

最初は伊刈をなじるつもりだけだったという浩枝だが、夜八時ごろの渡月橋は意外にも暗かった。そして土曜日であることなど関係なく、意外にも観光客の姿は消えていた。

その暗闇が、壬生浩枝を鬼にしたのだった。

7

「あれれれれ、こんなところでお会いするとは！」

六道之辻と書かれた石碑の奥にある朱塗りの門をくぐって珍皇寺の境内に入ったとたん、田丸警部は驚きの声を上げた。氷室もびっくりした。

特徴ある迎え鐘のところに、聖橋甲一郎と迎奈津実、そしてなんと魔界案内人の一柳次郎がいた。

「これはこれは氷室先生」

「やあ、氷室さん」

一柳と聖橋が同時に声を上げた。

「どうなさったんですか、聖橋先生に一柳さん、それに奈津実ちゃんも」

「魔界ツアーのやり直しだよ」

洒落《しゃれ》た英国風のオーバーコートに、いつもより上品なステッキをついた聖橋が、ニコニコして言った。

「せっかく一柳さんが素晴らしいコースを設定してくださったのに、途中で取りやめになってしまったからねえ。なっちゃんも残念がっていたんだよ。ねえ、なっちゃん」

「はい」

にっこり笑ってうなずく五十ヵ国語を操る天才少女は、十二月の三日に十六歳の誕生日を迎え、気のせいか美少女ぶりに少し大人の色香が加わったように氷室には思えた。

もしかすると、十六歳のときに岩城準と出会ったときの竹之内美果も、こういう感じだったのかもしれないと、ふとそんなことも心に浮かんだ。

「今回のスタートは京都駅ではなく、この六道珍皇寺からにした。前回もここは回ったけれど、やはり小野篁が冥界《めいかい》に降りていった場所ははずせないよ」

聖橋が、本堂の脇にある井戸のほうをふり返った。

「ただ、方広寺や耳塚はもうじゅうぶんだから、このあと養源院の血天井からコースをはじめようと思っているんだ」

「でも拝観時間は、もうとっくに過ぎているのではありませんか」

「そこは魔界案内人の腕だよ」

聖橋は、あいかわらずのループタイをコートの襟もとに覗《のぞ》かせている一柳の腕を摑《つか》んで揺すった。

「一柳さんの顔で、これから特別に時間外の参拝をさせていただくことになっているんだ。曼殊院や千本ゑんま堂もね。しかし、比叡山ドライブはカットするので、それほど夜遅くにはならないと思う。どうですか、おふたりも」

「いやあ、我々はもう……」

田丸は、氷室と顔を見合わせてから手を振った。

「一睡もしていませんから遠慮させていただきます」

「そうか、そうでしたな。私は下関から京都府警に戻って、氷室先生の名推理に感動させていただいたあと、さすがに身がもたなくて失礼させていただいたから元気いっぱいだ」

聖橋は魔界ツアーの日に七十六歳になったとは思えぬ矍鑠《かくしゃく》とした態度で豪快に笑った。

そして表情を改めて、氷室を見つめた。

「それにしても氷室さん、あなたの名推理には脱帽したよ」

「とんでもありません。船岡温泉で聖橋先生があの着想を話してくださらなければ、とてもこんなふうに一件落着にはならなかったと思います」

「いやいや、終わりよければすべてよし。見事にエンディングをまとめ上げたのは、あなたの素晴らしい推理力だよ。まさか壬生浩枝の狙いが、幽霊になって元夫と娘に復讐することだとは思いもよらなかった。しかし、私は直接見ているわけではないが、よくもまあ、浩枝が幽霊になりたくなるような雰囲気を持つ空き家を、急に見つけられたもんだねえ」

「あれはカモちゃんの……いや、鴨下警部の人脈の広さですよ」

と、田丸が同僚を持ち上げた。

「竹之内の釈放前に緊急極秘作戦を実行することになったとき、彼があの空き家を知っていたんです。なんでも、ああいうロケーションの家に住みたくて探し回ったときに、目に留めておいたそうで」

「ほーう、鴨下さんもしぶい趣味だねえ」

「大家さんが近くのお寺さんでしてね。住職も午前二時ごろ叩《たた》き起こされてびっくりしてましたけど、あそこを急遽《きゆうきよ》、竹之内美果の隠れ家という設定にして、彼女を別の保護先から連れてきて、我々がバックアップ要員でいっしょに潜んでいたんです。あと岩城青年もね。彼がいっしょじゃないと行かないと美果が言うもんで」

「そのラストシーンの場所をいま聖橋先生からうかがいましたけれど」

一柳がループタイをしごきながら言った。

「八瀬比叡山口のそばということは、けっきょく赤山禅院の北東ですから、すなわち表鬼門のラインに入っているではありませんか」

「そうなんですよ、偶然にも」

鴨下が予想したとおりの魔界案内人のセリフだな、と思いながら田丸が応じた。

「だから鬼がやってきた。でも、表鬼門で封じ込んだというわけです」

「まさに魔界ツアーでしたね」

と、一柳が言うと、田丸は大きくうなずいた。

「まったく、こんどの事件では人の心にある魔界を覗かせてもらいました」

「それで鹿堂先生は……」

いまだに美果をそう呼んで、一柳が気がかりな表情で氷室に問いかけた。

「だいじょうぶなんでしょうか」
「ええ、多少のショックはあったと思いますが、だいじょうぶです」

氷室はそう答えたが、実際は「だいじょうぶ」どころではなかった。一柳次郎と迎奈津実の前では言えなかったが、聖橋も美果が新たに抱え込んだ問題を知っていた。火箸《ひばし》で目を突き刺すよと生みの母に脅されたとき、突然、美果の脳裏に甦《よみがえ》った光景があった。それは、いままで無意識下の安全装置が働いて、記憶倉庫の奥の奥の、そのまた奥に眠っていたものだった。

幼いころから美果は、母親が精神不安定状態になったとき、何度となく脅されていたのだ。お母さんが作ったごはんをちゃんと食べないなら、おめめにお箸《はし》を突っ込むからね、と。その恐ろしさに泣いたら泣いたで、泣き止まないとおめめにお箸を突っ込むよ、と、また脅される。

その脅しを何度もくり返されたある日、美果は、母親が台所でまな板の上に載せた魚に向かって、「美果、言うことを聞かないとおめめにこうするからね」と言って、菜箸《さいばし》を魚の目にくり返し突き刺している姿を見た。

恐怖のあまり、幼い美果は失神した。その瞬間、美果の大脳の安全装置が働いて「おめめに箸」の恫喝《どうかつ》の記憶を封じ込めてしまった。浩枝も倒れた美果を見て我に返り、さすがにまずいと思ったのか、その後は箸を使った脅しはなかった。

しかし、未明の出来事は、美果にその悪夢を二十数年ぶりに甦らせてしまったのだ。

しかも浩枝は、さらに美果の心をえぐるようなことを言った。

自分で自分の左腕を切り落とすとき、その手首から娘の顔が生えているのが見えた、と……。だから、美果の首を切り落とすつもりで自分の手首に斧《おの》を打ち込んだのだ、と。

それが、美果の心に致命的なダメージを与えた。

その責任は、浩枝の本性を出させるための緊急作戦を提案した自分にあった——氷室は猛烈に後悔した。美果のトラウマを打ち消すためのカウンセリングを、全責任をもってやらねばと心に誓った。

ただし、美果の心を完全に癒すには、サイコセラピストとしての自分の力だけでは足りないのもわかっていた。愛の力を借りなければ、純愛の力を借りなければ、美果の深い傷口がふさがることはない、と。

だから氷室は、さきほど岩城準に言ったのだ。きみの協力なしでは、美果さんを闇の世界から引っ張り出すことはできないんだよ、と。

「一生を費やしてでも、彼女を救います」

力強い準の言葉が救いだった。ドラッグと女に溺《おぼ》れていた虚無的な十年から、準は見事に抜け出していた。それが美果の力であることを彼はちゃんと自覚していた。そして、こんどは自分が美果を救う番だとわかっていた。

準の瞳《ひとみ》の輝きを見て、氷室はうらやましかった。

自分には足りないものを、この青年は持っている、と思った。

8

「さてと……」

日も落ちてきて、あたりが急速に暗くなったのを見回して、聖橋が言った。

「養源院さんが待っていてくださるので、我々はいまから六波羅蜜寺の前を通って、ぶらぶらと歩いていきますが、田丸さんたちはどちらへ」

「私はいまから東京に戻ります」

田丸が言った。

「氷室さんと京都駅で軽くお茶でも飲んでから」

「そうですか。駅方面のタクシーを拾うんでしたら、左へ行って東大路《ひがしおおじ》を渡った向こう側でつかまえるのがいちばん早いですが……」

一柳が言った。

「その前に、逆方向ですが、ちょっとそこの面白い店に立ち寄りませんか」

「店？」

「ええ、松原通沿いの『幽霊子育飴《こそだてあめ》本舗』です。お気づきになりませんでしたかな」

「幽霊……子育飴？」

「はい、その松原通をすぐ右に行ったところです」

「いま氷室君とそっちからきたんですがね。建仁寺のほうから下って、薬屋の角を曲がって」

「その薬屋さんの向こう隣です。ま、私がここで説明するよりも行ったほうが早いです」

一柳にうながされ、一行はその店へ行った。

こぢんまりとした、いかにも幽霊が関係していそうなレトロな店構えで、とくに夕暮れどきに店の明かりがポツンと灯《とも》っているのは、店名にふさわしい雰囲気があった。

店頭に子育て飴の由来が出ていたが、それをさらに一柳が補足した。

江戸時代を迎える直前の慶長四年（一五九九年）、店じまいして夜が更けてから、トントンと戸を叩いて「遅うにごめんやす。飴を分けておくれやす」とたずねてきた女がいた。女は一文《いちもん》ほどの飴を買い求めて、闇の中へ消えていった。

それが一度ならず、毎晩つづくので、不審に思った店主の惣兵衛《そうべえ》が後を尾《つ》けると、女の行く先は鳥辺野の墓場だった。そして闇の中から赤ん坊の泣き声がする。

その泣き声は墓の中から聞こえてくるので、そこを掘り返してみると、女の死体に抱かれた赤ちゃんが泣きながら、惣兵衛の店の飴をしゃぶっていた。住職の話により、その墓は出産直前に死んでしまった若い女を埋葬したものとわかり、埋葬後に出産したため、お乳をやることもできず、仕方なく女は幽霊となって、この店まで飴を買いにきていたのであった。

改めてその女の霊を弔《とむら》い、赤ん坊は住職が引き取った。すると、それ以降は女が真夜中に飴を買いにくることはなくなった――

この話は上方落語の桂米朝《かつらべいちょう》の『幽霊飴』という持ちネタにもなり、さすがに落語だけあって、女が戻っていった墓地は高台寺《こうだいじ》（コオダイジ→子を大事）にあった、というオチになっていた。

その飴は、麦芽糖でつくられた鼈甲《べっこう》色をしたもので、宝石の原石を割り出したような体裁になっていた。それが朱色に白の隷書体《れいしょたい》で「幽霊子育飴」と書かれた紙にくるまれてビニール袋に入っている。

「子育飴か……。これは壬生浩枝には見せられない飴だな」

田丸が言った。

「しかし、せっかくだから土産に買っていこう。話のネタにもなる」

「そうですね、ぼくも」

と氷室が言った。

「じゃ、私も」

迎奈津実も興味を示した。

「そうですか。じゃあ、お店の中に入りましょう」

まるで客の呼び込みに成功したような笑顔を作って、一柳が店の引き戸をガラガラと開け、氷室、田丸、聖橋、奈津実の四人を先に中へ通した。

そしていちばん最後に中へ入るとき、とっぷりと暮れた周囲を見回して、一柳は誰にも聞こえない声でつぶやいた。

「このあたりは、いまでも幽霊が出るんです」

エピローグ　魔界百物語　第二話

QAZが所有する成立年代不明の奇書『陰陽大観』の体裁は、数百年の時の流れを経た古書のようにも思えるが、しかし現代の複製技術があれば、数週間で作り上げることも可能ではあった。

もちろん、現代の分析技術を使えば、この書物が製作された時代を特定するのはそれほど難しいものではない。しかしQAZには、そんな野暮な詮索《せんさく》をするつもりはなかった。

分厚いボリュウムを誇る『陰陽大観』は三部構成になっており、第一部は中国の五行思想に強い影響を受けたとみられる宇宙観が記された「陰陽世界之真理」、第二部が「魔界百物語」、そして第三部が人類の未来を予測した「終末之書」となっていた。

これが世の中にただ一冊のみ存在する書物なのか、それとも複数ある写本のうちのひとつなのかも、QAZは知らない。

第一部の「陰陽世界之真理」は宇宙観を軸とする哲学書であり、第三部の「終末之書」は、その哲学をベースにした人類の未来像を語る書であったが、第二部の「魔界百物語」は、人の心の本質に迫る、一種の心理分析研究書といってもよかった。

だから『陰陽大観』を入手したとき、QAZがもっとも心を捉《とら》えられたのが第二部の「魔界百物語」であった。

「魔界百物語」における「魔界」とは、冥界《めいかい》とか地獄といった場所の概念ではなく、人の心の至《ゆが》んだ状態を指し示していた。そして文字どおり、百の物語から構成されていたが、ひとつひとつの物語の冒頭には、人の心に巣喰《すく》う魔界の種類が提示され、その魔界が開いたときの恐ろしさを、非常に短い寓話《ぐうわ》の形でまとめてあった。

よけいな情景描写のない簡潔な寓話だけに、それを読んだ人間が好きなようにイメージをふくらませて、物語に含まれる毒が吸収しやすくなっていた。そこが「魔界百物語」の恐ろしいところだった。

＊　＊　＊

短い短い物語の第二は、現代語訳に直すと次のようなものだった。

第二の魔界を開いてみよ
《未来を予言できる神を装い、人々を操る快感》にうち震えるおまえがそこにいるはずだ

農民の与吉《よきち》は、あるとき夢をみた。

夢枕に白髪を長く伸ばし、白い髭《ひげ》を生やした仙人が出てきて、こう語ったのだ。

「妻のおよねを予言者にせよ。そして季節が変わるごとに一度だけ、まもなく大地の神がお怒りになり、大変なことが起きる、と村人に告げるのじゃ。そのときは裸になって村じゅうを駆け回りながら叫ぶのがよい。それを季節の変わり目にくり返すうちに、およねは本物の神になり、おまえは神に仕える神官として、権力の座に就《つ》くであろう」

与吉はすぐにおよねを叩《たた》き起こし、夢のお告げを伝えた。

およねも夫の夢を信じ、朝になると髪をふり乱しながらすっ裸で村じゅうを走り「まもなく大地の神がお怒りになり、大変なことが起きる」と告げ回った。

そのとき季節は春だった。

しかし、なにも起こらずに、人々は「およねは気がふれた」と笑った。

夏の入口に、またおよねはすっ裸になって村じゅうを駆け回り「まもなく大地の神

がお怒りになり、大変なことが起きる」と告げた。村人は裸のおよねを指差して笑い、こどもたちは「頭のおかしなおよねやーい」とはやし立てて、石を投げつけた。

ところがある日を境に、村は猛烈な日照りに襲われ、雨が一滴も降らず村人は飢饉《ききん》に苦しんだ。村人は、およねの予言が的中した驚きをささやきあいはじめた。

秋の入口に、またおよねは同じ予言をした。こんどは裸で駆けずり回るおよねを見ても、誰も笑わず、石もぶつけず、むしろ恐ろしいことが起きる予感におののいた。

やがて村を猛烈な嵐が襲い、家々はなぎ倒された。

冬の入口に、およねが三度同じ予言をすると、人々はおよねの足もとにひれ伏し、どうか災厄を止めてくださいと祈った。

するとその冬はなにも起こらず、人々は「およね様におねがいをしたからだ」とうなずきあった。

そうやって、およねは年に四たび、同じ予言をくり返しつづけた。予言は当たるときもあれば、はずれるときもあった。しかし村人は、当たったときは「およね様」の予知能力におののき、はずれたときは「およね様」のお力で不幸を抑えてくださったからだと信じた。

三年後には「およね様」は、隣村からも、そのまた隣村からも供え物を持って現れる信者によって、地平線の果てまで列を作るほどの神になった。

その「およね様」に仕える神官の与吉が、あるときおよねに向かってつぶやいた。

「なんだ、神とはこんないい加減なものだったのか」

翌日、与吉の死体が川を流れ、海に向かって消えていくのを村人たちが見つけた。

＊　＊　＊

『陰陽大観』の第二部「魔界百物語」は、こうした短い百の寓話で構成されていた。一見すると毒にも薬にもならない昔話のようでいて、じつはこの寓話には強烈な毒が潜んでいた。

百の物語に描かれた心の魔界を、自分の内面にも抱え込みたくなってくるのを抑えられない不思議な力があるからだった。

ＱＡＺは百物語の最初のひとつに脳細胞を刺激され、そして自らの手を汚さぬ殺人プロデュースという禁断の着想にはまり込んだ。人の心を操って、その人物を殺人者に仕立てようというのである。

自分で直接手を汚さない点では委託殺人と似てはいる。また、時として言葉の力で人を死に追いやる点では、未必の故意による事故死を狙う手口にも似ている。だが、それらの悪意ある行動と決定的に異なるのは、自分が直接被害者に働きかけるのではなく、間にワンクッション、殺人の実行者となる人間をはさむところだった。

ＱＡＺの仕掛けた戦略によって、心に殺意を芽生えさせた人物が、自分が踊らされていることにまったく気づかぬまま、殺人の実行へと暴走してしまう――そういった殺人者を生み出す狂気のプロデューサーという位置に自分を置くところが、前代未聞の着想だった。

もしもそのアイデアによる間接殺人がうまくいくならば、ＱＡＺは自らが裁かれることなく、常識人と殺人鬼との一人二役を演じられる。これほど刺激的なものはなかった。

そしてＱＡＺは、『陰陽大観』の総扉に掲げられた言葉も深く胸に刻みつけた。

《魔界は天に在らず、地に在らず、人の心に在り》

今回は、いまから六年前にＱＡＺがひそかに開設した自殺サイト「輪廻《りんね》」の罠《わな》に引っかかった若い女がいた。

その女に「未来を予言できる神・鹿堂妃楚香」の名前を授けたが、まさかそれがここまで大きな存在になるとは、ＱＡＺ自身、思ってもみなかった。そして鹿堂妃楚香の誕生によって、世にも奇妙な「魔王殿の手首事件」が起きたことに、ＱＡＺは大いに満足をしていた。

その結果、ひとりの幽霊とひとりの犠牲者を出したことにも……。

(高島平団地の事件も素敵だったが)

QAZは心の中でつぶやいた。

(はるか前に蒔《ま》いておいた種が花を咲かせた今回の事件も美しい)

そして、自らが作り上げた「実在のキャラクター」鹿堂妃楚香に向かって、同情の言葉をつぶやいた。

(可哀想に鹿堂妃楚香よ、おまえは伊刈修司の献身的な犠牲によって、せっかくもとの竹之内美果に戻れるところだったのに、氷室想介がよけいなことをしたせいで、おまえのトラウマが二十数年ぶりに呼び覚まされた。そして、ふたたび本来の竹之内美果から遠い姿になってしまった。私はそのことをちゃんと知っている。岩城準がショックを受けていることも知っている。それはみんな氷室想介が悪いのだ。怨《うら》むなら氷室を怨みたまえ)

それからQAZは立ち上がり、冬の空に向かって白い息を噴き上げながら高らかに声を発した。

「臨《りん》・兵《ぴょう》・闘《とう》・者《しゃ》・皆《かい》・陣《じん》・烈《れつ》・在《ざい》・前《ぜん》！」

右の手刀で空中にヨコ・タテ・ヨコ・タテと直線を描きながら、QAZは九字を東西南北の方角に向かって四度切った。

「臨・兵・闘・者・皆・陣・烈・在・前！　臨・兵・闘・者・皆・陣・烈・在・前！　臨・兵・闘・者・皆・陣・烈・在・前！」

そして最後にQAZは、両手の指を交互に組み合わせて気合いを入れた。

「有無《うむ》！」

QAZの周りに結界が張りめぐらされた。第三の魔界百物語の実現を祈り、宿敵氷室想介の妨害を封じるための結界が……。

＊　　＊　　＊

山口県警から、伊刈修司が本名で借りていた部屋が見つかったという連絡が京都府警に入ったのは、年の瀬も押し迫った十二月二十四日――クリスマスイブだった。

それは山口宇部《うべ》空港にも近い、宇部港に面した小さな六畳一間のアパートで、そのドアの鍵《かぎ》は、渡月橋で死亡した伊刈が持っていた複数の鍵の一本と合致した。

部屋には、壬生浩枝の左手首を長期保存するのに使っていたと思われる超低温フリーザーがポツンと置いてあるだけで、人が住んでいたという気配はまったくなかった。

唯一、伊刈が使っていたと思われる痕跡《こんせき》は、トイレのロールホルダーに三分の一ほど使用したトイレットペーパーが残されていることだけだった。

問題の超低温フリーザーは、すでに電源コードを抜いてあったが、扉を開けると、中に一枚のメモが入っていた。

それは「これを見つけた警察の方へ」と題した短いメモで、浩枝の手首を魔王殿に埋めるため持ち出すときに、万一に備えて書き残したものと思われた。

そこには、壬生浩枝の殺害は組長の八木橋弦矢から竹之内彬経由で自分に降りてきた指令であり、浩枝自らが切り落としたのち、松崎院長によって再切断された手首は、組長の代理として検分に訪れた若頭《わかがしら》と竹之内に、山口宇部空港のそばで見せたことが書かれてあった。伊刈が手首を持って見せにいくのではなく、彼らが飛行機で山口に飛んできたのだ。

伊刈は、殺したのは京都だが、手首を棄てる場所は瀬戸内海に決めたので、こっちまで見にきてほしいと頼んだのだった。

竹之内は火傷《やけど》の痕《あと》が残る手首を確認して無言でうなずいた。死体そのものは京都の山奥に埋めたという伊刈の説明にも、とくに疑問を挟まず黙って聞いていた。

ふたりが納得して帰ったあと、伊刈は手首を超低温フリーザーに戻した。しかし、その理由についてはメモに書かれていなかった。

もしも氷室想介が鋭い心理分析をしていなければ、長期保存の謎は、いまだ解けていなかったかもしれなかった。

(これで事件はすべて終わったのだろうか)

イブの夕暮れどき、カウンセリング・オフィスの窓から比叡山を眺めながら、氷室は自問自答した。いや、決して終わりではない、と。

氷室に監視を感づかれたと悟ったのか、鴨川を隔てた対岸の雑居ビルから何者かが覗《のぞ》いている気配はもうない。だが、QAZの存在は、ますます氷室の中で大きくなるばかりだった。

氷室が決定的にショックを受けたのは、浩枝が娘の前で幽霊を演じるであろうという確信のもとに、未明の一軒家で母娘を引き合わせるという作戦が美果にもたらした、ひどい後遺症だった。それは美果に過去のトラウマを思い出させただけでは済まなかった。そのショックのせいで、美果は逆に六年前にインターネットの自殺サイトで出会ったQAZのことを完全に忘れてしまったのだ。

「QAZって、なんですか」

壬生浩枝の逮捕翌日から開始したPTSD治療のカウンセリングにおいて、美果から真顔でそう問い返されたとき、氷室は自分の犯した失敗の大きさを思い知った。

(ぼくは、なんという過ちをしでかしたのだ)

氷室は深い後悔のため息を洩《も》らした。

しかし、氷室にはまだ知らない出来事もあった。

耳塚で美果が一種の憑依《ひょうい》状態になって手首の予言をしはじめたとき、彼女の「QAZ、QAZ……」というつぶやきに同調したように、迎奈津実も「QAZ、QAZ……」とつぶやいていたことを。そして、それに気づいた聖橋が、驚いて奈津実の肩を揺すっていたことも知らなかった。

QAZは、じわじわと氷室想介に近づいていた。


氷室は、比叡山を望む窓際から離れた。

明かりをまだ点《つ》けていなかったので、いつのまにか部屋の中はだいぶ薄暗くなっていた。

ふとオフィスの机の上を見ると、電話機が赤いランプを点滅させていた。日没の空に合わせて、室内もどんどん暗くなっていく。それと反比例して、留守電メッセージを示す赤いランプが輝きを増していた。

伊刈の隠し部屋を発見という情報を受け、鴨下警部に会うため、さきほどまで京都府警にいたのだが、その外出から戻って留守電のチェックをまだしていなかった。

氷室はデスクに向かって座り、留守電メッセージの再生ボタンを押した。

最初の二本は、一般相談者からのカウンセリング予約に関するものだったが、見覚えのない携帯番号が通知されている三本目のメッセージを再生したとたん、氷室想介の顔色が変わった。

「もしもし……ごぶさたしています……先生、お変わりありませんか……あの……あの……」

名前を名乗りもせずにはじまったメッセージの声は泣いていた。

「彼が、おかしくなっちゃったんです。助けてください」

氷室は愕然《がくぜん》とした。

最愛の、川井舞の声だった。

あとがき vol.2 新「魔界百物語」の変貌

吉村達也

第一作のあとがきに述べたように、リセットした新しい「魔界百物語」は、「ミステリーの原点に立ち返る」ことを基本コンセプトにしている。

その観点から①『妖精鬼殺人事件』と②『京都魔王殿の謎』は、旧「魔界百物語」の『京都魔界伝説の女』（文庫版では上下巻）をモチーフにしながらも、オリジナルでこだわっていた伝奇的魔界テイストは大幅に薄めた。

すでに新しい「魔界百物語」を第一巻、第二巻と通してお読みになった方は、まったく違うシリーズに様変わりしたことを感じ取っていただけていると思う。

リセットした「魔界百物語」の「魔界」とは、二十一世紀のデジタル社会で独特の歪《ゆが》み方をした人間の心に棲《す》む悪魔のことである。したがって、今回も古都の魔界スポットはいろいろ出てくるが、そこに物語の主眼があるのではない。そこが旧「魔界百物語」の『京都魔界伝説の女』とは決定的に違うところだ。

旧作でかなりのページ数を占めていた一九九七年の香港返還ドキュメントや、二〇〇〇年という新しいミレニアムに突入することに重きを置いた世紀末描写は完全になくなった。それも当然で、新しい「魔界百物語」はことし二〇一一年よりはじまるからである。

そして具体的に二〇一一年と特定したからには、それはあの3・11津波原発大災害が発生した事実が前提となっており、それが登場人物の「ある行動」にも深く関わってくるのは必然の流れだ。

また本作品における「手首の謎」は、オリジナル版より一段と深い意味づけを持ち、そのことによって恐怖感も倍増し、ミステリーとしてもドンデン返しの回数が一回増えた。

この「猿の手首」と「人の手首」の新しい意味づけは、二十一世紀の心の歪み方は、二十世紀までのアナログ時代のそれよりもはるかに深刻であるという、世相の変化を象徴したものでもある。

二十一世紀こそ、精神分析医《サイコセラピスト》・氷室想介が大活躍しなければならない時代なのだ。

しかしその氷室想介が、精神分析医でありながら、自分の性格的な欠点がなかなか直せないという点を自分で素直に認めているのが、過去の氷室想介像とは大きく変わったところである。

本作の第二章でも、氷室はこういう反省をしている。

《それまでの氷室想介は、決して人に弱みを見せない生き方をしてきた。誰の前でも弱音を吐かなかった。田丸警部の前でもそうだったし、舞の前ではなおさらだった。

それがいけなかった》

そう、第一巻を読んだ読者は「川井舞の現状」に驚かれたと思う。それまでずっと氷室想介のアシスタントとして彼のそばにいて、おたがいに恋心を抱き、結婚するのは時間の問題と思われていた舞ちゃんが、まさかまさかのシチュエーションで田丸警部と遭遇したのが第一巻である。

そして本作では……。

この舞と氷室との関係がどうなっていくのかも、「魔界百物語」SEASON Ⅰの見どころである。

さらにもうひとつ。QAZだ。

それぞれの巻で発生する事件には個別の犯人がいて、毎回きちんと明らかにされる。しかし、その犯罪を陰で引き起こしている殺人狂QAZは謎の存在だ。だがQAZは、じわりじわりと、氷室想介の前に姿を見せはじめている。

QAZは誰なのか？　もちろん、すでに第二巻までの主要登場人物の中にいる。そしてこの人物の正体を解き明かすためのヒントを、より明確に出しているのも旧「魔界百物語」との大きな違いだ。

典型的な推理小説のフレーズを持ち出すならば、「QAZが誰であるかを特定するカギは、すでに読者の前に提示されている」のだ。

ただし、作者は自信を持っている。

QAZというネーミングの由来はかんたんにネタバレしているようでいて、読者のみなさんには決して見抜かれていない、と。

第三巻で、またお会いしましょう。

本書は二〇一一年十一月、飯塚書店より刊行されました。

魔界百物語《まかいひやくものがたり》2　京都魔王殿《きょうとまおうでん》の謎《なぞ》
吉村達也《よしむらたつや》

角川ホラー文庫　Hよ1-29　18020

平成25年6月20日　初版発行

発行者――井上伸一郎
発行所――株式会社角川書店
東京都千代田区富士見2-13-3
電話/編集(03)3238-8555
〒102-8078
発売元――株式会社角川グループホールディングス
東京都千代田区富士見2-13-3
電話/営業(03)3238-8521
〒102-8177
http://www.kadokawa.co.jp
印刷所――旭印刷　製本所――BBC
装幀者――田島照久

ISBN978-4-04-100885-0 C0193